Rich Schwab

Perlen vor die Schweine

Rich Schwab, 1949 in Köln geboren, brachte mit der Rock-Band »Schroeder Roadshow« sechs LPs heraus und hatte mehr als tausend Auftritte. Er arbeitete als Musiker, Komponist, Texter und Kneipenwirt.

»Perlen vor die Schweine« ist nach »Nie wieder Apfelkorn« (1992) und »Eine Alte Dame Ging Hering« (2001) der dritte Büb-Klütsch-Roman und Schwabs erster Titel im Programm des KBV.

Kontakt zum Autor unter www.richschwab.de

Rich Schwab

Perlen vor die Schweine

Der dritte Büb-Klütsch-Roman

KBV KRIMI

Originalausgabe

www.kbv-verlag.de
E-Mail: info@kbv-verlag.de
Telefon: 0 65 93 - 99 86 68
Fax: 0 65 93 - 99 87 01
Umschlagillustration: Ralf Kramp
Redaktion, Satz: Volker Maria Neumann, Köln
Druck: Grenz-Echo AG, Eupen
www.grenzecho.be
Printed in Belgium
ISBN 3-937001-54-9

Wen interessiert schon das Warum, nach so langer Zeit? Eine Katastrophe ist und bleibt eine Katastrophe; die dabei verletzt wurden, bleiben verletzt, die dabei getötet wurden, bleiben tot, die Träumer bleiben Träumer, und alles Reden über Ursachen geht am Wesentlichen vorbei.

Margaret Atwood

Shit happens.

Mickey Rourke

Do määste nix draan. Hellja – dummer noch e Bier.

Opa Klütsch

1. Kapitel

Es kommt von irgendwo da draußen. Ein murmelndes Rauschen, unterlegt von einem tiefen, unterirdisch anmutenden Grollen. Es rückt näher, steigt langsam an, baut sich auf, bis es sich fast überschlägt. Zieht durch die feuchten Schläfen, über die Stirn hinweg, während das Grollen mitten durch den Bauch rumpelt; dann beruhigt sich die Welle, verklingt, verschwindet. Fast ist das schmatzende, schlürfende Flüstern zu vernehmen, mit dem sich die mit feinem Schaum gesäumten Wellen vom Strand zurückziehen, widerwillig, mit dem gezischten, beinahe feindseligen Versprechen wiederzukommen. Fast ist das Trippeln der Sandläufer zu hören, die aus ihren winzigen Höhlen kommen – schnell etwas zu futtern ergattern, bevor die nächste Woge kommt! –, das Schleifen der Feuerquallenbäuche auf dem feinen Sand, da ist das Klatschen der Rückflut an den Felsen, das knirschende Aneinandermahlen glatt gewaschener Steine, ein Klicken und Klacken wie ein Ballett herrenloser Gebisse, darüber der ruhelose Flügelschlag und das ätzend spottende Krächzen der Möwen. Doch da kündigt sich schon die nächste Woge an, rollt herein, gleichzeitig beruhigend und bedrohlich, bringt einen Luftzug mit, einen Windhauch, der nach Salz zu schmecken scheint, nach Algen, Fisch und Teer, nach Afrika, nach Schweißperlen und Kokospalmen.

Schweiß stimmt. Teer auch. Aber es ist nur die Brandung der Bonner Straße, morgens um halb sechs, und ihr Rhythmus wird gestört von Polizeisirenen, dem Laster mit Schokoladenweihnachtsmännern und Überraschungseiern, der drüben vor dem *Stüssgen*-Markt rangiert, und der rollenden

Disco von Bergmanns Theo, der wegen seines obligaten Katers mal wieder nicht in die Gänge kommt mit seinem Transit voller Sesam-, Mohn- und Rosinenbrötchen, ohne dass ihm Tony Marshalls *Schöne Maid* mit dreihundert Watt auf die Sprünge hilft. Und der Schweiß ist der eigene, muffig, fischig, mit den Bierresten von dem Besäufnis von vorgestern und der Schärfe der Albträume einer ersten Entzugsnacht – »in Sauer liegen«, wie die Friesen es so passend nennen.

Es braucht eine halbe Ewigkeit zu beschließen, ruhig mal aufstehen zu können und herauszufinden, welche Tageszeit es ist. Ob überhaupt schon Tag ist. Oder noch? Endlich aufzustehen, zum Fenster zu gehen und den Vorhang beiseite zu schieben. Orchideen. Blassviolett und königsblau, purpurn und sonnenuntergangsorange auf Gauguin-grünem Untergrund. Früher mal. Jetzt sind sie alle bräunlich verschleiert von dem Nikotinfilm, der die ganze Zwei-Zimmer-Bude bedeckt, dass sie bei jedem Licht aussieht wie ein Foto aus den Tagen, als James Marshal den ersten Klumpen Gold an Augustus Sutters Mühle fand, 1848. Zum wiederholten Mal der Versuch sich vorzustellen, wie es damals hier ausgesehen haben mochte – da gegenüber nicht hundert Meter Schaufenster mit Badewannen, blitzenden Armaturen und Klosettbecken, sondern Weingärten, Obstbäume, Felder mit Kopfsalat, Kartoffeln und Steckrüben. Ein Trüppchen Mönche vom Severinskloster und Nonnen vom Kartäuserhof, das müde hinter einem Eselskarren herschlurft, begleitet von zwei, drei mageren, alle paar Schritte mit Flöhen kämpfenden Kötern und von einem widerwillig mehr gebrummten als gesungenen, schlaftrunkenen *Lobet den Herrn*. Aber vielleicht sind sie auch ein bisschen fröhlicher und singen, in sicherem Abstand von Zelle, Abt und Gott:

Ein Leben wie im Paradies
Gewährt uns Vater Rhein
Ich geb es zu: Ein Kuss ist süß
Doch süßer ist der Wein
Die Erde wär ein Jammertal
Voll Grillensang und Gicht
Wüchs uns zur Lind'rung unsrer Qual
Der edle Rheinwein nicht ...

Einer der Mönche tritt gegen ein Apfelbäumchen, die Nonnen springen hinzu und sammeln die heruntergefallenen Früchte ein, und bevor sie alle an die mühselige Feldarbeit gehen, setzen sie sich in den Schatten des Karrens, albern ein bisschen herum und kauen schmatzend ihr Frühstück. Dann und wann wirft vielleicht mal einer eine Apfelkitsche in eine fremde Kutte, wo sie dann unter Gekicher und Gequietsche vier- oder gar sechshändig wieder hervorgekramt werden muss, und von drüben, von der anderen Rheinseite, taucht die aufgehende Sonne den Apfelgarten in goldenes Licht. Und, weiter im Norden, den seit bald vierhundert Jahren halb fertigen Dom.

Was wissen die denn schon, dass bald hundertfünfzig Jahre später jemand den Saft aus ihren Äpfeln mit Korn, Rum und Cointreau mischen und davon mindestens viermal die Woche so besoffen sein wird, dass er nicht mehr weiß, wie er vorgestern nach Hause gekommen ist? Und dass er, weil es gestern keinen Apfelkorn, überhaupt keinen Alkohol gab, sich die ganze Nacht in verschwitzten Laken hin und her wälzen musste, in einem taumeligen Auf und Ab von Albträumen und Zukunftsängsten, verworrenen Erinnerungen an andere, schönere Nächte und noch verworreneren Plänen für ein möglichst besseres Morgen?

Ach du Scheiße – morgen! Morgen wird natürlich ein besserer Tag sein, schließlich ist morgen Heiligabend! Weihnachten 1980. Weihnachten! Das Fest der Freude und der Liebe! Friede auf Erden und den Menschen ein Wohlgefallen! Ihr Kinderlein kommet und süßer die Glocken!

Scheiße.

Ich drehte mir eine Kippe und beschloss, endlich mit dem Rauchen aufzuhören. Vielleicht nicht direkt nach dieser hier – aber vielleicht, wenn das Päckchen alle war. Oder die beiden anderen, die – für alle Fälle – in dem Köcher mit den Schlagzeugstöcken steckten. Oder jedenfalls spätestens dann, wenn ich herausgefunden hatte, wer dafür verantwortlich war, dass Kathrinchen mit eingeschlagenem Jochbein, zwei fehlenden Zähnen, ein paar Brandwunden, einem gebrochenen Arm, drei gebrochenen Rippen und hässlichen Rissen an den Schamlippen im Klösterchen gelandet ist. In dem gekühlten Raum im zweiten Kellergeschoss, mausetot.

2. Kapitel

Während ich mich mal wieder bemüht hatte, mir die Berufsbezeichnung Schlagzeuger und ein paar Brötchen zu verdienen – zur Abwechslung sogar erfolgreich – hatte sie mit irgendjemandem ihre zynischen Sado-Maso-Spielchen zu weit getrieben. Zigmal hatte ich sie gewarnt, dass eines Tages einem ihrer Eisenfressen die Sicherung rausspringen würde, aber sie schleppte immer wieder neue von der Sorte an – Porsche- und Goldwing-Fahrer in unnötig teuren Klamotten, mit überflüssigen Hemdknöpfen und zu viel Goldschmuck, mit Tätowierungen von Adlern, Tigern und Totenköpfen überall, einer härter als der andere. Alle sahen sie aus wie eine Mischung aus Zuhälter und Fremdenlegionär, auch wenn sie Anwalt, Bauunternehmer oder Discobesitzer waren, und sogar dann, wenn sie Zuhälter oder Fremdenlegionär waren; und alle griffen sie sich öfter an den Sack als ich nach meinen Kippen. Sie redeten zu laut und warfen zu lässig mit ihrem Geld um sich, sie tranken zu viel aus den Flaschen, die in einer anständigen Kneipe immer ganz oben im Regal stehen, und zu oft kamen sie vom Klo mit einem frischen, nervösen Glitzern in den Augen, ständig die Nase hochziehend, als hätte jemand Niespulver über die Theke geblasen, und erhöhten Pegel und Tempo ihrer dummen Sprücheklopferei.

Und Kathrinchen amüsierte sich königlich, zog ihre spöttische linke Augenbraue hoch und den rechten Mundwinkel nach unten und erzählte ihnen, was für aufgeblasene Wichser sie doch seien und wie wenig ihre Hahnenkampfspielchen sie beeindrucken könnten, schließlich sei sie kein Huhn; und dass sie's trotzdem versuchten, zeige doch erst recht und deutlich, wie doof sie seien; die einzige Hoffnung, die sie habe, sei, dass das alte Sprichwort stimme, wonach Dumm gut ficke – aber mit einem Kerl ficken, der sie nicht mal unter den Tisch saufen könne? Haha, da würde sie sich doch lieber auf den Kopf stellen und sich selbst bepinkeln! Und die Arschgeigen starrten auf ihre Titten und ihren Hintern, versuchten sich das Bild vorzustellen, packten sich an die schon nicht mehr so weichen Weichteile und beeilten sich, noch mehr von ihrer Whiskey-Cola-Panscherei zu bestellen und diesem Prachtweib da einen weiteren Kabänes auf Eis. Und egal, wie viele davon sich vor ihr auf der Theke aufreihten, sie kippte sie ungerührt der Reihe nach weg, und niemand merkte ihr irgendwas an, außer dass vielleicht ihre Pupillen ein wenig größer und dunkler wurden, ihr Gang zur Musikbox eine Stufe aufreizender und ihre Stimme einen Hauch ätzender.

»Der Büb hier! Dat is doch der einzige Typ, der wat taugt in dem Laden hier, ihr Luschen!«, goss sie Öl ins Feuer und küsste mich mit gespieltem Stolz auf den Adamsapfel, was insofern gut war, dass keiner mitkriegte, wie heftig ich schlucken musste, denn die Blicke, mit denen die Jungs mich betrachteten, als hätten sie mit ihren handgenähten Slippern in einen Hundehaufen getreten, ließen mich zum x-ten Mal verfluchen, dass ich mich wieder mal auf eine Verabredung mit ihr eingelassen hatte – oder zumindest, dass ich zu dieser Verabredung schon wieder ohne so was wie 'ne abgesägte Schrotflinte gekommen war.

Aber warum auch immer, sie ließen mich leben, nahmen mich hin, wie sie einen Silberpudel an Kathrinchens Seite, einen Papagei auf ihrer Schulter oder ein Töchterchen an ihrer Hand hingenommen hätten – ich war eben Kathrinchens Liebling, ihr bunt schillernder Wellensittich mit seinen langen Haaren, der kaputten Lederjacke, den mit Gaffa-Tape geflickten Hosen und den selbst gedrehten Zigaretten. Sie tätschelten mir freundlich-herablassend die Schulter, gerade noch so vorsichtig, dass es als freundschaftlich durchgehen, aber hart genug, dass es auch als Warnung verstanden werden konnte, und ich tat wie immer so, als würde ich davon nichts merken. Ich grinste nur blöde und machte Witze über die Mucke, die gerade aus der Musikbox plärrte, oder über Belziger, der endlich einen lokalen Hit mit seinem Lied vom Schwarzfahren hatte, oder über Lokalhelden wie den Klautze, der es mal wieder geschafft hatte, die Trööt zu verarschen – er hatte gewettet, dass der es nie im Leben schaffen würde, hundertmal um den *Gerling*-Konzern herumzulaufen. Klar hatte die Tröööt dagegen gehalten, das konnte er natürlich nicht auf sich sitzen lassen, und war bald zwei Stunden lang um das riesige Karree im Friesenviertel gerannt, hundertmal an den feixenden und Piccolo saufenden Claqueuren Klautzes vorbei, bis er sich kurz vor einem Kreislaufkollaps, aber unter Triumphgeheul den Wetteinsatz abgeholt – einen läppischen Hunni – und vier Flaschen Wasser in sich hineingekippt hatte. Der Kollaps kam erst eine Flasche *Escorial* später. Beliebt war auch mein Geläster über den FC, der doch tatsächlich erst Hennes Weisweiler zu Cosmos New York hatte ziehen lassen (»Unsere Zusammenarbeit war zum Schluss nicht mehr sinnvoll«), um sich dann den Fußball-Dozenten Heddergott in den Pelz zu setzen. Der kriegte sich gleich mal mit Jungstar Bernd Schuster in die langen Haare und verscherbelte den für Dreikommasechs Millionen nach Barcelona, wofür er dann prompt zwei Monate später die Kündigung kassierte.

Oder die lustige Geschichte von Ikonen-Jupp, der neulich nach einem ausgiebigen und Mut machenden Frühschoppen am helllichten Sonntagnachmittag in Kölns größtes Auktionshaus eingestiegen war. Ganz der Profi, für den er sich hielt, hatte er das komplette ausgeklügelte Alarmsystem überlistet und sorgfältig für eine halbe Million antike Kostbarkeiten in die mitgebrachte Reisetasche gepackt. Außerdem hatte er noch einen Flachmann voll Asbach und ein Transistorradio dabei. Also setzte er sich erst mal zum Ausruhen in einen Biedermeier-Sessel in einem der Schaufenster, genehmigte sich ein paar Schlückchen und schaltete sein Radio ein, um mal zu hören, was ihm sein Wetteinsatz beim Großen Preis von Baden-Baden einbringen würde.

Leider berichtete vor dem Start des Rennens der große Adi Furler vom Dressurreiten in Salzburg. Erst der Mann vom Wachdienst, der abends seine Runde drehte, bekam Zweifel, ob ein schnarchender Mann in einem übergroßen Hawaiihemd mit einem plärrenden Radio am Ohr ein passendes Exponat für die exklusive Montagsversteigerung sei.

Auch mein Repertoire an Anekdoten von irgendwelchen Rockgrößen, die mir hinter der Bühne irgendwelcher Festivals über den Weg gelaufen waren, beeindruckte die Bumsköppe immerhin ein bisschen – zu hören, wie viel Schnaps in Joe Cockers Fantadosen passte, wie Chuck Berry es mal wieder geschafft hatte, seine Gage noch mal in die Höhe zu pokern, während draußen schon Sechzigtausend *Go, Johnny, Go!* brüllten; oder wie der Berufscholeriker Conny Becker dem Berufskotzbrocken Gröhlemüller eine eingeschenkt hatte, weil der ihm für sechshundert Ocken Koks vom Tisch gepustet hatte. Oder wie der Bassist der Schroeder Roadshow eines Morgens um halb fünf mit den Worten »Ihr könnt mich mal! Ich fahr jetzt in die Kellerbar!« in voller Ledermontur in die Duschkabine seines Hotelzimmers gestiegen war und die Dusche aufgedreht hatte, *Gimme the beat, boys, free my soul, I wanna get lost in your rock'n'roll* singend. Und nachdem er danach 'ne Weile klatschnass und besoffen kichernd in seinem Bett gelegen hatte, war er mit einem Schraubenzieher auf den Flur gegangen und mit der Tür des Aufzugs ins Zimmer zurückgekommen, weil ihm dessen Quietschen und Klappern auf die Nerven ging. Na ja, Rock'n'Roll eben ...

Die meisten dieser Geschichten waren erfunden oder zumindest übertrieben, aber so fühlte ich mich ein wenig besser als ein Papagei auf Kathrinchens schöner Schulter. Die Arschgeigen versuchten amüsiert, mich abzufüllen mit ihrer Kentucky-Plörre, aber ich blieb stur und brav bei meinem Gedeck aus Kölsch und Apfelkorn, denn damit kriegten sie mich so schnell nicht platt, und manchmal landete man dann noch zu dritt in Kathrinchens Appartement am Beethoven-Park, und ich lag auf der edlen grauen Ledercouch und hörte mir Thomas Rapp und seine Pearls Before Swine an, ihre Lieblingsband, besonders beim Sex, während ihr nebenan ein von weißen Pülverchen und ihren Lästereien angestachelter Hengst das Nähmaschinchen machte. Es machte sie an, zu wissen, dass ich zuhörte, und noch mehr, wenn ich dann zwischendurch mal in ihrer Schlafzimmertür stand und sie mir über muskulöse, schweißnasse Schultern hinweg in die Augen sehen konnte, bis es ihr kam und sie schrie und jodelte und lange, blutige Striemen in den Rücken über ihr furchte. Koksgerammel kann sich hinziehen, und meistens schlief ich irgendwann ein auf der Couch, eingelullt von ihrem Stöhnen, während Thomas Rapp lispelte:

She says love will get you
Through times of no sex
Better than sex will get you
Through times of no love...

Da hatte Kathrinchen wohl was nicht richtig verstanden.

Und als letzter Gedanke ging mir oft genug durch den Kopf: Eines Tages wird dich noch mal einer totrammeln, du dusselige Blumenkuh!

Selbst der miesepetrigste Pessimist ist ja ein unverbesserlicher Optimist insofern, als er immer wieder voller Hoffnung ist, dass seine ewigen Unkereien in Erfüllung gehen.

Und leider, leider sollte auch ich Recht behalten.

Aber welches von den Arschgesichtern da draußen war da so dermaßen ausgerastet?

But people are not singers ...

»Koomm, Fritzi, kooomm!« Der Kanarienvogel legte das Köpfchen auf die Seite, wich auf seine Schaukel aus, seine Äuglein zuckten hin und her. Aber das Salatblatt, das der Junge ihm durch die offene Klappe in den Käfig hielt, war zu verlockend. Er trippelte näher, hackte danach, eroberte sich ein Häppchen Vorgeschmack. Das Blatt klemmte zwischen zwei Fingern der kleinen Hand, also kletterte der Vogel, zutraulich geworden, auf die Handfläche, begann ausführlicher zu knabbern. Dann schloss sich die Hand um den zarten Körper, wand sich durch die Klappe nach draußen. Eine zweite Hand wölbte sich um die erste, ließ eine enge Öffnung zwischen den beiden Daumen, aus dem sich neugierig, verunsichert, Fritzis Kopf reckte. Von nebenan, aus der Küche, klang quäkend das kleine alte Vorkriegsradio der Großmutter. Eine Akkordeonpolka, begleitet vom sphärischen Pfeifen und Rauschen des fernen deutschen Senders.

»Guck mal, Olga, was ich hier hab!« Vorsichtig ging der Junge zum Nachbarkäfig.

»Ngrröök!«, machte der Rabe darin und hüpfte aufgeregt in seinem Sand herum. »Yahiiieeek!«

Langsam näherte der Junge seine Hände dem Rabengitter. Und zuckte sofort wieder zurück – im Nu hatte der Rabe zwischen den Stäben hindurch in Richtung des Kanarienvogelkopfes gehackt, aber den Daumen des Jungen getroffen. Fast hätte der vor Schmerz seine Hände geöffnet, den ängstlich tschilpenden Gelben fliegen lassen. Aber er hielt ihn mit der Rechten fest und öffnete mit der Linken, von der bereits dicke Blutperlen tropften, das Türchen zum Rabenkäfig. Knallte es noch einmal heftig zu, als der Rabe Anstalten machte, sich nach draußen zu drängen, was diesen bewog, sich an die Käfigrückwand zurückzuziehen, bösartig blinzelnd.

Schnell schob der Junge seine rechte Faust durch das Türchen und ließ Fritzi los. Klappte das Türchen zu, hakte es ein. Tat einen Schritt zurück. Beobachtete mit glänzenden Augen, was geschah.

Zwei, drei lange Sekunden herrschte Stille. Im Käfig zumindest – nebenan sang Marika Rökk die Julischka aus Buda-Budapest.

Dann reckte der Rabe seinen Kopf vor, öffnete halb den Schnabel, machte spöttisch »Krreek!« Der Kanarienvogel flatterte hoch, stieß an das Käfigdach, verlor zwei Schwanzfedern, die wiegend zu Boden schwebten und in dem schmutzigen, verkoteten Sand liegen blieben. Der Rabe breitete seine Flügel aus, plusterte sich auf. Der Kleinere stieß ein hohes Kreischen aus, drei Oktaven über Marika Rökk, wollte zur Seite ausweichen, davonfliegen, prallte an die Seitengitter des Käfigs, noch einmal und noch einmal. Beim vierten Mal brach er sich einen Flügel, landete auf dem Boden. Schlich, versuchte hinter das Wasserbecken des Raben zu schleichen, aber da war der schon von seiner Stange herabgesprungen. Mit einem triumphierenden »Jägägäck!« schlug er eine seiner Krallen in den Rücken des Kanarienvogels, zerrte ihn halb in die Höhe, hieb ihm die Spitze seines Schnabels ins Genick. Der Kanare fiepste in den höchsten Tönen. Erschrocken fuhr der Kopf des Jungen zur Küchenwand herum. Die ungarischen Geigen jubilierten im Schlussfortissimo, molto presto.

Keine Gefahr.

Im Käfig riss der Rabe dem Gelben gerade den gebrochenen Flügel aus. Noch ein letztes Mal gelang es dem, sich loszureißen, unter dem Bauch des Raben hindurchzuschlüpfen, teils hüpfend, teils mit dem heilen Flügel flatternd, teils purzelnd bis in die Mitte des Käfigbodens zu gelangen. Dann wirbelte ihn der Schlag eines Rabenflügels herum, eine Kralle riss drei tiefe Furchen in seine Brust, aus der sogleich eine bräunliche Masse quoll, ein Schnabelhieb hackte ein schmatzendes Loch in seinen weißgeflaumten Hals.

»Grrraack!« schrie der Rabe und knackte mit einem weiteren Schnabelhieb die Hirnschale seines Opfers, zerfetzte mit einer Kralle den heil gebliebenen Flügel, dass die gelben Federn nur so umherstoben.

Fasziniert stand der Junge daneben, Speichel tropfte aus seinen Mundwinkeln, unverwandt beobachtete er das grausame Schauspiel, Fritzis zerrissenen Körper, den mit Blut und Eingeweiden verschmierten Schnabel des Raben, dessen gierig zitterndes Hinterteil.

»Na, Olga«, flüsterte er. Einen Moment drehte der Rabe sich ihm zu, betrachtete ihn mit schräg gelegtem Kopf, beäugte nachdenklich, wie der Junge an seinem blutenden Daumen leckte, fiebrige rote Flecken im Gesicht. Aus der Küche erklang die süßliche Ouvertüre der Blume von Hawaii.

3. Kapitel

Mann, hatte ich eine Woche hinter mir! Beim Pinkeln wäre ich fast vornübergekippt. Meine Zunge schmeckte, als hätte ich die halbe Nacht am Abflussrohr eines Brauhauses geleckt. Und wahrscheinlich auch an dem bröckligen Mörtel drum herum – mein Gaumen war trocken wie Tante Friedas Sandkuchen. Nach einem ordentlichen Schwall kaltem Wasser fühlte es sich ein bisschen besser an, aber an dem Geschmack änderte das auch nichts.

Ich beguckte mir ein Weilchen das Gesicht in meinem Spiegel. Wir sahen aus wie ein und derselbe Typ, aber das waren wir auf keinen Fall. Beschlossen wir eben Kumpels zu werden und putzten uns gemeinsam die Zähne.

»Was für 'ne beschissene Woche!«, knurrte er blubbernd und schüttelte angeekelt den Kopf. »Autsch! Nich so heftig!«, erwiderte ich mit Schaum vorm Mund. Musste ihm freilich Recht geben und versuchte die letzten Tage zu rekapitulieren. Einfach kapitulieren, ohne Kontra, ohne Re, wär auch nich schlecht, dachte ich. Einfach wieder in die Kiste hauen, Decke über'n Kopp, Augen und Ohren zu, und warten, bis mehr als nur sechzig Prozent von mir meinen, wieder in die Gänge kommen zu müssen, es wagen zu können, sich der gierig quengelnden Welt da draußen zu stellen.

Wider besseres Wissen – war ja nicht der erste Versuch gewesen –, aber eben auch, weil ich, pleite wie lange nicht mehr, kaum eine Wahl hatte, war ich vorletztes Wochenende mit einer Snare, einem Bündel Knüppel und einem Satz eigener Becken im Gepäck nach Hinderup gereist – nach drei Stunden Zugfahrt Umsteigen in Osnabrück, eine halbe Stunde Bummelzug, in Espelkamp fast eine Stunde Warten auf einen Überlandbus, der mich nach einer weiteren halben Stunde in Brödershof hatte stehen lassen, von wo ich dann aus einer Telefonzelle Bescheid geben konnte, damit mich jemand abholen kam.

Ich war's ja nun wirklich gewohnt, über Land zu gurken, vor allem in Gefährten, die stinken, schaukeln und nicht gerade flott vorankommen, und auch auf dieser Fahrt hätte man schön seinen alten Ross McDonald lesen und sich mit Lew Archer amüsieren können, zwischendurch vielleicht ein bisschen Leute und Landschaft gucken – immerhin war die Deutsche Märchenstraße nicht weit – oder einfach nur vor sich hin dösen und über das komische Leben meditieren ...

Apropos Leute und komisches Leben – oder auch umgekehrt – leider stand da auf dem, was in Espelkamp als Marktplatz durchging, dieser Freak. *Rabotti* hatte ihm eine fürsorgliche Freundin in fettem Knatschrosa auf eine dunkelblaue Wollmütze gestickt. Karottenhosen an spindeldürren Beinen, aber schwere Malocherstiefel, ungefähr drei T-Shirts übereinander, das oberste eins von – ausgerechnet – *Grobschnitt*, und eine grün verwaschene bayrische Trachtenjacke, von oben bis unten vollgepappt mit bunten Buttons à la *Ich war bei Pink Pop!*, *Rock gegen Rechts*, *Legalize It!* und so weiter. Das Beste war noch *Atomkraft? Nein danke!*, woraus jemand mit lila Filzstift *Schwerkraft? Nein danke!* gemacht hatte. Zwischen den Stiefeln klemmte eine verschlissene braune Aktentasche.

»Ey – ich kenn dich irgendwoher, Ollen«, sprach er mich an.

Es gibt so Typen, da weißt du gleich, wenn du auch nur »Tach« sagst, hast du sie an der Backe. Also guckte ich bloß und zuckte mit einer Schulter.

»Echt, ey! Ich hab dich iiir-gend-wo ...« Er zog ein Päckchen *Drum* aus einer Jackentasche. Diese Typen rauchen immer *Drum*. »'ne Kippe, Ollen?«

Ich holte ein Päckchen von meinem eigenen Vorrat raus, hielt es hoch und schüttelte bedauernd den Kopf. Fehler.

»Ey, wow! Is dat denn? *Türkenkost*, ha ha! Kann ich ma probier'n, ey?«

Diese Typen wollen immer probieren. Ich öffnete die Packung und hielt sie ihm unter die Nase. Innerlich soufflierte ich ihm seinen nächsten Satz – Oh, is ja blonder, nee danke.

»Ach so – is so'n Blonder, ey. Nö, lass ma«, sagte er. Er kramte in seinem zerknüllten Scheiß-*Drum* herum, und ich kannte auch schon seine nächste Zeile. Kam prompt. »Au! Haste ma'n Paper, ey?«

Diese Typen haben nie genug Blättchen. Drehen sich viermal am Tag dreiblättrige Joints, aber es kommt ihnen im Leben nicht in die bekiffte Birne, dass auf die Art die Blättchen womöglich nicht so lange halten wie der Tabak. Dafür ha'm sie ja immer Typen wie mich. Ich ging ja nicht mal zum Brötchenholen ohne ein zweites Päckchen Tabak und drei Extraheftchen Zigarettenpapier in der Tasche. Und zwei Feuerzeuge natürlich.

»Spießer!« hatte Kathrinchen mich deswegen mal genannt. »Immer auf Nummer Sicher, wa?«

»Du weißt nie, wo du landest«, hatte ich ihr erklärt »und wann du von da wieder zurückkommst.«

»Klar,« schnaubte sie, »Clint Eastwood und du ...« Das ließ ich dann einfach mal so stehen.

Für Rabotti hatte ich auch gleich noch mehr Gesprächsstoff – als ich ihm eins von meinen braunen Maisblättchen rauspulte.

»Boah, ey! Geil, Ollen! Haste'n die her?«

Ich nickte Richtung Friesenplatz.

»Ah«, meinte er.

Also drehten wir uns jeder eine. Kein Feuer oder ein Zippo, wettete ich mit mir selbst. Und wenn Zippo, dann irgendwelche albernen Kunststückchen damit. Verloren. Es waren Streichhölzer. Aber immerhin keine stinknormalen, sondern Kunststückchen-geeignete – seins rieb er lässig an einem besonders großen Button an, mit einem Foto von Jane Fonda als Barbarella drauf. *Make Love Not War!* forderte sie mich per Sprechblase auf, das von Henry geerbte Nussknackerkinn grimmig zu einer Art Lächeln verrenkend, ihre Augen so liebevoll wie ein Stück Schmirgelpapier.

»Irgendwoher kenn ich dich, Ollen, weiß ich ganz genau.«

Natürlich gab er so schnell nicht auf. Na ja, jetzt rauchten wir schon zusammen, konnte ich auch mit ihm reden. »Tatsächlich«, sagte ich also und hockte mich auf mein hölzernes Snare-Flightcase mit den typischen Aluleisten und Flügelschrauben. Guckte auf dem menschenleeren, nassen Platz herum. Zählte sieben Häufchen schmutziggraue Schneereste. Bewunderte den Dorf-Weihnachtsbaum, ein windschiefes Wrack mit neun elektrischen Kerzen, drei davon kaputt, und einer rot-weißen Stoffgirlande, das zwei Tage nach dem ersten Advent schon aussah, als säßen die Heiligen Drei Könige bereits seit vier Wochen wieder am Strand vom Roten Meer. Und im Stillen verfasste ich einen Leserbrief an den *Espelkamper Landboten,* ein geharnischtes Protestschreiben gegen Gustav Schnöken & Sohn, die ihre *Marktschänke* laut Aushang *»mittag bis zwei, abend 17 bis 22 Uhr«* geöffnet hatten. Jetzt war es viertel vor zwei, und das schiefe schwarze Rollgitter vor der Eingangstür war bereits unten. Falls es heute überhaupt schon mal oben gewesen war. Auf der anderen Seite des Platzes duckte sich eine dunkelrote Backsteinkirche unter dem bleigrauen, flachen Himmel, hinter bunten Fensterchen schien Kerzenlicht zu flackern. Da war jetzt, zur Adventszeit, wohl mehr los als bei

Gustav. Aber vielleicht war Gustav ja auch gleichzeitig der Pfarrer der Gemeinde – Seelsorger ist Seelsorger.

»Ich wette, du bist Musiker, ey«, näherte mein neuer Kumpel sich dem Jackpot. Ich starrte auf die Kiste unter mir, den runden Koffer neben mir, mit meinen Becken drin und all den Aufklebern auf dem verschrammten Deckel – *Guru Guru, Checkpoint Charlie, Eiliff und Embryo. Penner's Radio ...*

»Nah dran.« Den Witz hatte er auch schon mal gehört. Er warf seine langen, verfilzten blonden Locken aus dem Gesicht und wieherte.

»Schlagzeuger! Jau, Mann!« Er blies beide Backen auf, schob die Lippen vor und trommelte beidarmig in der Luft herum. »Dudu duduff duduff duffuff ...« Irgendwas zwischen *You Really Got Me* und 'nem kleinen Jungen mit 'ner Märklin-Eisenbahn. Aus seiner Kippe sprühten Funken und aus seinem Mund Speichelbläschen zwischen einem Schwall Atemwölkchen.

Mir war kalt. Ich hatte Hunger. Und Durst. Vor allem Durst. Oder wie Opa Klütsch immer zu sagen pflegte: »Mir es et esu kalt, datt isch vür louter Hunger nimmieh weiß, wat für 'nen Doosch isch han – esu mööd ben isch.« Und der nächste Bus kam laut Fahrplan, soweit man das zwischen all dem *Geli liebt Jens*-Gekrakel lesen konnte, um halb drei. *Rock'n'Roll, I gave you all the best years of my life,* knödelte Kenny Rogers in meinem Hinterkopf.

Um es kurz zu fassen: Er ging mir auf die Nerven, bis ich aussteigen musste. Da wusste ich aber dann auch, dass er zwar Klaus-Peter hieß, aber von allen nur Rabotti genannt wurde, weil er seit drei Jahren in zwei Jobs malochte – morgens um sechs ging er Trecker und Rasenmäher reparieren, bis vier, und abends von sechs bis halb zehn stand er an einem elektrischen Hobel und verwandelte Schalbretter in

Nut-und-Feder, ein Baumaterial für Innenausstattungen, von dem der deutsche Eigenheimbewohner und Gartenlaubenbesitzer nie genug kriegen kann. Ich hatte einen ganzen Packen Fotos von seinen vier Freundinnen gesehen, wusste, dass er sich mit achtzehn beim Bund eine Vorhautverengung mit einer Rasierklinge selbst operiert hatte (»Riesensauerei, Ollen – würd ich so nich noch ma machen, ey! Aber sechs Wochen danach! Mann! Ich bin Freitagabend nach Bremen in'n Puff un erst Sonntagabend wieder raus, ey!«). Ich hatte erfahren, dass er kiffte, seit er dreizehn war, dass es mit einer eigenen Band nie geklappt hatte (»Scheiße, Ollen, ich bin so musikalisch wie'n Sack doude Katzen, ey!«) und dass er, schon interessanter, neun Schwestern hatte, die älteste elf Jahre älter als er und die jüngste eins (»Un alle noch dünner als ich, Ollen!«). Und *er* war schon so mager, dass man ihm nicht zutrauen mochte, ein Loch in eine nasse Tapete zu hauen. Das täuschte allerdings – meinen Beckenkoffer hob er mit zwei Fingern in den Bus, als sei's bloß die BILD-Zeitung.

Aber wie unser Eiermann immer so schön kontert, wenn ihn jemand wegen seiner drei Bass-Saiten löchert: »Alles im Leben hat mindestens zwei Saiten!« – auch Freund Rabotti hatte sein Gutes. Erstens war ich dank ihm zu beschäftigt, um Zoff mit dem Busfahrer zu kriegen, an dessen Rückspiegel ein kleines Kofferradio hing und die ganze Fahrt volle Kanne Weihnachtslieder in den ansonsten leeren Bus plärrte. Und zweitens stellte sich raus, dass Mister Arbeiterklasse nicht nur kiffte wie ein Weltmeister (»He wätt nich gerook!«, schrie der Busfahrer nach hinten. »Dann mäck dat Fensta op, Sören! Un guck oppe Straat!«, schrie Rabotti ungerührt zurück. *Ein milder Stern herniederlacht – Und kerzenhelle strahlt die Nacht* krähte das Radio), nein, mit seiner großen Tasche spielte er tatsächlich noch vorweihnachtliche Bescherung und zauberte sieben Büchsen Bier hervor. Die teilten wir dann gerecht, und als ich kurz vor meiner Haltestelle den letzten Schluck aus meiner fünften schlürfte, wusste ich schließlich auch, dass er am liebsten *Perry Rhodan* las, dass seine Kölner Lieblingsband die von Balkan-Rock-Axel war, dass er von dreien seiner Schwestern nacheinander recht anschaulich aufgeklärt worden war, mit seinen beiden Jobs bereits über fünfzigtausend Mark zusammengespart hatte, um sich bald nach Neuseeland absetzen zu können, und dass er in den letzten drei Jahren auf insgesamt sechsundvierzig Open-Air-Festivals gewesen war. – »Un für nich ein einziges hab ich 'ne Eintrittskarte bezahlt, Ollen, nich ein einziges! Un immer vorne inne erste Reihe! Vonne erste Scheiß-Kapelle bis zur letzten Zugabe, ey!«

Kein Wunder, dass er mich kannte.

Und eingelullt von Bus, Bier und Blabla hatte ich ihm sogar noch verraten, dass Axel demnächst seinen traditionellen Advents-Auftritt im *Session* haben würde.

4. Kapitel

Es gab wahrhaftig eine Telefonzelle in Brödershof, einem Flecken mit sechs Bauernhöfen, einem Molkereibetrieb, einem Reiterhof und einem Edeka-Laden, der Schneider's Dorfkrug hieß. Und eben dieser halb gelben, halb rostbraunen Telefonzelle, vollgeklebt mit Plakaten, die mich zum berühmten Holzmindener Glühwei(h)nachtsmarkt einluden – Letztes Jahr mehr als 1000 begeisterte Besucher!

Die zweite Überraschung war, dass das Telefon funktionierte, und die dritte, dass Herr Schneider mit Gustav Schnöken & Sohns Arbeitsmoral nichts am Hut hatte. Er begrüßte mich überschwänglich, zapfte mir ein blumiges Pils, sah beifällig, wie das nach meinem ersten Schluck halb alle war, und machte sich gleich an ein frisches. Überraschung Nummer vier.

»Woll der noie Schlachzoigä, woll?«, meinte er mit einem Blick auf mein Gepäck.

Ich nickte anerkennend.

»Ich wollt den Jopp ja woll auch gemäkkt ha'm. Aber Hansi hat gemeint, dat wär ja woll doch nich ganz dat Richtige für Schneiders Vadder sein Sohn.«

Er war an die fünfzig, mindestens, wog um die drei Zentner, mindestens, hatte Arme, dicker als meine Oberschenkel, eine Schnapsnase und ein steifes Bein. Hansi war mein Arbeitgeber für diese Woche, Hansi Hedegger, Bassist und in stillschweigender Übereinkunft Chef der Jazzrock-Kapelle Baggermann.

»Ach«, trug ich meinen Teil zur Unterhaltung bei und trank das zweite Pils. Eiskalt, prickelnd herb – ein Genuss. Schien er auch zu finden – er zapfte gleich drei neue. Bis auf eine ungefähr hundertjährige Gestalt, in einem riesigen schwarzen Ledermantel an einem Ecktisch neben der Lebensmitteltheke verbuddelt, war der Laden leer. Die hatte bis jetzt aber noch keinerlei Lebenszeichen von sich gegeben – vielleicht war das ja auch nur der Nubbel von Brödershof. Immerhin war in neun Wochen Karneval.

»Paiste oder Zyldjian?«, bellte mir der Hausherr plötzlich ins Gesicht, seine haarigen Fleischerarme auf das glänzende Zinkblech gestützt, seine Kartoffelnase dicht an meiner. Tausend rote Äderchen leuchteten mich an, aber noch mehr leuchteten seine listigen Augen – Dat hättste nich gedacht, mien Jong, datt olle Schneiders Vadder sein Sohn da Ahnung von wech hat, woll?

Tatsächlich hätte ich mich fast verschluckt – kannte der doch tatsächlich die beiden besten Beckenmarken.

»Weder noch«, brachte ich raus. »Und sowohl als auch.«

Da hatte *er* erst mal was zu schlucken. »Beide?!?«, fragte er entsetzt. Als hätte Uwe Seeler angekündigt, er ginge jetzt zu St. Pauli. Hinter den Falten auf seiner Stirn sank Hansi ein paar Stufen in seiner Achtung. Ich war sowieso untendurch. Also war's eh schon wurscht.

»Ich hau auf alles, was Krach macht«, setzte ich einen drauf. Darauf brauchte er einen Klaren. Nahrung für die Äderchen. »Ich bin der Büb«, stellte ich mich vor, »der Kanaldeckels Büb aus Köln-Vogelsang.«

»Kanaldeckel«, echote er fassungslos.

»Na ja, ich nehm auch Autofelgen.« Hoffentlich bekam er keinen Herzinfarkt.

Schneiders Vadder sein Sohn doch nicht. Er lachte schallend, machte noch zwei Korn, drückte mir einen in die Hand und stieß mit mir an.

»Autofelgen, Ooas! Nu wär ich doch beinah drauf reingefallen auf den Spöök.«

Ich sagte lieber nix mehr.

»Aber schon schad, das Dingen mit dem Raimund, oder?«

»Na ja, so ganz unschuldig is er wohl selber nich, oder?«

Grimmig wiegte er seinen Schädel hin und her, was seinen Hals in mächtige Wellenbewegungen versetzte.

»Tscha! Ich sach ihm doch schon seit Jahren: Lassas nach, Jong! Du wirst dich nomma's Genick brechen!«

»Da hat er ja diesmal noch ma Schwein gehabt, wa?« Ich auch. Sozusagen. Deswegen war ich hier. Raimund, der eigentliche Schlagzeuger von Baggermann, hatte sich bei einem weiteren unangebrachten Versuch, in Richie Haywards Fußstapfen zu treten, mit seinem Motorrad im wahrsten Wortsinn auf Glatteis begeben und sich beide Beine und einen Arm gebrochen. Blöd für ihn, aber eigentlich nicht weiter schlimm für seine Band – die tourten grundsätzlich nur von April bis November, um den Winter über entweder an der Algarve rumzuhängen oder in ihrem eigenen Studio in Hinderup an neuen Platten zu frickeln. Leider hatten sie dieses Jahr jedoch beschlossen, dass das nächste Album Baggermann den endgültigen Durchbruch bringen sollte, und bei einer neuen Plattenfirma unterschrieben. Nicht zuletzt auch wegen eines schwindelerregenden Vorschusses. Die Firma wiederum war bloß die Hamburger Tochter eines amerikanischen Konzerns, und deren Uhren ticken anders als die bei *Omelette*, ihrem bisherigen Label, wo Verträge auf Bierdeckel passten und Chef Heiner König seine Frau und seine Mutter neue Platten eintüten und ausliefern ließ.

Dummerweise standen ihre fünf Unterschriften also auch auf richtigem Papier, unter einem richtigen Paragraphen, der besagte, dass bei Überschreiten des Abgabetermins eine sechsstellige Konventionalstrafe fällig war. Und der Termin war der 1. Januar des nächsten Jahres. Keine vier Wochen, und sie mussten noch fünf Titel aufnehmen – und den ganzen Klumpatsch natürlich noch rechtzeitig abmischen. Stress war also angesagt.

Aber sie kannten ja mich.

»So'n büschen wundern tu ich mich ja schon ...«, meinte Schneider. »Nix für ungut – aber dein' Namen hab ich noch nie gehört.«

»Ja, scheinst dich auszukennen, was Schlagzeug angeht, wie?«

Sein Stichwort. »Komm ma mit!«, flüsterte er geheimnisvoll.

Ich nahm vorsichtshalber noch einen guten Schluck und folgte ihm zu einem dicken rotbraunen Vorhang zwischen Zigarettenautomat und Toilettentür.

Mit großer Geste knipste er einen Lichtschalter an und zog den Vorhang auf. »Tädääää!«, schrie er.

Ich war baff. Ein komplettes Schlagzeug-Set auf einem kleinen Podest, schätzungsweise Jahrgang '55, in einem grauslichen Türkisblau mit Goldglimmer, fett *Premier* auf dem vorderen Basstrommelfell, und in rot und golden umrandetem Türkis darunter ein schwungvolles *The Blue Beatnicks*. Und auf allen auf Hochglanz polierten Becken war der *Paiste*-Schriftzug mit türkisblauem Lack nachgezogen. Ein echtes Schmuckstück. Ich wettete mit mir, dass er das Ding Schießbude nennen würde.

»Na, wat sachste, mien Jong?«, strahlte Schneiders Vadder sein Sohn. Ich strahlte zurück.

»Mein lieber Mann. Wo haste gespielt – in Las Vegas?«

»Pah! Las Vegas! Weißte, wo ich an die Schießbude gesessen hab? Na?« Er zwängte sich an der Kiste vorbei, ließ sich auf ein besonders stabiles Monstrum von Schlagzeughocker plumpsen und griff sich die Stöcke, die fein säuberlich gekreuzt auf der Snare lagen. Weiß, mit Nylonspitzen. Und natürlich mit türkisem Klebeband verziert. Er klickte den Snareteppich hoch und produzierte einen sauberen Zirkuswirbel. »In'n *Starclub*, Mann! In Hämbuarch in'n *Starclub*! Neunzehnsechzig! Einunsechzig! Als der Beat losging!« Und prompt legte er einen trocken swingenden Twist hin, der Chubby Checker ein breites Grinsen entlockt hätte. Seine Hi-Hat blieb geschlossen, weil sein steifes Bein ausgestreckt daneben lag. Aber mit dem gesunden rechten spielte er eine ordentliche Bassdrum. Nach acht Takten floss ihm der Schweiß in Strömen übers Gesicht, und seine Zunge streckte sich wild von einem Mundwinkel zum anderen.

»Herrjessas, Himmel, Arsch un Klötensuppe!«, tönte es plötzlich aus dem Ledermantel in der anderen Ecke. »Ich denk, da – nu is Sören mit sein' Bus in'n Kruuch gedonnert! Un dann is auch noch mein Bier alle!« Mit einem gekonnten Wirbel über beide Toms beschloss Schneider seine Darbietung. Ich hatte nur ein bisschen Angst, er würde sich dabei auf die Zunge beißen.

»Kommt sofort, Fritzken, kommt subito!« Mühsam stand er auf und wischte sich den Schweiß von der Stirn. Er wollte die Stöcke schon wieder akkurat an ihren Platz legen, aber dann warf er mir einen schrägen Blick zu. »Willste auch mal, Jong?«

Ich wollte schon dankend abwehren, aber da sah ich die Enttäuschung, die sich in seinem Gesicht ausbreiten wollte. Verlegen grinsend nahm ich die Dinger, als überreichte er mir den Goldenen Schlüssel zur Stadt. Klemmte mich auf seinen Hocker, schraubte die Hi-Hat-Becken auf Abstand. Vorsicht, Büb, sagte ich mir, jetzt hau dem armen Mann nicht sein Schmuckstück in Fetzen! Aber was sollte ich spielen? Ich trommelte ein paar Paradiddles und Sechzehntel-Triolen auf die Snare, um ein Gefühl für die Abstände, die Spannstärke der Felle und die Stöcke zu kriegen, die nicht halb so schwer waren wie meine Kanaldeckels-Knüppel. Aus den Augenwinkeln sah ich, wie Schneider sich auf halbem Weg zu seinem Zapfhahn herumdrehte und mich aufmerksam beobachtete. Na ja, dachte ich, alle alten Schlagzeuger mögen Jazz, bewundern Gene Krupa, Buddy Rich, Art Blakey. He – und Joe Morello natürlich! Und schon rollte ich in einen sanften, locker aus dem Handgelenk gespielten Fünf-Viertel-Rhythmus, spielte einen halben Chorus von Brubeck's *Take Five*, brummte das Bassriff dazu, kriegte Spaß an der Sache und legte die ersten sechzehn Takte von Morello's klassischem Kult-Solo drauf.

Als ich zwischendurch mal hochblickte, stand der Schießbudenbesitzer mit weit offenem Mund hinter seiner Theke, Unglauben und Bewunderung in den Augen. Aber auch eine gute Portion Neid und Wehmut. Jetzt spiel' ich doch mindestens zwanzig Jahre länger als dieses langhaarige Früchtchen, konnte ich lesen, aber das werd ich mein Lebtag nich hinkriegen ... Schnell wich er meinem Blick aus und beschäftigte sich angelegentlich mit Fritzkens Pils.

Scheiße, Büb, ermahnte ich mich, mach hier nicht den Angeber! Flugs verhedderte ich mich bei einem Tomwirbel, schlug auf dem Rückweg gegen die Unterseite des Ride-Beckens und verlor klappernd den rechten Stock.

»Verdammt!«, schrie ich und sprang auf. »Aber eines Tages werd ich's hinkriegen!« Bemüht, seine Erleichterung zu verbergen, wenn auch nicht ganz erfolgreich, griff Schneider zur Kornflasche.

»He, mien Jong, dat war doch schon gar nich so verkehrt! Da hat der alte Joe auch lange dran geübt! Dat kommt nich von heut auf gleich! Schon gar nich mit Kanaldeckeln, ho ho!« Er hielt mir einen doppelten Korn entgegen. »Komm, ich geb einen aus! Hier, Fritzken, kriss auch ein'n auf den Schreck! Auf die wunnäbare Welt der Musik, Kinners!«

Synchron kippten wir uns zu dritt den Schnaps in die zurückgelegten Hälse. Männerrituale. Ich hob erst mal den Stock wieder auf, legte das Paar über Kreuz auf die Snare, wie es sich gehörte, schaltete den Snareteppich ab und schraubte die Hi-Hat wieder zusammen. Zog den Vorhang zu und machte das Licht wieder aus. Hübsch bescheiden, der Junge aus Köln.

Dann hockte ich mich wieder an die Theke, wo schon ein frisches Pils auf mich wartete.

»Weißte«, beugte Schneider sich wieder herüber, »eins kann ich dir aus langer Erfahrung sagen: Ein Schlagzeuger, der muss immer üben. Immer üben! Ein Leben lang! Jackie Jefferson – kennst du, oder? Der vom Ellington, der hat noch mit über siebzig vor jedem Konzert eine halbe Stunde seine Exer... eh ... Exerzitien gemacht! Inner Garderobe!« Ich nickte mehrmals, als sei das sowieso Grundwissen für unsere Branche. Meines Wissens war der alte Jackie zwar mit knapp sechzig an Fettleber gestorben, und schon zehn Jahre vorher hatte er seinen Job verloren, weil seine Kollegen ihn vor jedem Gig erst mal mit kaltem Duschen aus dem Koma holen mussten. Aber das Pils war wirklich sehr lecker.

»Inner Garderobe!«, bekräftigte Schneiders Vadder sein Sohn. »Jee-deen Tach! Willste no ein'n?«

Was 'ne Frage.

»Ich will dir mal was erzählen, mien Jong ...« Ich rutschte auf meinem Hocker in eine bequeme Stellung, drehte mir eine neue Kippe und schlürfte schon mal ein halbes Bier unter dem Schaum weg.

Leider ging in dem Moment die Tür auf, und Sven Eisenmacher versaute mir einen viel versprechenden Abend.

5. Kapitel

Naa, da isser ja!«, grüßte er scheinheilig und schüttelte sich ein paar Schneeflocken von einer sündhaft teuer aussehenden Kalbslederjacke. Aber dann guckte er sich uns kurz genauer an, sah für zwei Gäste erstaunlich viele schmutzige Gläser neben dem Spülbecken stehen und erfasste recht schnell die Lage. Sein professionelles Lächeln ließ ihn ein wenig im Stich, sein Mund schien ein enttäuschtes »Oh« formen zu wollen, und auf seiner Stirn stand: »Ich hab euch gleich gesagt: Nicht diesen versoffenen, asozialen Kölner!« Sein Abend war wohl auch im Eimer.

War'n wir halt quitt.

Aber, was soll's – er war ja nur der Manager, Baggermanns Mädchen für alles – Ombudsmann, Drogenbeauftragter, Finanzverwalter. Und als einer der Ersten in unserem Geschäft von Amateuren und Luftikussen hatte er erkannt, dass es durchaus nicht verkehrt war, sich ein paar kaufmännische und juristische Kenntnisse draufzuschaffen und als Band, die all ihr Material selbst schrieb, einen eigenen Musikverlag zu gründen. Das war ihm als BWL studierendem Spross einer alten Hamburger Kaufmannsdynastie auch nicht sonderlich schwergefallen. Also leitete er seit zwei, drei Jahren die IronmakerPublishing GmbH – alle Ausgaben wurden aus der Baggermann-Kasse gezahlt, und von allen Einnahmen sackte er einundfünfzig Prozent ein, schließlich war er entsprechender Mehrheitsinhaber und Geschäftsführer und hatte die »ganze Arbeit am Hals«. Dieses Arrangement war meinen Kollegen möglicherweise noch gar nicht so richtig aufgegangen, vielleicht war's ihnen aber auch schnurz – von ihrem Anteil der GEMA-Tantiemen konnte man sich einen ziemlichen Klumpen Afghanen leisten. Dass manche in der Branche Eisenmacher »den Jud'« nannten, fanden sie jedenfalls genauso wenig angebracht wie ich.

Natürlich ließ er sich nur zu einem Sprudel überreden, an dem er spitzmundig nippte, während ich erst mein Bier austrank, dann noch das, was Schneider mir schon angezapft hatte, und meinen Deckel bezahlte. Fürs Erste hütete ich mich, Eisenmacher um einen Vorschuss zu bitten – um Kohle würde ich noch früh genug mit ihm feilschen müssen.

Also schleppte ich mein Gepäck raus zu seinem BMW (erst drei Schritte vor dem Kofferraum bot er mir an, mir ein Stück abzunehmen) und ließ mich auf den schnieken Beifahrersitz fallen. Und natürlich musste er sich aufspielen und ausgerechnet Emerson, Lake & Palmer aufdrehen – aber was hatte ich erwartet? – und halsbrecherisch einen Waldweg voll frischem Schnee entlang schlittern – ein leichtsinniges Reh, und ich könnte mich gleich zu Raimund ins Bett legen. Ich überlegte noch, ob ich ihm zum Spaß auf seine schicken Lederarmaturen reihern sollte, aber da rutschten wir schon zwischen zwei riesigen Totempfählen hindurch und kamen drei Zentimeter vor der Heckklappe des Baggermann-Tourbusses zum Stehen. Natürlich ein fetter Mercedes 608, keine zwei Jahre alt. Ein kleines bisschen neidisch dachte ich an unseren Opel Blitz. Der war schon volljährig. Aber dafür stand auf dem auch nicht so was wie *Baggermann – Freakpower over Germany!*

Das erste Stück Freakpower, das ich zu spüren bekam, war Elvis – knappe zwei Zentner Neufundländer schmissen mich begeistert in den Schnee, leckten mir durchs Gesicht und niesten mich voll, nachdem sie meine Bier-und-Korn-Fahne in die Nase gekriegt hatten. Immer noch besser als das zweite Stück – in der Haustür tat Sibylle, als würde sie sich freuen mich wiederzusehen, fiel mir jauchzend um den Hals und rammte mir ihre knochige Hüfte in die Weichteile. Aber auch ihrer langen Nase blieb die Fahne nicht verborgen. Natürlich nicht.

»Wie deine Fahrt war, brauch ich ja wohl nicht zu fragen«, schnupperte sie ostentativ geräuschvoll, »aber jetzt hast du sicher Hunger, oder? Wir wollen gerade essen.« Spitze Betonung auf essen.

Klar hatte ich Kohldampf. Und Gentleman, der ich bin, verkniff ich mir, sie auf den Geruch von Schimmel und Haschisch hinzuweisen, der aus ihren Klamotten und ihren roten Locken stieg.

»Ach, komm, Bill – du weißt doch, dass ich weiß, dass ihr immer einen Kasten Bier im Keller habt. Und ich wette, der steht schon wieder so lange da, dass das Verfallsdatum ...«

»Leider Pech gehabt, Büb«, schnurrte sie so triumphierend, dass sie vergaß, sich das verhasste Bill zu verbitten. »Den haben die Jungs gestern Abend leer gemacht – du bist schließlich zum Arbeiten hier, oder?«

»Klar. Aber ob das was wird – mit so 'nem trockenen Hals?«

»Lass dich nich verarschen, Mann. 'türlich ha'm wir dir 'ne Flasche übrig gelassen.«

Paul hielt uns die Küchentür auf, hieb mir in die Lebergegend und klatschte Sibylle auf den mageren Hintern. Zur Strafe nahm sie ihm den halbgerauchten Joint aus dem Mund und stolzierte paffend in die Küche. Hier roch es besser – Knoblauch, Weißwein, Oliven und Kräuter überlagerten den Modergeruch, ohne den eine Landwohngemeinschaft nicht auszukommen schien. Und Shit natürlich.

»Aah«, machte ich begeistert, »wieder Bœuf Niçoise – ohne Fleisch, wie?« Solange die Kollegen daheim unter Sibylles

Fuchtel standen, waren sie alle Vegetarier. Aber sobald es auf Tour ging, saßen sie in der ersten Raststätte, die auf ihrem Weg lag, und hauten sich Bockwurst, Schnitzel und Gulasch rein. Bis auf Selmer natürlich, den Saxophonisten – der schmierte sich nicht mal Butter aufs Brot, weil man dafür eine Kuh vergewaltigt hatte. Dass irgendwelche Maserati fahrenden Arschlöcher sich den Arsch ab verdienten, indem sie mit Kräutern handelten, die achtjährige Kurdenjungs bei dreißig Grad im Schatten ernten und bei zwölf Grad minus für eine Handvoll Reisnudeln zentnerweise über mörderische Gebirgspfade schmuggeln mussten, schien seinem Gewissen nicht so viel auszumachen – er hatte ein Rohr in der Hand, für das er mindestens fünf Blättchen gebraucht hatte. Und es war offensichtlich nicht sein erstes – seine Augen schwammen in einer rosigen Flüssigkeit, und er grinste, als habe er einen kleinen Mann im Ohr, der ihm einen Ostfriesen-Witz nach dem anderen erzählte.

»Ey, Mann«, brachte er heraus. »Cool, ey. Der – ääh – der Büb, ey.«

Der kleine Mann in meinem Ohr bedauerte fast, dass Eisenmacher auf seinem Weg zu Schneiders Dorfkrug kein Reh getroffen hatte.

»Do es ene Kääl en mingem Kopp – Määt mich langsam, ävver beklopp'«, klimperte Paul auf einer akustischen Zwölfsaitigen, zwar meiner Ankunft zu Ehren, aber durchaus passend, einen von Penner's Radios vielen heimlichen Hits (eigentlich hatten wir ja nur Hits – und irgendwann würde das auch mal jemand merken). Die große Überraschung war das Mädel, das neben ihm auf einem der Sofas saß und plötzlich lachend den Text mitsang – in akzentfreiem Kölsch! Die würde ich mir später noch genauer angucken müssen.

Aber erst mal galt es natürlich den Chef zu begrüßen. Der saß am Kopfende eines Esstisches für zwanzig Personen in seinem Thron, einem hohen Eichenlehnstuhl mit wilden Schnitzereien, und blickte abwesend von einem winzigen Steckschach auf, als sei er überrascht, mich zu sehen.

»Hansi!«, lautete meine wohlgesetzte Begrüßungsrede. Es ist zum Kotzen – ich kann arrogante Menschen nicht ausstehen, sie können mich eigentlich nicht im Geringsten beeindrucken, und ich durchschaue sie meistens bis zu den Pickeln auf ihren selbstherrlichen Hintern, aber trotzdem tue ich mich schwer, mich nicht von ihnen verunsichern zu lassen. Kommt vielleicht davon, dass man als Arbeiterkind auf eine Herde »richtiger« Gymnasiasten losgelassen wird. Beziehungsweise umgekehrt. Ich wanderte zu ihm hinüber und blieb zur Kompensation einen Meter vor ihm stehen, mit ausgebreiteten Armen, sodass er sich genötigt sehen musste, höflich zu sein, aufzustehen und mir einen Schritt entgegenzukommen.

»Der Büb«, konstatierte Hansi lässig, aber korrekt. »Kommt mal wieder was Leben in die Kräuterbude, wie?« Er klopfte mir ein paar Mal auf den Rücken und befummelte meine Rechte.

Ich fühlte mich wie Hänsel, aber ich war wohl immer noch nicht fett genug, denn die Knusperhexe ließ von mir ab und setzte sich wieder an ihr Schachbrett.

»Springer auf f9«, sagte ich. Verdutzt guckte er auf seiner Partie herum, bis er den blöden Witz schnallte und säuerlich grinste.

Selmer wollte sich hingegen nicht mehr einkriegen vor Lachen. »Springer auf f9!«, jaulte er. »Läufer auf fis-moll7!!«

»Schockemöhle auf Alarich«, ergänzte Paul grinsend.

»Wilson Pickett auf Lester Young!!!«, kreischte Selmer.

Kiffer.

»Essen is fertig, Kinners!«, klatschte Sibylle in die Hände. »Sagt jemand dem Schrat Bescheid?«

»Nit nodig«, brummte es von der offenen Küchentür her. Weit offen, denn der Schrat war so breit wie groß, und er war ziemlich groß. Ein Bär von einem Kerl, mit wilden schwarzen Locken und einem noch wilderen schwarzen Bart, dem die lila Latzhose, die er trug, ähnlich gut stand wie mir das Gelbe Trikot. Wir führten ein kleines Wiedersehenstänzchen auf.

»Mann, hab ik auf dir chewartet!«, holländerte er strahlend, angelte zwei Pullen Bier aus seinen Hosentaschen und knackte zwischen seinen Pferdezähnen die Kronkorken ab. »Endlik einen, mit dem ik mal wieder ein'n zischen kann! Wat, Billa?«

Sibylle sagte nichts, aber ihr Gesicht sprach Bände. Ihre ganze schöne Hausmütterchen-Autorität drohte flöten zu gehen.

»*Die Mary Ann aber ließ ihn nicht los*«, sang der Schrat. »Wat, Büb, oude klootzak?«

Damit war ich sein Freund geworden, als wir uns vor ein paar Jahren kennen lernten, auf irgendeinem Festival irgendwo in Ingendingenhingen. Als ich ihn das erste Mal sah, war mir spontan das alte Freddy-Quinn-Lied in den Kopf gekommen, und ich hatte es ihm gleich vorgesungen. Und an mehreren Theken noch mehrmals vorsingen müssen, er hatte es nämlich nicht gekannt und war völlig begeistert – ein eigenes Lied! Für ihn, der doch bloß Roadie bei einer Krautrock-Kapelle war! »So groß wie ein Baum und stark wie ein Bär – So fuhr er das erste Mal übers Meer ...« Und Big Bill Broonzy wälzte sich in seinem Grab herum.

Arm in Arm walzten wir eine halbe Runde um den Tisch.

»He, koptein«, dröhnte mir der Schrat ins Ohr, »has du schon Mischa kenne'chelernt, mein Meisje?« So viel zu »später genauer angucken« – rundum appetitliche, schwarzlockige Einssechzig sprangen in seinen Arm, reichten mir ein schwitziges Händchen und versuchten, mir die Finger zu zerquetschen.

»Tach, Herr Klütsch, isch ben et Mischa, us Lungke. Alles en Dortmund?« Sie nahm dem Schrat seine Pulle aus der Hand und holte aus.

Na, war das auch erledigt – um vorlaute Frauen mit schwitzigen Händen mach ich eh lieber einen Bogen.

»Teller!«, machte Sibylle Boden gut. »Besteck! Brot!«

»Willkommen in Hinderup«, grinste Paul. Ich ließ das kölsche Mädchen unsere Flaschen aneinander knallen und mir erst mal das Bier in den Hals laufen. Trocken, wie der schon wieder war.

»Isch kenn disch!«, verkündete Mischa dann auch noch. »Isch hab disch mal mit dem Kathrinschen zusammen jeseh'n – auf'm Mädschenklo im *Session.*« Ihr Kichern verriet, dass das nicht beim Lippenstift-Nachziehen gewesen war.

»Tja, die Welt is klein«, brachte ich hervor.

»Un – wie jeht et der? Seid ihr noch zusammen?«

»Nö«, sagte ich und machte die Pulle alle.

»Komm, Herr Baggermann, sei unser Gast und segne, was du uns eingedudelt hast«, mussten wir dann am Tisch beten, während alle sich an den Händen gefasst hielten. Aber wenigstens spendierte uns Herr Baggermann Rotwein zum Essen.

6. Kapitel

Ja, allerdings, mein Freund: Was 'ne Woche«, bestätigte ich meinem Spiegelbild noch einmal und bemühte mich, den Rallyestreifen zwischen meinen Koteletten zu rasieren, ohne mich umzubringen. *Your face – Is drawing – Crazy patterns – On my mind* sang Tom Rapp nebenan. »Wenn ich das nächste Mal abhebe und es meldet sich ein Herr Eisenmacher, sag' ich ›Falsch verbunden!‹ und lege sofort wieder auf. Wie soll ich dich eigentlich nennen?«

»*They call me Mister Pitiful*«, sang er. »Aber immerhin tausend Ocken! Plus Fahrgeld – da hast du doch nicht mit gerechnet, oder?«

Hatte ich nicht.

»Und dein Name auf dem Cover einer Platte, die sich wahrscheinlich deutlich mehr verkaufen wird als alle drei Penner's Radio-Alben zusammen. Is doch auch was, oder?«

War auch was.

»Und trotz Kiffer-WG jeden Abend gemütlich angeschickert in die Koje. Hättste au'nich gedacht, hä?«

Hatte ich auch nicht.

»Und beinahe nicht mal immer alleine! Hättste damit gerechnet?«

Nein, damit hatte ich allerdings überhaupt nicht gerechnet. »Blödmann!«, knurrte ich. *That's how I got my fame*, bellte Mr. Pitiful fröhlich.

»Wie, du hast keinen Schlafsack dabei?!«, hatte Sibylle sich gewundert, als der Schrat nach dem Essen wieder hereinkam und mein Gepäck neben einen der drei Kühlschränke pfefferte.

»Wusste nicht, dass ich hier neuerdings einen brauche«, klimperte ich sie an.

Sie wurde rot und zerpflückte heftig ein Stück Kerzenwachs. Nicht besonders fair von mir, aber sie ging mir zusehends auf die Nerven, und das schon am ersten Abend. Dass sie gleich versuchte, mir ein Bündel Verhaltensmaßregeln für die Woche aufzudrücken, hätte ich ja noch lustig gefunden, wenn mir auch ihre Behauptung, Raimund sei jeden Morgen um acht mit Elvis eine Runde durch die Botanik gelaufen, schwer danach klang, als wollte sie bloß dafür sorgen, dass ich nicht wieder bis morgens um fünf mit dem Schrat und einem Kasten Bier um den Billardtisch herumhing. Dass ich während meines Aufenthalts einmal mit Kochen und einmal mit Abwaschen dran sei, war für mich sowieso selbstverständlich. Dass sie aber meinte, sich auch einmischen zu müssen, als wir anfingen, über die Stücke zu reden, auf denen ich trommeln sollte, ging mir entschieden zu weit. Darüber würde ich mit Hansi noch genügend Zoff kriegen, dafür brauchte ich die Weisheiten der Band-Mutti wahrhaftig nicht.

»Ich hab noch 'ne zweite Steppdecke«, sprang Paul ein.

»Alles klar«, sagte ich.

»Morgen nach dem Frühstück hören wir uns mal an, was wir bis jetzt auf Tape haben«, entschied Hansi, ganz der Kapellmeister, »und dann spielen wir dir mal vor, was an neuem Material da ist.«

»Un' dann 'ne Jam-Session, ey!«, beteiligte sich Selmer.

Super, dachte ich. Session hieß bei Selmer, der wiederum Selmer hieß, weil er nie ein Saxophon einer anderen Marke auch nur anfasste, dass er nach dem vierten Joint sein Echogerät nachjustierte, bis es klang, als hätte man fünf Fichtelgebirge hintereinander gestapelt. Dann trötete er in eins seiner Hörner, ein, zwei, vielleicht sogar drei Töne, lauschte erst mal ein paar Takte versonnen und weggetreten dem Weg der Echos hinterher, und erst, wenn von irgendwo in Freakistan eine Antwort kam und seinem vernebelten Hirn sagte, dass er es ruhig wagen könne, sich zu einem vierten Ton durchzuringen, kam er wieder auf den Teppich und an sein Mikrophon zurück.

Leider war sein Ehrgeiz dabei auch, das Echogerät auf das Tempo des Stückes einzustellen, das gerade gespielt wurde. Was er allerdings höchst selten schaffte, bevor seine Mitspieler mal wieder einen der bei Jam-Sessions üblichen und häufigen Tempowechsel vollzogen hatten.

Hinzu kam, dass auch Paul, an sich ein netter Mensch und ein klasse Gitarrist, zu später Stunde den Versuchungen des einen oder anderen Hallgeräts nicht widerstehen konnte und zu ein paar von seinen typischen merkwürdigen Akkorden – er spielte umgebaute Gitarren, an denen die tiefe E-Saite unten und die hohe oben lag – anfing, Gesang zu improvisieren. Wie gesagt, ein toller Gitarrenmann, aber sein Gesang klang wie Fräulein Menken auf Rohypnol. Und sein Englisch war nicht halb so gut wie Rudi Carrells Deutsch.

Allerdings hatte er noch einen guten Grund, auf lange Gitarrensoli zu verzichten, und der hieß Hansi Hedegger. Und so spielte er auch. Er hackte mit einem riesigen, viel zu harten Plektrum aus Büffelhorn seine Sechzehntel auf den straff gespannten, viel zu dünnen Saiten seines *Kramer* herum, einer amerikanischen Bassgitarre, die zu allem Überfluss noch einen Hals aus Stahl hatte – kein bisschen naturhölzerne Wärme. Die Höhen und oberen Mitten seines Verstärkers waren bis zum Arsch aufgedreht, sodass sein Geschrabbel klang, als hämmerte jemand mit Moniereisen auf einem Sauerkrautfass herum. Vielleicht hatte das ja diesen englischen Journalisten zu dem Begriff Krautrock inspiriert. Zum Ausgleich, und weil ihm vielleicht in einer Auftrittspause doch noch jemand geflüstert hatte, dass er doch der Bassist sei, drehte Hansi auch noch alles zwischen achtzig und hundertachtzig Hertz bis hinten gegen – wenn er mal gelegentlich einen tiefen Ton ausklingen ließ, hatte man Angst, seinen Schlagzeughocker vollzuspratteln. Kam aber zum Glück selten vor.

Seine berühmten Sechzehntel waren so akkurat wie Millimeterpapier – allerdings erst zerknüllt und dann wieder aus dem Papierkorb gefischt und notdürftig geglättet. Wenn du als Schlagzeuger auch mal probiertest, welche zu spielen, klang das mit seinen zusammen wie eine Häckselmaschine. Raimund schien das nicht weiter zu jucken, aber mir rollte es die Zehennägel auf. Dass Hansi seine Riffs häufig und unmotiviert unisono ins Mikrophon schnatterte, machte die Sache auch nicht gerade besser.

Worüber wir uns auch prompt immer wieder in die Haare gerieten, erst recht in dieser Woche, wo es um die wichtigen Aufnahmen ging.

Ihr Publikum liebte es, wenn bei Auftritten die Baggermann-Kompositionen in kilometerlange Improvisationen mündeten. Beziehungsweise ausuferten. Na ja, kein Wunder – ihre Fans waren noch simpler gestrickt als unsere, und man konnte förmlich hören, wie in jedem einzelnen von ihren leeren Schädeln die Tischtennisbälle herumklackerten. Aber bei mir waren Sessions mit den Baggermännern so beliebt wie ein Aushilfsjob bei den Flippers. Fehlte nur noch, dass Paul anfinge, *Weine nicht, kleine Eva* zu singen.

Völlig ausgeschissen hatte ich bei Hansi am dritten Tag, als ich ihn nach einer heftigen und ermüdend ergebnislosen Diskussion über Präzision und Timing zum Spaß mal ein paar

Takte die Sechzehntel eines Drumcomputers mitrattern ließ, sogar noch bei seinem Lieblingstempo. Dasselbe tat ich auf einer anderen Spur, dann ließ ich das Band mit halber Geschwindigkeit wieder ablaufen. Während meine Snareschläge zusammen mit denen des Japaners klangen wie Axthiebe in eine Porsche-Tür, war sein Bass so synchron wie ein Trupp Bundeswehrsoldaten auf dem Hauptbahnhof am Freitagabend. Dass Paul sich nicht hatte verkneifen können, bei der Bandgeschwindigkeit klänge der verdammte *Kramer* endlich mal wie ein richtiger Bass, hob Hansis Stimmung auch nicht gerade.

Na ja, hatte auch sein Gutes – an dem Abend wurden frustriert ein paar Flaschen Rum aufgemacht, und zu der unvermeidlichen pseudo-basisdemokratischen Grundsatzdiskussion gab es Grog bis zum Abwinken.

Das voraussehbare Ergebnis des Gespräches war, dass ich als Mietmucker gefälligst meine eigenen Kanaldeckels-Ansprüche zurückzuschrauben und mich auf den Baggermann-Stil einzustellen hätte. Nach dem siebten oder achten Grog konnte ich das auch locker abnicken.

Weniger voraussehbares Ergebnis des Besäufnisses war, dass Sibylle mich zuuufällig um vier Uhr morgens im Bad traf – genau wie vor zwei Jahren, bei meinem ersten Besuch in Hinderup. Damals waren wir nach einem ausgiebigen Test von ein paar Kisten Rotwein, die Hansi aus Portugal mitgebracht hatte, auch im Halbdunkeln in der Badezimmertür zusammengestoßen, beide schon bettfertig gekleidet, also gerade mal ein T-Shirt an. Und als hätten uns der Portugiese und der Fado, den wir passenderweise dazu gehört hatten, inspiriert, hatten wir plötzlich knutschend auf dem Badewannenrand gesessen. Ein Stündchen später, wir lagen inzwischen quer auf ihrem Bett und versuchten gerade, mich zu einer Zugabe hochzupäppeln, war sie mit einem Mal wieder nüchtern geworden.

»Was...? Mensch, wie kommst du denn ...?«, stotterte sie mit großen Augen, erschrocken keuchend.

»Das hast du doch eben offensichtlich gemerkt«, versuchte ich ihre Stimmung zu lockern. »Und von dir weiß ich's jetzt auch. Sehr angenehm, übrigens«, versuchte ich, ihr das zu beweisen. Aber entsetzt stieß sie meine Hand weg.

»Du musst sofort in dein Zimmer!«, haspelte sie. »Ich habe hier nie ...! Nie!«

»Nie Besuch? Nie Gesellschaft?«, fragte ich ungläubig.

Sie guckte weg, wühlte nach ihrem T-Shirt und zog es über.

»Ah, ein neuer Fan«, machte ich sie freundlich frotzelnd darauf aufmerksam, dass sie mein Penner's-T-Shirt erwischt hatte, eins von denen mit den zahnlos lachenden tanzenden Berbern. »Steht dir aber auch gut.« Sie riss es sich so hastig wieder vom Leib, als hinge es voller Spinnen.

»Geh jetzt!«, drängte sie und zog ihr eigenes über.

»Nie?«, beharrte ich. »Mit keinem von deinen Jungs?«

Sibylle, die kaltschnäuzige Herrin von Hinderup, errötete tatsächlich. »Das geht dich nichts an.« Nachdrücklich schob sie mich von ihrem Bett und drückte mir meine Berber in die Hand.

Nebenan aus Hansis Zimmerflucht ertönte eine Serie schneller spitzer Schreie. Er hatte sich ein bisschen Fan-Besuch mitgebracht. Sibylle erstarrte, und eine Sekunde lang dachte ich, sie würde mich wieder festhalten wollen. Ihre Augen glitzerten, als wolle sie anfangen zu weinen. Aber vielleicht war's auch nur das Kerzenlicht.

»Ach so«, sagte ich, stand auf und zog mich an. »Na ja, wenn er so pimpert, wie er Bass spielt, würd' ich auch nicht mit ihm angeben wollen.«

Einen Moment sah es aus, als wolle sie mir eine scheuern, aber dann hauchte sie mir einen Kuss auf die Wange und umfasste kurz mein verschrumpeltes Bübchen.

»Schlaf gut«, flüsterte sie, schob mich von sich, ließ sich wieder auf das Bett fallen und wickelte sich in ein Laken, das Gesicht zur Wand gedreht.

»Du auch«, wünschte ich ihrem Rücken und ging mal nachsehen, ob der Rest des Portugiesen schon dekantiert war.

Die restlichen Tage meines Besuches – wir nahmen gerade im Baggermann-Studio für kleine Mark ein paar Penner's-Demos auf – hatte sie mich kaum noch angesehen und kein einziges Wort mehr mit mir gesprochen.

Weiber.

Und dann diesmal das. Ich komme zwischen zwei Grogs vom Pinkeln zurück und habe meine Hose noch nicht ganz zugeknöpft, da steht sie wieder in der Badezimmertür und lässt mich nicht vorbei. Als ich sie vorsichtig um die Hüften fasse, um sie verlegen grinsend zur Seite zu schieben, wirft sie mir beide Arme um den Hals und ein Bein um den Hintern, schiebt mir ihre scharfe Zunge zwischen die Zähne und spült mir einen Schluck lauwarmen, puren Rum in den Mund. Das Zeug fährt mir in alle Körperenden, als hätte ich an einen elektrischen Weidezaun gepinkelt, und da erst merke ich auch, dass sie wieder nur ein Hemd anhat. Ein verwaschenes Herrenhemd, nicht zugeknöpft. Sie ist noch dünner als vor zwei Jahren; mit ihren Beckenknochen hätte ich mir die Reste des Abendessens aus den Zähnen pulen können. Mit einer Hand öffnet sie meine halb geschlossene Hose wieder und massiert eine beginnende Erektion, so heftig, als wolle sie mich dafür bestrafen, dass ich schon wieder im Stehen gepinkelt hatte.

»He!«, sage ich, als sie irgendwann Luft holt. Nie um ein schlagfertiges Witzchen verlegen, der Büb.

»Sei still«, legt sie mir kurz die andere Hand über den Mund, »wollt' dir nur sagen, dass ich das nicht vergessen habe, damals.« Lässt mich los, dreht sich um und verschwindet in ihrem Zimmer.

Da stehe ich, weder bestellt noch abgeholt, der Rum pocht von hinten gegen meine Augäpfel wie der Sekundenzeiger einer Bahnhofsuhr, während mein kleiner Zeiger vorwitzig auf ihre Zimmertür deutet. Und frage mich, wie ich das nun wieder interpretieren soll.

Na, wenigstens hatte ich zum guten Schluss meinen Job noch zufriedenstellend hinter mich gebracht. Hing zwar immer noch eine Weile auf der Kippe, aber am fünften Tag hatte sich dann auch Raimund endlich mal blicken lassen – er ließ sich im heimischen Tübingen von Muttern pflegen, und mit seiner unverletzten Hand wälzte er den ganzen Tag Motorradkataloge.

»Geil, Alder!«, meinte er neidlos, nachdem wir die Aufnahmen durchgehört hatten, und knallte mir seinen Gipsarm ins Kreuz. »Hätt' i net besser mache' könne'. Wuscht' i's doch, deß du die richt'ge Verdredung bischt.« Hansi machte große Augen und schmale Lippen, Paul grinste bestätigend, Selmer baute einen.

»Gottverdickie!«, schrie der Schrat und machte mir ein Bier auf, was Billa nicht mal mit einem Wimpernzucken kommentierte. Ich hielt es mit Elvis und mich bescheiden zurück.

»Hätt's net nur net besser mache' könne'«, erklärte Raimund der erstaunten Versammlung, nachdem der Joint seine letzte Runde gedreht und wir uns das Ganze noch einmal angehört hatten. »Am liebschte wurd' i jetscht die andere

Nummere noch emol trommele.« Das war allerdings ein Kompliment. Elvis zwinkerte mir zu, und ich prostete zurück. Sie würden allerdings beim Mischen ein bisschen Mühe haben, mit ihren Kompressoren und Equalizern so zu tun, als hätte Raimund meinen Bums.

Auf jeden Fall war das Ergebnis so ausgefallen, dass ich sie beruhigt meinen Namen aufs Cover schreiben lassen konnte, und ich würde auch nicht rot werden müssen, wenn mich jemand auf die Platte ansprach.

Okay, meine Kollegen Veedelnoh und Eiermann würden ein paar Wochen lästern, aber damit konnte ich leben.

Nachdem ich mir ein paar Fuhren kaltes Wasser ins Gesicht geschmissen hatte, konnte ich auch mein Spiegelbild wieder halbwegs als meins erkennen. Aber ich kam mir vor wie ein verwackeltes Foto, die Sorte, die nicht im Album landet, sondern in einem Schuhkarton oben auf dem Schrank. Zu schade zum Wegschmeißen – konnte man ja gelegentlich eines feucht-fröhlichen Abends noch mal rauskramen: Guck ma', der Büb bei der Dingens-Feier – sieht doch echt komisch aus, oder?

Zurück in Köln, für ein paar Wochen meine Geldsorgen los, musste ich dann erfahren, dass die hiesige Kripo im Zusammenhang mit dem Fall Kathrinchen drei österreichische Zuhälter festgenommen hatte. Und nach zweitägiger U-Haft wieder laufen lassen – Tatverdacht nicht bestätigt, Fluchtgefahr nicht gegeben. Also ging ich erst mal zu Ferdi und ließ mich von ihm ein bisschen abfüllen, während ich mich was umhörte, bevor wir auf eine Runde um die Häuser zogen, die Donnerstagabend begonnen und irgendwann vorletzte Nacht geendet hatte. Knirschend kramte ich in meinem Gedächtnis herum, kam auf vielleicht sieben oder acht

Kneipen, aber dem Geschmack meiner Rülpser und dem Geruch meines Urins nach mussten es ein paar mehr gewesen sein – Bier natürlich, jede Menge, Apfelkorn, Ouzo, Gin, veredelt von einem Hauch von Magenbitterkräutern.

Kein Wunder, dass der Büb echt komisch aussah.

Fragt erst mal, wie er sich fühlt...!

Nein. Fragt nicht.

... and life is not a song ...

»Du bist selber schuld!«, schimpfte sie. Ihre Stimme klang zittrig, brüchig, als leide sie innerlich doch ein bisschen mit ihm – aber natürlich würde sie nicht eingreifen, natürlich würde sie ihn nicht retten. Das hatte sie einmal versucht, als er im Winter auf der im Hof gestreuten Asche knien musste, weil er mit Streichhölzern gespielt und ein Loch in die Tischdecke gebrannt hatte. Der Alte hatte sie geohrfeigt, grob an den Haaren herumgezerrt und sie ebenfalls dort knien lassen, zwei Stunden lang, frierend, mit schmerzenden Kniescheiben, schluchzend. Nein, sie würde ihm nicht helfen. Nicht helfen können.

Noch ein Löffel voll. Rhabarbergemüse mit Kartoffelbrei. Kalt – der Rest seines Abendessens. Von gestern. Da war der Junge nach mehreren Schlägen in den Nacken, nachdem ihm der Alte zweimal das Gesicht in den halb geleerten Teller gedrückt hatte, ins Bett geschickt worden, mit dem bekannten, gefürchteten Versprechen. Die halbe Nacht hatte er würgend wachgelegen, lautlos unter seiner Decke geweint, ein Erdbeben, einen Blitzeinschlag, eine Panzerarmee herbei gebetet.

Und selbstverständlich hatte der Alte es sich nicht nehmen lassen, ihn schon vor dem Morgengrauen aus dem Bett zu zerren, in die noch kalte Küche, während sie den Herd in Gang brachte. Hatte den Teller aus der Vorratskammer geholt, zum Glück nicht bemerkt, dass sie ein unauffälliges Häppchen davon schon hatte verschwinden lassen, die eklige rosarote Pampe auf den Küchentisch geknallt und ihn auf den Stuhl davor gedrückt.

»Und das isst du jetzt!« Und als Prophylaxe gleich zwei schmerzhafte Kopfnüsse dazu.

Drei Löffel hatte der Junge geschafft, den widerlichen Brei gekaut, fast eine halbe Stunde immer wieder und wieder im Mund umher-

gewälzt, bis er sich überwinden konnte, ein kleines bisschen davon herunterzuschlucken; klar wusste er, dass das Zeug nur immer ekliger wurde, je länger er das Schlucken hinauszögerte – aber die Angst, dass es sich wieder selbstständig machte, seine Speiseröhre sich weigerte, es weiterzubefördern, sein Magen sich weigerte, es anzunehmen, war zu groß. Und dann war es ihm doch hochgekommen. So gerade noch schaffte er es, den Kopf zur Seite zu drehen. Schon einmal, im letzten Herbst – Breitlauch mit Graupen – war es ihm passiert, dass er, sich übergebend, den Teller getroffen hatte, und er hatte alles zusammen aufessen müssen – das schlimmste Frühstück seines Lebens.

Jetzt traf ihn eine Ohrfeige, die ihn seitlich vom Stuhl warf, aber bevor er sich unter dem Tisch verkriechen konnte, war die Hand da, packte das Fleisch an seinem Oberarm und riss ihn wieder hoch.

»Gottverdammter ...« Draußen röhrte ein Lastwagenmotor und eine heisere Hupe erklang zweimal.

»Ach, der Wolfi«, rief seine Mutter, bemüht beflissen, einen schrillen Unterton von Verzweiflung in der Stimme, von Hoffnung auf Erlösung. Sie packte die verbeulte Aluminiumdose mit den Butterbroten und die Kanne mit dem Getreidekaffee in die verschlissene braune Aktentasche, drei hart gekochte Eier. »Hier, ich tu' dir zwei Äpfel dazu!« Der Alte schnaubte verächtlich, ging zum Vorderfenster und öffnete es.

»Ja zaraz wraca!«, *schrie er hinaus. »Ich komme gleich!« Kam wieder zurück. »Jetzt mach, Junge, stell dich nicht so an«, tat er freundlich, »Rhabarber ist gesund! Willst doch groß und stark werden, oder? Komm, ein Löffel noch!« Griff sich die kleine Nase und hielt sie zu. Als der Junge, nach Luft schnappend, den Mund öffnete, schob er ihm einen gehäuften Löffel voll hinein. Hielt die Nase weiter fest im Griff, bis alles hinuntergeschluckt war. Ignorierte das Würgen, den Strom von Tränen. »Na siehste, geht doch!«, sagte er zu beiden, gab dem Jungen noch einen harten Klaps auf den Kopf und der Mutter einen noch härteren auf ihr dürres Hinterteil. Schnappte sich seine Tasche und polterte hinaus.*

Schnell griff die Mutter sich den abgestoßenen weißen Emaille-Putzeimer und hielt ihn dem Jungen vor das hochrote Gesicht, nur um die Nase herum noch weiß von den eisernen Fingern, und im hohen Bogen erbrach der sich in den Eimer, ein rot-grüner Schwall von Zerkautem und Galle, während ihm der Schweiß in dicken Tropfen aus der Stirn brach. Keuchend hielt er inne.

»Groß und stark!«, flüsterte er. »Groß und stark! Wenn ich groß und stark bin, schlag' ich ihn tot!«

Von draußen hörten sie das Gelächter der beiden Männer, dann knallte eine Wagentür, der Motor brüllte auf, und sein böses Grollen entfernte sich langsam, verlor sich im Grau des beginnenden Tages, im Knistern des Herdes, dem Ticken der großen Uhr auf dem Küchenschrank, dem Kratzen des Löffels, mit dem die Mutter den Rest des Essens in den Eimer schob, ihrem bebenden Atem.

»Dann musst du essen!«, kam es tonlos aus ihrem Mundwinkel, als sie sich wegdrehte und, den Löffel noch in der Hand, ein hastiges Kreuzzeichen über ihrer mageren Brust schlug.

7. Kapitel

5 *Tote in Bonn!* blökte der EXPRESS mich an, als ich endlich so weit war, dass ich am Küchentisch sitzen, ein Glas frische Milch bei mir behalten und vorsichtig an einer Rollmopsstulle kauen konnte. Ich konnte sogar die Buchstaben entziffern, ohne dass meine Augen mir immer wieder nach links innen oder rechts außen wegrutschten.

Aus Verzweiflung darüber, dass seine Ehe völlig zerrüttet war, hatte ein fünfundvierzigjähriger Familienvater seine Frau, seine sechzehnjährige Tochter, seine Schwiegereltern und anschließend sich selbst mit Kopfschüssen ins Jenseits befördert. Ob er an ein besseres Leben nach dem Tod glaubte? Das würde sich wohl auch den Rest seines Lebens sein jetzt vierzehnjähriger Sohn fragen – den hatte Papi nicht richtig getroffen, der war jetzt bloß blind.

Noch mehr Schüsse waren an der Schweizer Grenze gefallen – dort hatte ein vorbestrafter deutscher Rechtsradikaler einen Grenzer erschossen, bevor er im darauf folgenden Feuergefecht tödlich getroffen wurde. Das BKA vermutete, dass er in der Schweiz Waffen für eine unserer einheimischen Wehrsportgruppen besorgen sollte. Einfach nur Kreuzchen bei NPD zu machen, reichte denen nicht.

Auf dem linken Flügel randalierten Jugendliche in Berlin und Zürich. Die Berliner versuchten, mit Brandsätzen auf Sparkassen und Banken inhaftierte Hausbesetzer freizupressen, während Jung-Zürich protestierte, weil sein berühmtes AJZ geschlossen werden sollte, das Autonome Jugendzentrum. Geschieht euch recht, fand ich – was beschmeißt ihr auch harmlose deutsche Rockbands auf Benefiz-Konzerten mit Milchtüten? *Vollen* Milchtüten!

»Weil ihr hier doch bloß Werbung für eure Platten machen wollt!«, kreischen sie empört zurück.

Da kann ich mir bessere Methoden vorstellen, entgegne ich ungerührt, nehmt euch ein Beispiel an den Punks im AJZ Hannover – die haben uns wenigstens mit Bier beschüttet! Oder an den militanten Mädels in Frankfurt, die unseren gelben Bandbus über und über mit Schokolade beschriftet haben! Mit diesem süßen Werbeträger für deren gerechte Sache (*Schwanz ab, Dumpf-Chauvis!* Aber dann doch: *Neue Männer braucht das Land!* – ohne Schwanz, Mädels?) waren wir dann fünf Wochen – bis zum nächsten kräftigen Regen nämlich – landauf und landab gefahren. Fragten uns heute noch, ob das nicht den Feminismus in der BRD ein gutes Stück vorwärts gebracht hatte – immerhin hatten wir nach diesen fünf Wochen siebzehn Auftritte und sechstausenddreihundert Kilometer mehr auf dem Tacho. Und unser Opel Blitz hieß nur noch »die Bussin«.

In Teheran wurde laut EXPRESS noch nicht geballert, da drohte man nur mal wieder, den seit dem vierten November festgehaltenen zweiundfünfzig amerikanischen Geiseln den Spionageprozess zu machen. Noch-Präsident Jimmy Carter fand das »beleidigend«, während der künftige, Ronald Reagan, die Iraner als »kriminelle Kidnapper« beschimpfte.

Verstorbener des Tages war Großadmiral Karl Dönitz, mit neunundachtzig Jahren in Hamburg einem Herzversagen erlegen. Nach Hitlers Selbstmord war er dreiundzwanzig Tage lang Reichspräsident gewesen, hatte dann, weil Hitler ja nicht auf ihn gehört und die U-Boot-Flotte ausgebaut hatte, die Kapitulation genehmigt. Ein Jahr später noch verkündete er den Richtern des Nürnberger Prozesses, man »habe den Eid halten müssen, solange immer anständig war, dem die Loyalität galt. Dass der Führer nicht anständig war, das habe ich nicht erkannt.« Deswegen auch: Nicht über Los, zehn Jahre Haft.

Von toten Frauen in Kühlkellern stand nirgends etwas, auch nichts von einem schlichten schwarzen Grabstein auf dem Nordfriedhof, auf den in zierlichen goldenen Lettern *Katharina Maria Löhr* graviert war, *12. 11. 1952 - 4. 12. 1980. – Lieber ein Augenblick mit einem Engel als ein Leben mit einer Heiligen* stand nicht darauf, obwohl das der Epitaph war, den Kathrinchen sich gewünscht hatte. Aber vielleicht war ich der einzige Mensch gewesen, der das wusste. Und mich hatte niemand gefragt.

Mich hatte niemand fragen können, selbst wenn sie es gewollt hätten – am Tag ihrer Beerdigung hatte ich schließlich auf einer Bühne von der Größe einer Tischtennisplatte in einer Kellergalerie in einem Kaff bei Karlsruhe gesessen, um mal wieder ein paar Mark für die Miete nach Hause zu bringen. Also hockte ich mit meinem Schlagzeug in eine Ecke gepfercht, als hätte ich Angst vor unserem Publikum, eingekesselt von zwei Verstärkern, vor mir Tom Sack mit seiner 50er-Jahre-*Guild* und in der anderen Ecke unser Bassist Eiermann, der auf seiner Box saß, weit vornübergebeugt, damit man erstens nicht sein permanentes Kichern sah und er zweitens hören konnte, was aus seiner Box überhaupt raus kam – eigentlich spielte er eher nach Gefühl als nach Gehör, nach den Schwingungswellen, die er unterm Hintern spürte, während ich meine Besen so locker gespannt hatte, dass ich genauso gut mit halbgaren Makkaroni hätte trommeln können. Toms Slide klang, als käme sie aus einem handlichen Diktiergerät; sein Mikrophon war quasi ausgeschaltet, und er bellte seinen Mississippi-Blues fast unverstärkt über die weißgedeckten Tische, an denen unser Publikum in Vernissage-Klamotten Schildkrötensuppe schlürfte, mit Kennermiene auf französischem *Chateau de la Vachequirit* herumkaute und sich in kultiviert-gedämpftem Ton an einem gelungenen Abgang freute, etwas, das uns dreien heute wahrhaftig nicht vergönnt war.

Zwischendurch zeigten sie sich gegenseitig die Gemälde an den grob verputzten kalkweißen Wänden – *très mediterranée* –, Quadratmeter große Geschmackssachen in Gelb, Grau und NSU-Prinz-Farben für viereinhalb Mille das Stück, klopften sich gegenseitig, also sich selbst, auf die Schultern für ihre tolle Entdeckung – noch ein Abgang –, freuten sich über ihre Schnäppchen und nickten gelegentlich anerkennend zu dem vergeistigten Künstler hinüber, den all die roten Punkte, die an seinen Rahmen klebten, und wohl auch das eine oder andere Gläschen Geschäftsabschluss-Sekt so aus der Bahn geworfen hatten, dass er fröhlich, beidhändig und laut den Takt mitschnippte – schade, dass es nicht der unsere war. Und nach jeder Nummer applaudierte er lautstark und verlangte fachmännisch nach dem *Hoochie Coochie Man, yeah!* – wahrscheinlich die einzige Bluesnummer, die er kannte. Ich wusste, wie gerne Tom Sack diesen abgenudelten Song spielte, aber als er sich animiert zu uns herumdrehte, machte ich ihm dezent und diplomatisch klar, dass so ein zweiundzwanziger Ride-Becken, auf kurze Distanz umgekippt, doch ganz schön unschöne Kopfverletzungen verursachen kann. Auch wenn es sein Gig war und wir nur die Begleitmucker.

Woraufhin Eiermann mit hochrotem Kopf prustend drängelte, wir sollten doch schleunigst mal zur letzten Nummer kommen, sonst müsse er sich noch in die Hose pissen; da erst entdeckte ich, dass neben seiner Box drei Flaschen von dem *Chateau la Dingens* standen, wovon allerdings zwei schon zum Leergut gehörten.

Also torkelten wir noch somnambul durch eine Bleiadler-Version von *Stormy Monday* und hofften, uns eine Zugabe zu ersparen, indem wir für T-Bone Walkers *Sail On Boogie* ein paar Briketts nachlegten. Aber obwohl das der einen oder anderen Zuhörerin ihr Tiramisu vom Löffel blies, mussten wir doch noch mal ran, nicht zuletzt, weil der Künstler inzwischen so weit war, dass er sich auf die Bühne schwang, sein geblümtes Halstuch schwenkte und seine Mäzene energisch aufforderte, nach mehr zu klatschen.

Zur Strafe kriegten sie als Encore *Shake Your Moneymaker* in der Haut-rein-Jungs-da-draußen-steht-schon-der-Wagen-des-Sheriffs-Version. Tom sägte ihnen mit seinem Bottleneck die Frisuren ein bisschen durcheinander, und während er sich nach seinen schweißtreibenden achtzehn Chorussen in blumigen Worten bedankte, seine tollen Mitmusiker noch mal vorstellte und sich verabschiedete, stand ein Drittel der Band bereits auf dem Klo – heute kein Basssolo –, und ich nutzte mein Schlagzeugsolo, um schon mal die Hälfte von meinem Schrottplatz abzubauen. Fanden sie ganz schön Avantgarde. Na ja, Applaus ist das Brot des Künstlers.

Nix gegen vier Blaue bar auf die Kralle und ein paar Flaschen *La Dingens* für knapp fuffzig Minuten Matinee-Mucke.

8. Kapitel

Um Asche ging es natürlich letztendlich auch bei der EXPRESS-Meldung, dass Heiraten wieder in! sei; schließlich mache es nicht nur glücklich, den richtigen Partner zu haben – dank Steuerersparnis lohne es sich doch auch. Sollte ich vielleicht Vera mal ausschneiden.

So eine funktionierende Familienpartnerschaft war ja wirklich was wert, wie man auch an dem Fall des 29-jährigen Fensterputzers Walter P. sehen konnte. Der hatte am Sonntagnachmittag mit seinem Schwiegervater stundenlang Schach gespielt und Kräuterschnaps gesoffen, bis es einen erst lautstarken, dann handfesten Streit um einen fragwürdigen Damenzug gegeben hatte. Walter bugsierte den Alten in dessen Schlafzimmer, damit der sich dort beruhigen und seinen Rausch ausschlafen könnte. Als der aber nicht aufhören wollte zu randalieren, warf sein Schwiegersohn ihn kurzerhand aus dem Fenster des dritten Stocks. Hals- und Beinbruch, Schädeltrauma. Erschrocken und halb wieder nüchtern schleppte Walter ihn wieder nach oben, Frau und Schwiegermutter beseitigten alle Spuren des Streits, riefen nach über einer Stunde den Notarzt und behaupteten einmütig, den Papa so vor der Haustüre gefunden zu haben, nachdem er ewig nicht vom Bierholen zurückgekehrt sei.

Aber natürlich gab es in dem ganzen Vorweihnachtsrummel genug Nachbarn, die mit Päckchen beladen umher wuselten und den wahren Hergang bezeugen konnten, so dass Walter sich schließlich zu einem Geständnis gezwungen sah. *It's a family affair ...*

Draußen war es schon eine ganze Weile stockdunkel. Gelegentlich huschten die Reflexe eines Autoscheinwerfers über die kahlen schwarzen Bäume auf dem Mittelstreifen, zuckten die Blitze einer elektrischen Entladung hoch, wenn die Straßenbahn vom Rheinufer kreischend auf den Ubierring bog. Gegenüber, durch die Scherenschnitt-Äste hindurch, konnte ich zwei recht korpulente Mädels in weißen Unterröcken einen Rock and Roll tanzen sehen, kichernd, mit wippenden Locken und Brüsten. Wirkte sehr merkwürdig, schon weil bei mir Pearls Before Swine gerade ihre *Miss Morse* anbeteten. *Kill all the echoes – Still around – From the sound – Of calendars crumbling*, nuschelte Thomas Rapp, und die Perlen klimperten um ihn herum, als ginge auch sie das alles gar nichts an, als horche jeder von ihnen nur auf die Echos in seinem eigenen Schädel, von weit weg, von lang her, verdammt lang her; und auch mein Kalender zerbröselte, mürbe von süßer Wehmut.

Ich zog mir meine Lederjacke an und die Tür hinter mir zu und machte mich auf den Weg ins *Session*. Ließ die Echos in der leeren Wohnung umher zirpen, wo sie auf der Suche nach Harmonie verklangen, während ich die Treppe runterstapfte, den Kragen hochgeklappt, die Hände tief in den Taschen vergraben, die Schultern schon bis an die Ohren gezogen, mich gegen die Kälte wappnend, die mich erwartete, gegen die Stadt da draußen, das Gewusel und Geschiebe, das Gehabe, Getue und Gefeilsche, die Schnorrer, die Sünder, die Säufer, den Suff.

Die Mörder?

Zehn Jahre gab's den Schuppen jetzt schon. Ein düsteres Loch mit schwarz gestrichenen Wänden, über die die pastellfarbenen Reflexe von gleich drei Glitzerkugeln huschten wie

Leuchtkonfetti; vierzehn Stufen in den Keller hinunter, wo die Nacht niemals zu gehen schien und der Tag niemals zu kommen. Und Johnny Walker hing eh rund um die Uhr da rum. An dem Tisch auf dem ersten Treppenabsatz, an dem früher mein Freund Twiggy mit seinem Freund Jack Daniels gesessen und fröhlich seine Haschischklümpchen gekaut und Witze gerissen hatte, saß jetzt Bomar, finster brütend wie immer, die dunklen Falten in seinem harten slawischen Gesicht wie mit einem verrußten Schürhaken eingeritzt. Ein einziges Mal in den drei Jahren, die er jetzt diesen Job machte, hatte ich ihn lächeln sehen; das war, als irgend so ein italienischer Jungloddel ihm ein Messer an den Hals gehalten hatte, wutschäumend und voll Koks bis in die geölten schwarzen Locken – Bomar hatte ihn nicht reinlassen wollen. Er kam auch nicht rein. Nirgendwo mehr, außer in die Ambulanz der Uni-Klinik. Der Russe hatte sich, lächelnd, völlig unerwartet, einfach gegen das Messer gelehnt, mit angespannten Halsmuskeln fast in die Klinge hineinfallen lassen, und als das Blut spritzte und der Itaker erschrocken die Hand mit dem Messer zurückzog, hatte Bomar mit seinen beiden mächtigen Pranken dessen Handgelenk geschnappt, ihm mit einem lauten, unappetitlichen Knacksen den Arm aus dem Schultergelenk gedreht, sich auf seinen Fuß gestellt und ihm, immer noch lächelnd, den Arm umgebogen und ihm das eigene Messer ins linke Auge gedrückt. Fassungslos starrte das andere Auge auf dieses unheimliche Lächeln, in dem verqualmten Foyer umher, auf die blutverschmierte Waffe in seiner immer noch verkrampften Faust, dann klappte der Itaker zusammen wie eine schlampig gebaute Gliederpuppe und rutschte an der Wand runter, auf den schmutzig-grauen Teppichboden mit den verschlissenen gelben Sternchen, die sich dunkler und dunkler färbten von dem Blut, das in heftigen Stößen aus seiner Augenhöhle gepumpt wurde. Erst als Bomar der Messerhand mit einem verächtlichen Schnauben einen Tritt versetzte, dass das Messer zu Boden flog, fing er an zu schreien; ein hohes Kreischen, das die Laute schon vorwegzunehmen schien, mit denen sich seine Mutter und seine Tanten über seinen Sarg werfen würden. Als würde ihm das selbst peinlich bewusst, brach er nach wenigen Sekunden wieder ab, mit einem tiefen, kindlichen Schluchzen, verlor das Bewusstsein und klatschte mit dem Kopf auf den nassen Teppich.

Keiner dieser italienischen Jungloddels geht nachts alleine aus. Das schien auch Bomar plötzlich einzufallen, doch als er sich abrupt zu den beiden Begleitern umdrehte, geduckt, auf einen Angriff gefasst, konnte er sich gleich wieder entspannen – der eine hockte würgend über einer Lache halbverdauter Pasta, und das kreidebleiche Gesicht und der unmissverständliche nasse Fleck auf einer engen weißen Jeans zeigten, dass auch dem anderen alle Angriffslust vergangen war.

Über das Haustelefon bestellte Bomar eine Flasche Wodka, ein paar Handtücher und einen Krankenwagen, kippte dem Itaker den Wodka über die Wunde und stoppte notdürftig die Blutungen, aber drei Tage später konnten wir im EXPRESS lesen, dass der Junge schon viel zu viel Blut verloren hatte und auch all der gute Wodka eine Infektion nicht hatte verhindern können. Und all das Koks in seinem Kreislauf war einer Heilung auch nicht gerade förderlich gewesen – jedenfalls wachte er am zweiten Morgen nicht mehr auf – *ciao, ragazzo, ciao ...*

Na ja, Ende der Siebziger, Köln fing gerade erst an, die Multi-Kulti-Stadt zu werden, die manche heutzutage so zu feiern versuchen. Oder *Jede Jeck es anders*, wie der Kölner eh schon lange erkannt hat.

»Moin!«, grüßte ich freundlich. Bomars unbewegte Miene schob sich ungefähr einen halben Millimeter nach oben und sackte langsam wieder zurück. Ist doch immer wieder schön, sich als Gast so willkommen zu fühlen.

»He!«, beschwerte sich ein Typ mit Fritz-Teufel-Brille, der gerade einen Zwanziger auf Bomars Tisch geblättert hatte. »Wieso muss der denn nix zahlen?« Ungerührt schob der Russe ihm zwei rote Bierbons rüber.

»Is sich Chlubmitglied«, brummte er. Fritzchens Begleiterin musterte mich skeptisch von oben bis unten. Dann sah sie ihren Männe an. Bist du sicher, dass wir hier rein wollen?, las ich in ihren hübschen braunen Augen.

»Und wie wird man Clubmitglied?«, fragte der.

»Dsuffall.«

»Wie – Zufall?«

»Jetzt lass uns endlich runtergeh'n, Horst«, drängelte Braunauge, »ich muss mal aufs Klo.«

Da würde sie erst recht ihren Spaß haben – das Damenklo war komplett in glitzerndem Lila gestrichen, Wände, Decke, Fußboden, Türen, Becken, alles; nur auf der Innenseite der Kabinentür prangte in schönstem fleischfarbenen Realismus das meterhohe Ölbild eines schrumpeligen, unbeschnittenen Pimmels, der über einem haarigen Hodensack hing und eine schicke 50er-Jahre-Schmetterlingssonnenbrille trug. Leider war das Bild nicht signiert – heute wäre die Tür ein Vermögen wert; der inzwischen als »deutscher Malerfürst« gehandelte Künstler hatte damals mit dem Werk seinen Deckel abgearbeitet. Damit und mit dem nicht weniger realistischen Bild des senkrechten Lächelns auf der Innenseite der Herrenklotür.

Ich musste noch nicht, also hängte ich mich in die Westkurve der Theke, wo Emerson, einen Kopfhörer über seinen wilden Afro gestülpt, Platten auflegte. *Time loves a hero*, behaupteten Little Feat. Das ließ mich hoffen.

Zumindest Sylvia hatte was für mich übrig – schon hatte ich ein Bier vor mir stehen. Eine Sekunde lang – na gut, fünf – war ich in Versuchung, dann schüttelte ich den Kopf:

»'n Wasser.«

Ihr Lächeln zerbröckelte. »Krank, Büb?«

»Nur nüchtern. Und das soll auch so bleiben.«

»Sag bloß, du hast 'nen Plattenvertrag.«

»Nö. Woher?«

»Du heiratest?«

»Nö. Wen?«

»'ne Beerdigung.«

»Ich geh' nich auf Beerdigungen – wofür?«

Worauf sie nur missbilligend den Mund verzog.

»Ein Kreuzzug, Sylvia. Und jetzt gib mir endlich 'n Wasser. 'n großes.«

Kopfschüttelnd erfüllte sie mir meinen ausgefallenen Wunsch. Brutal, aber passend blendete Emerson die Helden der Feat in die von Bowie über und zog an seinem Joint. Dann registrierte er mich. Und mein Getränk.

»Krank, Büb?«

Ich schüttelte bloß den Kopf.

»Sag bloß, du hast ...«

»Nein, ich hab keinen Plattenvertrag. Und ich werd' auch morgen nich heiraten. Und auch übermorgen nich. Eigentlich hab ich überhaupt nich vor, noch mal zu heiraten.«

»Regste dich denn so auf?«

»Ich reg' mich nich – und nein, ich kiffe immer noch nich«, als er mir einen Zug anbot. Jetzt war er dran mit Kopfschütteln. Schien heute ansteckend zu sein – drüben kam Braunauge aus der Toilette, ebenfalls kopfschüttelnd.

Du, könntest du schwimmen, wünschte Bowie sich.

»Is denn dein Problem, Büb?«, fragte Emerson. »Hat dir der Doktor endlich das Saufen verboten?«

»Den Doktor gibt's nich.«

... wie Delphine es tun.

»Also?«

»Kathrinchen.«

Er verzog das Gesicht, als hätte ihm jemand Zwiebelschalen in den Joint gewickelt. »Lass die Finger davon, Büb. Man hört nix Gutes.«

»Ach. Was hört man denn?«

»Nix Gutes.«

Niemand gibt uns eine Chance ...

»Sondern?«

Erneutes Kopfschütteln. Und ein ausdrucksloser Blick über meine Schulter. Nach ein paar Sekunden drehte ich mich langsam ein bisschen auf meinem Hocker um. Einen knappen Meter hinter mir standen die Kesslers und spielten *Endzahl* darum, wer mit Bestellen dran war. Kessler verlor, was weiß ich, welcher. Die beiden waren dermaßen eineiige Zwillinge, dass nicht mal ihre Mutter sie auseinanderhalten konnte – sie nannte beide einfach »Jung'«. Kessler hießen sie auch nicht, so wurden sie nur genannt, weil sie eben Zwillinge und unzertrennlich waren. Als der eine mal zu drei Jahren verknackt worden war, weil er einer widerspenstigen Nutte das Gesicht mit Salzsäure präpariert hatte, war der andere zum Staatsanwalt gegangen und hatte behauptet, er habe seinem Bruder dabei geholfen, nur damit sie zusammen einfahren konnten.

Der Verlierer stellte sich neben mich, bestellte bei Sylvia zwei Bacardi-Cola, legte einen Fuffi auf die Theke und winkte verächtlich ab, als sie »Vierundzwanzig Mark« sagte. Als sie nach dem Schein griff, packte er ihre Hand, zog sie hoch und leckte kurz an ihrem Zeigefinger.

»Für dich, Süße. Willste dich nich gelegentlich mal bedanken?«

»'ke, Jung'«, sagte sie trocken, entzog ihm ihre Hand und steckte sie mit einer angeekelten Grimasse ins Gläserspülbecken.

Er lachte. »Wat könnten wir zwei Spaß haben, Schätzchen. Oder wir drei ...?«

Sylvia schüttelte sich und goss sich einen Cognac ein, kippte ihn angewidert hinunter. »Eher würd' ich mit einem Wurf Kanalratten ins Bett gehen.«

Kessler versteifte sich, sein Lächeln verschwand, seine Augen wurden kalt. »Übertreib's nich, Schätzchen! Vergiss nich, mit wem du redest.«

»Und du vergiss nicht, wo du bist.«

»Klar«, grinste er wieder, »noch isses dein Laden. Noch, Süße.«

»Dein Drink wird warm.«

»Wirst du au' noch, Süße, wirst du au' noch. Und wie.«

Sie verdrehte die Augen und ließ ihn stehen, ging zum Zapfhahn, um ein paar schwarze Jungs zu bedienen.

Und dann sind wir Helden – für einen Tag, schluchzte ich mit Bowie.

»Is was, Büb?«, drehte Kessler sich bedrohlich zu mir um. Schon stand sein Bruder halb hinter mir. Die Härchen in meinem Nacken richteten sich auf. Am unteren Ende meines Rückgrats bildeten sich ein paar Schweißtröpfchen, während mein Säckchen sich zusammenzog, als hätte ich mich in eine Wanne mit Eiswasser gesetzt. Das fehlte mir jetzt noch – noch einen Schädel von einer dreitägigen Sauftour, nix als Sprudelwasser vor mir, und dann eine Klopperei mit diesen Arschgesichtern. Die berüchtigt waren für die Art, mit der sie einen Gegner fertig machten, auch wenn er schon am Boden lag. Besonders, wenn er schon am Boden lag. Und beide grinsten, als freuten sie sich bereits darauf, mich als Helden für einen Tag über die Tanzfläche zu treten. Jemand tippte mir auf die Schulter.

»He, Büb, kannste mich mal 'n Moment ablösen – muss mal Bier anschlagen geh'n.« Wütend starrten die Kessler-Zwillinge Emerson an. Er grinste ganz unschuldig zurück, während er das Brett hochklappte und hinter der Theke hervorkam.

»Klar, Mann«, sagte ich und nahm seinen Platz ein. Wühlte ein bisschen im Plattenregal und legte Jango Edwards auf.

If I had a face like yours, I'd shave my ass an' walk backwards.

Ich schenkte den Kesslers ein freundliches Zwinkern. Sie hoben ihre Gläser und prosteten mir lässig zu, aber in ihren Visagen lag alles andere als Saufkumpanengefühle. Auch wenn sie Jango mit Sicherheit nicht verstanden – in den höchstens sechs Jahren Volksschule, die sie geschafft hatten, war Englisch kein Thema gewesen. Dann wanderten sie rüber zum *Breakout*-Automaten und kramten ein paar Markstücke aus ihren Hosentaschen. Mein Säckchen entspannte sich wieder. Aber ich musste mich schwer zusammenreißen, um mir nicht ganz schnell drei Bier zu zapfen.

9. Kapitel

Die Gespräche, die ich auf mehreren Runden um die Tanzfläche und die beiden Theken entlang mehr oder weniger mühsam in Gang bekam – nüchtern, wie ich war –, brachten wenig Neues. Davon abgesehen, dass ich mindestens ein Dutzend Mal gefragt wurde, ob ich krank sei. Aber das fragte ich mich auch selber schon – beim mittlerweile zehnten oder elften Wasser. Der Geruch der gewachsten Zitronenschalen stach mir in die Nase, andauernd war mir nach Rülpsen, und meine Kippen schmeckten wie einer von Oma Klütschs Trockenblumensträußen.

»Ich hab *die* Geschäftsidee!«, sagte ich zu Sylvia bei einem Zwischenstopp.

Sie blickte von einem Deckel hoch zu mir, dann auf mein Glas, dann wieder zu mir. Wenn du 'ne Geschäftsidee hast, die was taugt, Büb, melde ich mich zur nächsten Wahl der Miss Universum an, sagte ihr Blick.

»Meine Stimme hättest du«, versicherte ich ihr.

»Was für 'ne Idee?«

»Alkoholfreies Bier«, verkündete ich stolz. Sie verdrehte die Augen. Bückte sich zu einem Fach unter der Theke und stellte mir eine kleine Flasche vor die Nase.

»Wenn dein Timing als Schlagzeuger auch so gut ist, solltest du dich vielleicht mal nach einem Gesangslehrer umgucken. Das gibt's schon seit über 'nem Jahr, Junge.«

»Schade.« Na ja – woher sollte *ich* das auch wissen. Aber das Zeug zu probieren brachte ich dann doch nicht übers Herz – Clausthaler! Das klang doch schon nach Kurhotel und Schlammpackungen und forschen, langen Spaziergängen in Frühnebeln! Mit Rumpfbeugen als Pausenfüllern!

Langsam wurde es ruhiger. Die Mädels waren fast alle weg oder versorgt, die Freaks torkelten nach Hause, die Loddels wanderten ins *Colosseum* – dienstlich – oder ins *Pinoccio*, um zu zocken, die Kneipenarbeiter aus der Umgebung saßen geschafft vor ihren Absackern, die Bimbos waren in ihren Club in der Altstadt verschwunden, um endlich zu richtiger Musik tanzen zu können, und auf die Italiener und Türken wartete das Fließband mit dem neuen Stummelheck-Escort.

Sylvia saß auf ihrer Ecke und rauchte mit zwei Mädels aus ihrer WG etwas schwer südländisch Duftendes, Emerson sparte sich das Plattenwechseln und hatte sich zu seinem Feierabend-Cognac eine Kassette mit Otis Redding eingelegt. *I've been loving you too long*, croonte der, während ich zusah, wie Witta versuchte, den Faden unseres Gesprächs nicht zu verlieren.

»Du hast doch keine Ahnung, Büb«, sagte sie, wenn auch mit etlichen Sätzen und einigen Pausen mehr. »Warum sollte ein Zuhälter eine Frau halb tot schlagen, die gar nich anschaffen geht?«

»Deswegen vielleicht?«

»Quatsch!«

»Wieso Quatsch? Und wieso *halb* tot? Sie lebt nicht mehr!«

»Das war kein Zuhälter.«

Ich saß auf einem Hocker neben ihr, und ihre langen, schwarz lackierten Fingernägel krallten sich in meinen Oberschenkel, ihre Augen versuchten krampfhaft, mich zu fixieren, mit Pupillen so winzig wie Mohnstreusel.

»War kein Loddel«, schüttelte sie erneut den Kopf. Eine Bewegung zu viel – schon hatte sie vergessen, wovon wir redeten. »Die wollen mir den Lütten nich wiedergeben, eh ...«

Wer war ich noch?

»... Büb.«

Ich sagte ihr nicht, dass ich anstelle eines Sozialarbeiters auch nicht anders entscheiden würde. Ich hatte ihren Lütten gesehen, verdreckt und abgemagert, den Kopf verschorft, wo er an den Läuse- und Flohbissen gekratzt hatte, ein Ärmchen in Gips. Er hatte versucht, an ihrem Küchenschrank hochzuklettern, um sich was zu essen zu organisieren, als sie auf einer ihrer Drei-Tage-Touren unterwegs war. Er war vier. Die Katze, die ihm Gesellschaft leisten sollte, hatte Witta schon lange abgeben müssen – er hatte dem Vieh das halbe Fell ausgerissen, und Kuschelchen hatte dem armen Kerlchen dafür fast ein Auge ausgekratzt.

Was niemanden gewundert hatte – sie hatten sich beide tagelang vom gleichen eingetrockneten Kitekat ernährt.

»Gibste mir noch 'ne Cola-Rum aus, Büb?«

»Meinst du nicht, du hättest für heute genug?«

»Genug?« Darüber musste sie eine Weile nachdenken. War auch schwer zu begreifen. Meistens hieß »genug« für sie, mit drei Promille im Kopf und einer Nadel im Arm auf dem Klo wegzudösen.

»Vielleicht sollt' ich dich nach Hause bringen, Witta?« Mit schräg gelegtem Kopf horchte sie diesem noch merkwürdigeren Vorschlag hinterher. Ihrem Blick nach zu urteilen hätte er aus der südlichen Mongolei kommen können. Ich bestellte ihr eine Cola. Sylvia spielte mit und kippte die in einen Rialtobecher mit Eiswürfeln. Witta spielte auch mit, trank ihn in zwei Zügen aus und nahm ihre Fingernägel aus meinem Oberschenkel.

»Das war kein Zuhälter«, kehrte sie auf Los zurück, krallte sich meine Hand und schaffte es sogar, mir einigermaßen geradeaus in die Augen zu gucken. Bis ich nickte. Ein tolles Team.

Aber sie hatte noch einen Knüller in petto. »Und totgeschlagen hat sie auch keiner.«

»Wie meinst du das?«

»Ich hab 'nen guten Draht zum Klösterchen.«

Na klar – etliche Ärzte und Krankenschwestern verdienten sich mit geklauten Medikamenten ein bisschen Geld dazu. Captagon. Ritalin. Morphium. Distraneurin gegen den Entzug von't Janze.

»Gestorben is sie an 'ner OD.«

Ich glaubte, nicht recht zu hören. »An was?«

»Überdosis. Äitsch. Das pure Stöffchen.«

Äitsch. H für Heroin. Kathrinchen? Die Frau, die mit jeder Sorte Drogen umging wie niemand sonst? Die bald zehn Jahre an der Nadel gehangen hatte, ohne dass es mehr als eine Handvoll Leute auch nur ahnten? »Du meinst, sie hat sich selbst ...?«

Unwillig schüttelte Witta den Kopf und rutschte von ihrem Hocker. »Die doch nich«, sagte sie und zupfte sich ihre Klamotten zurecht, als wollte sie gehen. »Kenn' die schon so lange«, wunderte sie sich noch im Wegdrehen. »Jahrelang zusammen gewohnt.«

»Ja, Moment«, packte ich sie am Arm, »wie soll ich das denn nun verstehen?«

Wieder sah sie mich an, als begegneten wir uns zum ersten Mal. »Wenn ich den Lütten wieder bei mir hab, mach ich 'nen Turkey. Ich will so nich mehr leben. Tschüss, mach's gut – eh – Büb?«

»Un' was is mit Kathrinchen?« Erschrocken blickte Sylvia zu mir rüber. Ich hatte angefangen zu schreien. Witta verzog das Gesicht, als wolle sie anfangen zu weinen.

»Kathrinchen? Die is tot.«

»Verdammte Hacke, das weiß ...«

»Entweder hat sie sich Scheiß-Stoff andrehen lassen. Kann ich mir bei ihr aber gar nich vorstellen.«

Eben. Ich auch nicht.

»Oder sie wollte sich 'ne Überdosis setzen. Kann ich erst recht nich glauben.«

Dito.

»Oder es war jemand anders.« Unvermittelt fing sie an, ihre Hennalocken zu schütteln und mit den Knien zu wackeln. »Geile Mucke, ey.«

Clapton schwärmte schon ein paar lange weiße Notenlinien lang von *Cocaine*, ohne dass ich es mitbekommen hatte. »Witta! Wer sollte das gewesen sein? Das macht doch keinen ...«

Aber sie war nicht mehr bei mir. Hatte auch die Mucke schon wieder vergessen und stakste an der Theke entlang Richtung Ausgang, zwei tiefe Falten zwischen den Augenbrauen. Blieb kurz bei Sylvia stehen und schrie ihr heftig gestikulierend etwas ins Ohr, woraufhin die dran war mit Augenbrauen-Zusammenziehen. Mit Hilfe unserer Cola kam Witta sogar die Treppe hoch. Ihr schwankendes Hinterteil, in eine grün glänzende Samthose gezwängt, erinnerte mich an den Apfel, den ich ihrem Lütten mal geschenkt hatte. Und an seine Augen, als ihm klar wurde, dass er den ganz alleine aufessen durfte.

»Mach mir um Himmels willen ein Bier!«, sagte ich zu Sylvia. Vier, fünf Sekunden lang sah sie mich ausdruckslos an.

»Bringst du was zu frühstücken mit – heute Mittag?«, wandte sie sich an Emerson, während sie mir ein Frischgezapftes auf einen Deckel stellte. »Wenn der Büb jetzt das erste Bier trinkt, werd ich dich ja vorher kaum zu sehen kriegen.«

»Nix da!«, protestierte ich. »Ich trink höchstens noch eins oder zwei und ...«

Aber sie hörte mir schon nicht mehr zu, schnappte sich ihre Jacke, gab Emerson einen Kuss und nahm ihre WG ins Schlepptau.

You don't miss your water, sang Otis.

Klugscheißer.

Beide. Natürlich blieb es nicht bei den zwei, drei Bieren, natürlich ließ Emerson mich nicht hängen, und klar landeten wir mit den ersten Sonnenstrahlen im ersten Stock des Großmarkts, aßen jeder einen der berühmten Strammen Mäxe gegen all die Biere, die wir inzwischen intus hatten, spülten die dann wieder mit ein paar Bierchen runter, und natürlich hörten wir mindestens siebenmal *Una Festa Sui Prati* aus der Musikbox wummern – alles wie immer. Am Nebentisch lagen ein paar Schalke-Fans mit den Köpfen zwischen umgekippten Biergläsern, die blau-weißen Schals zu Kopfkissen zusammengeknüllt, die sich langsam voll Bier saugten, einen Tisch weiter lief eine Klammerjass-Partie auf lautstarken Hochtouren, mit *Der Montag, der Dienstag, der Mittwoch, meine Herren...!* und *Da – können Sie diesen Brief lesen? Viele Grüße, Ihre Bella!* und ähnlichen rätselhaften Sprüchen. Gegenüber saß Hubbäät, gelbe Binde, schwarze Brille und alles, und las kettenrauchend den EXPRESS, dessen Inlandsschlagzeile *Fotobranche sieht schwarz – Zeit der zweistelligen Umsatzzuwächse vorbei* unsere Stimmung auf den Punkt brachte.

»Wie auch immer, Büb«, fasste Emerson unser Gespräch der letzten beiden Stunden zusammen, »als Freund rat' ich dir schon dringend davon ab, hier Philip Marlowe zu spielen; aber als dein Organist und Bandkollege bin ich sogar schwer geneigt, es dir zu verbieten – was soll ich mit einem Schlagzeuger, der mir immer wieder von der Bühne fällt, weil er 'ne Kugel im Kopp oder 'n Messer im Kreuz hat?« Ein paar der

Konsonanten machten ihm zu schaffen, und bei ein paar umso länger gezogenen Vokalen drohten ihm seine rot geränderten Augen zuzufallen, aber im Großen und Ganzen war's das, was ich verstand.

»Zement e paa' Daach!«, versuchte ich ihn zu bremsen. »Das letzte Mal, als einer von uns von der Bühne geknallt ist, warst *du* das ja wohl!«

Daran wollte er freilich nicht so gerne erinnert werden – aber der Auftritt wäre wohl selbst mir peinlich gewesen. Bei dem Versuch, ein Orgelsolo mit ein wenig spontaner Choreographie anzureichern, hatte er ein bisschen zu viel Schwung bekommen, war rückwärts über die halbe Bühne getorkelt, und als er es gerade geschafft hatte, sich herumzudrehen, um seinen Durchmarsch zu stoppen, hatte da diese Monitorbox gestanden. Über die war er dann astrein gestolpert und kopfüber in der ersten Reihe gelandet. Hätte in Deutschland, in Sachen Popkultur immer schon ein bisschen rückständig, als früher Fall von Stage-Diving eine hübsche und spektakuläre Einlage abgeben können – wenn das nicht die Mehrzweckhalle von Leer gewesen wäre: keiner da, ihn aufzufangen – die erste Reihe der sturen Ostfriesen stand mit verschränkten Armen, in jeder Hand eine Flasche Bier, ungefähr zehn Meter vom Bühnenrand entfernt, um erst mal abzuchecken, was diese komischen Rheinländer da denn so zu bieten hätten. Also knallte unser Wunder-Organist auf eine Art Vollgummiboden, brach sich einen Arm und spielte den Rest der Tour nur noch mit einer Hand. Tja, Folge einer durchzechten Nacht in Böblingen und einer Fünfhundert-Kilometer-Fahrt mit Neunzig Höchstgeschwindigkeit, bei der zwei weitere Kästen Bier leer geworden waren. Nur wir anderen waren klug – oder kaputt – genug gewesen, unterwegs im Bus ein Stündchen Schlaf nachzuholen. »Okay,

Emmo, ich will auch gar nicht länger drauf rumreiten – is ja längst verjährt. Hör auf zu schmollen!«

»Schmolle nich«, beteuerte er. »Muss bloß na' Hause.« Er wühlte ein paar Scheine aus verschiedenen Taschen. »Denk drüber nach, Büb!«

»Klar, mach' ich. Komm gut heim, Alter.«

»Du bleibst noch hier?«

»Du weißt doch – ich steh' auf Adriano.«

Kopfschüttelnd wankte er zum Ausgang. Kopfschüttelnd schaute ich ihm hinterher. Wie man halt alten Freunden nachsichtig hinterherguckt, wenn sie ein Verhalten an den Tag legen, das man nur zu gut kennt. Von sich selbst, zum Beispiel.

Seit der Gründung von Penner's Radio war Emerson unser Organist. Also auch schon sechs Jahre. Ihn hatte es während unserer Auszeit nach Berlin verschlagen, wo ihm nach ein paar misslungenen Versuchen, Abiturienten-Jazzkapellen mal ein bisschen Feuer unterm Hintern zu machen, Ernsti Engländer das Koksen und die Kunst des Schlagerkomponierens beibrachte – und das so gründlich, dass er innerhalb weniger Monate in Schnee, Schnulzen und Schulden so versackt war, dass er nur noch in einem von Ernstis Mietshäusern saß und für dessen Musikverlag am Fließband schwülstigen Schrott komponierte, den Ernsti dann unter einem seiner vierzehn Pseudonyme an das immer gleiche Dutzend deutscher Schlagersterne vertickte; Emerson hatte mir letztens mal erzählt, er habe sich zum Spaß eine komplette ARD-Nachtmusik angetan und vielleicht ein Dutzend Mal gesagt: »Das is aber nich von mir! – und nie einen Pfennig geseh'n für all die Heckscheiben ...!« Na ja, Ernsti Engländer war sicher nicht umsonst Vorstandsmitglied in mehreren GEMA-Ausschüssen.

10. Kapitel

Ich bestellte mir noch ein frisches Bier und drehte mir eine. Und tat, was mein Freund mir geraten hatte – ich dachte noch mal darüber nach.

Nein, mir war überhaupt nicht danach, schon wieder Detektiv zu spielen – mein Sommerabenteuer in St. Tropez hatte meinen Bedarf an Kriminellen, Mord und Totschlag eigentlich für mehr als ein Jahr gedeckt. Aber Kathrinchen war tot. Eine Frau, die ich mal geliebt hatte. Über etliche Jahre hinweg geliebt hatte. Und sie war nicht an Altersschwäche oder irgendeiner beschissenen Krankheit gestorben. Okay, sie wäre sicher nicht sehr alt geworden, bei ihrem Drogen- und Alkoholquantum, aber so über die Wupper zu gehen steht auf einem anderen Blatt. Und dass irgendein Scheißkerl da draußen einfach damit durchkommen sollte, stank mir gewaltig. War schlicht undenkbar für mich. Obwohl ich eigentlich nie viel von Rache gehalten hatte – *Auge um Auge* bedeutet doch bloß, dass am Ende alle blind durch die Gegend stolpern. Ganze sizilianische Dörfer könnten ein trauriges Lied davon singen – wenn noch jemand darin wohnte. Außer ein paar vertrockneten Witwen in schwarzen Vogelscheuchengewändern.

Was wusste ich denn bisher überhaupt? Irgendjemand hatte Kathrinchen ganz fürchterlich verdroschen, wahrscheinlich vergewaltigt, und wenn Witta richtig informiert war, woran ich aber trotz ihres Zustands nicht zweifelte, hatte es einen letzten Schuss gegeben. Den Goldenen. Nein, auch da hatte Witta Recht – beschissenen Stoff, womöglich mit Rattengift oder Strychnin versetzt, was gerade schwer in Mode war, hätte Kathrinchen sich kaum andrehen lassen. Die hatte sich immer gerühmt, nur die besten *Connections* zu haben. Außerdem fixte sie nie Heroin pur, sondern braute sich immer ihren speziellen Cocktail.

Die Alternative war Selbstmord. Auch da musste ich Witta beipflichten. Vor allem und gerade dann, wenn Kathrinchen eben solch eine Mordsprügel bekommen hatte, wäre ihr das im Leben nicht in den Sinn gekommen – im Gegenteil, wie ich sie kannte, hätte sie nichts als Wut und Rachepläne im Kopf gehabt. Vielleicht hätte sie sich ein kleines Schüsschen gegen die Schmerzen geleistet, aber ansonsten nur an Leben gedacht, an Überleben und Zu-Kräften-Kommen und ihrem Peiniger die Eier-Abschneiden.

Blieb die dritte Möglichkeit – jemand anderes hatte ihr den tödlichen Schuss gesetzt. Aber wer? Ihr Folterknecht? Weil er sie auch gut genug kannte und ihm klar war, dass er entschieden zu weit gegangen war? Das bedeutete, dass es jemand gewesen sein musste, der mit Spritzen und Drogen umgehen konnte. Manche Zuhälter konnten das, weil sie ihre Mädels damit unter Kontrolle hielten. Viele von ihnen hielten das andererseits für Schwachsinn – die Mädels konnte man sehr viel billiger unter Kontrolle halten ...

Und dann war da noch Wittas Rätselaufgabe. Sylvia hatte von zu Hause noch mal im *Session* angerufen und mir erzählt, was die ihr beim Rausgehen geflüstert hatte – »Wenn schon die Eva nix weiß – was löchert der *mich* dann?« Und keiner von uns hatte auch nur die geringste Idee, welche Eva jetzt damit gemeint sein könnte.

Ciao, Ragazzi, Ciao – irgendjemand hatte zur Abwechslung mal Adrianos B-Seite gedrückt, in meinen Ohren sowieso der geilere Song, trotz der unappetitlichen Nummer mit dem

Itakerauge. Weswegen ich auch nach meinen wer-weiß-wielangen Meditationen zum ersten Mal wieder registrierte, wo ich war und was um mich herum passierte. Nicht viel eigentlich – die Schalker Fans und der überwiegende Teil der Nachtschwärmer hatten sich in den neuen Tag verlaufen, und da unten in der Markthalle die zweite Runde der Geschäfte lief, gab es auch nicht viele Händler, die Zeit für ein Zwischenprösterchen hatten. An der Theke diskutierten drei Taxifahrer den letzten Überfall auf einen Kollegen und gaben damit an, was sie mit einem Fahrgast anstellen würden, der ihnen ein Messer an die Rippen oder eine Pistole an den Kopf hielte. Die drei sahen aus wie geklont – identische Bierwampen, identische Zwirbelschnäuzer, einen Minipli vom gleichen Haarkünstler, Schlabberjeans und schwarze Lederblousons aus der METRO. Sie vertraten auch alle drei dieselbe Meinung, das aber mit einer Vehemenz und Lautstärke, als würden sie sich gleich gegenseitig an die Gurgel gehen.

Am Tisch hinter mir ruhten zwei ältere Nutten Füße und sonstwas aus, tranken Rum mit Tee und schwärmten von besseren Zeiten.

»Möscht' nisch' wissen, wie oft der Tünn misch vermöbelt hat ...«

»Un' wie oft du ihm die Pest an den Hals gewünscht hast!«

»Ja ja – aber eijentlisch hatt' isch et damals doch besser – en wärme Bud', dä Kühlschrank voll, un' immer e Wöbsche' vum Feinste an d'r Fott!«

»Och, komm, Finchen – du bist doch nie so jlücklisch jewesen wie an dem Tag, wo der in die Kiste jejangen is!«

Aber Finchen blieb unbeirrt. »Un' Schmuck, Liebschen, isch hatt' mieh Schmuck als wie's die Heilijen Drei Könije!«

»Ja ja, bis der Tünn wieder mal die falschen Zahlen jewürfelt hat!«

»Du has' kein' Ahnung, Liebschen, kein' Ahnung ... Kla', so 'nen Loddel is wie en Furunkel am Arsch – aber allein sein ... nä, et jibt nix Schlimmeres als allein sein, isch sach et dir ...«

»Jeck, du bist doch janit allein! Du hast doch – eh ...«

Finchens Protest verlor sich in einem Schluchzen. Es gibt Getränke, die einem helfen können, wenn man nicht gut drauf ist – wusste ich doch immer schon. Rum gehört nicht dazu.

Abrupt knallte Hubbäät seinen EXPRESS auf den Tisch, dass sein leeres Bierglas klirrte.

»Isch han et och nit leisch!«, schrie er, zog sich seine speckige schwarze Baskenmütze an und kippte mit einem wütenden Ruck seinen Korn. »Hellja, dummer 'ne Jefalle un' halt mich flöck aff!«, scheuchte er die Kellnerin auf. »Ich muss schnell schloofe jonn! Bestell mir noch'n Tax un saach Bescheid, wenn se do es! Och, Jeck, dummer esulang noch e Jedeck!«

Die Kellnerin sah fragend die drei Zwirbelschnäuzer an. Die blickten zu Hubbäät rüber, sahen sich gegenseitig an, schüttelten kaum merklich den Kopf und bestellten noch eine Runde.

Keine schlechte Idee – ich bestellte mir auch noch eine.

Ich hatte gerade den zweiten Schluck intus und versuchte mein Feuerzeug in Gang zu kriegen, als Hubbäät sich an meinem Tisch vorbeidrückte und mit seinem Blindenstock fluchend ein paar Stuhlbeine attackierte. Sabber rann ihm das Kinn hinab wie einer alten Dogge. Eine Wolke von bepinkelten Hosen begleitete ihn. Alle im Raum guckten weg. Peinlich.

»Ävver wä häddet ald leisch?«, keuchte er, als er sich über mich beugte.

»Joode Frooch, Hubbäät«, lobte ich ihn.

»Sühste«, brummte er und wankte hinaus.

»Wat wor dat ens 'nen staatse Kääl«, hörte ich Finchen hinter mir seufzen. »Un dobei su jet Leeves ...«

War er immer noch. Neben meinem Bier lag ein Deckel, der da vorher nicht gelegen hatte. *Pinockio* stand darauf, mit einem fetten Bleistift hingekrakelt. Drei dicke Ausrufezeichen darunter.

Da hatte ich doch noch was zum Meditieren.

Meditieren konnte ich nämlich gut heute Morgen. Ohne Glöckchengebimmel, *Om*-Singen und Auf-einschlafenden-Beinen-Herumsitzen beamte ich mich auf einem – zugegeben etwas wackligen – Spaziergang durch die Südstadt in die Vergangenheit. Mit einem Fingerschnipsen acht Jahre zurück, in die Zeit, als ich Kathrinchen kennen gelernt hatte ...

»Büb, was machst du da? Du kannst doch überhaupt nicht tanzen!«

»Ich weiß – aber ich wollte mal ein bisschen in deiner Nähe sein.«

»Was ist los mit dir – so besoffen?«

»Klar bin ich besoffen. Aber von dir! Nein, im Ernst, Kathrinchen«, sagte ich feierlich und verfluchte innerlich die letzten beiden Gin-Tonics, »weißuwas? Eines Tages wer'ch mich unheim'ich innich verliem.« Ich wartete auf ihr Lachen – sie, die strahlende Königin des Neons und der Stroboskope und der fünfarmigen Kerzenleuchter, und dann dieser abgerissene Schlagzeuger! – Aber sie lachte nicht. Im Gegenteil. Ihre Augen wurden noch größer, noch runder, noch dunkler, und sie wurde ein paar Sekunden lang sehr ernst, ein paar endlose Sekunden, in denen Johnny Guitar Watson hinter einem raumfüllenden Bühnenvorhang aus gold-grüner Iris verschwand und hinter dem pochenden Rauschen in meinen

Schläfen. Und dann lächelte sie, ihre Zähne blitzten leuchtend weiß im Geflacker der Spots, und George Benson prasselte über uns herein wie eine Ladung frischer, noch tropfnasser Kies – *here's a real mother for ya!* (ja, wo war eigentlich Johnny Guitar abgeblieben?), und sie legte mir eine Handfläche an die Wange. Ganz zart.

»Auf Bestellung?«

»Nein – weil's so kommen muss. Ichweißas.«

»Gibt's nicht oft, dass ein Typ mehr weiß als ich.«

Ich zuckte nur mit den Schultern und fasste sie um die Hüften. »Hab's auch gerade ers' erfahr'n.«

Ihre Augen tasteten mein Gesicht ab, Millimeter für Millimeter, ein kühl leuchtender Scanner, dann nickte sie: »Dann warte nicht zu lange, Büb.« Drehte sich um und verschwand zwischen den Um-die-Tanzfläche-Rumhängern wie ein Papageienfisch in einem Korallendschungel.

Meine linke Wange glühte, obwohl ihre Hand dort so kalt gewesen war, und ein Hauch von Shalimar hing noch in meinen Haaren. Die würde ich jetzt eine Woche nicht waschen. Ich wusste nicht mehr, ob ich nun sternhagelvoll oder plötzlich stocknüchtern war, und tappte zur Theke wie ein nur halb aufgezogener Blechclown. Vier gut bemessene Gin-Tonic später war zumindest diese Frage geklärt. *For you there might be a brighter star*, jubelte Stevie Wonder. Jetzt sah sogar der schon mehr als ich.

Keine Woche später stand sie plötzlich neben mir, als ich im *Laberinth* am Flipper hing und mich abmühte, ein Freispiel zu holen und dem Kalten Karl einen Heiermann aus der Tasche zu locken. Ich musste dieses Spiel gewinnen – ich war abgebrannter als Pommernland und hatte die ersten beiden Runden bereits verloren. In Karls Fall ein teurer Spaß – er trank nichts anderes als gut angewärmten Cognac und ließ sich für jedes gewonnene Spiel einen neuen 103 zu seinem obligaten Dreihundertneun kippen.

Letzte Kugel. Noch vierhunderttausend Punkte und ich hatte ihn.

»Spielst, als ginge es um was«, klang eine spöttische Stimme in meinem Ohr, während Shalimar meine Nase kitzelte und meinen Spieler-Herzschlag einen Augenblick lang zum Stolpern brachte.

»Allerdings«, presste ich zwischen den Zähnen hervor. »Tach, Kathrinchen.« Die Kugel prallte von einem Gummirad ab, knallte nach oben gegen die Scheibe und flitzte auf die Öffnung zwischen meinen Flippern zu, als sei die Spielfläche geölt. Ich ruckte den Apparat hart drei Zentimeter zur Seite und erwischte die Kugel gerade noch mit der hoch gehaltenen Spitze des linken Flippers. Ein Schlag gegen die linke Seite, zwei Zentimeter zurück. Die Kugel tropfte auf den rechten Flipper, den, der etwas eierte, und ich haute meinen Mittelfinger auf den rechten Knopf, dass ich es bis in den Ellbogen spürte. Traf die Öffnung zur Brücke, schickte den Silberball um die ganze Runde, knallte noch einmal kurz mit der Hüfte gegen den Apparat – die Sperre öffnete sich und vier Kugeln kamen mir aus dem Reservoir entgegengerast. Mit einem Feuerwerk von Hieben schaffte ich es, sie alle wieder nach oben zu schicken, zwei, drei, vier gelbe Lämpchen anzuzünden – *double points, triple points, bonus one, double bonus* – Klack! Klack! machte der Freispiel-Zähler, und mit einem Vorsprung von fast einer Million Punkten hängte ich den Kalten Karl weit ab. Der ließ sich nicht lumpen, machte seinem Namen alle Ehre und schnippte lässigst einen Heiermann auf die Glasfläche des Flippers. Klingelingeling. Nicht, ohne eine Revanche zu fordern natürlich.

»Solltest was hier bleiben«, drehte ich mich zu Kathrinchen um, »du bringst mir Glück.« Sie hob eine Augenbraue, griff sich meine Linke und schenkte mir ein sparsames schiefes, fast verächtliches Lächeln.

»Geschickte Finger«, sagte sie. »Schon mal ein Anfang. Aber als Maskottchen bin ich mir zu schade, seit ich meinen ersten BH tragen musste.«

»Muss 'ne Weile her sein«, grinste ich mit einem Blick auf ihre aktuelle Körbchengröße.

»Eben.«

»Aber ich hab meinen Tagesdeckel noch nicht verdient. Und bin dem Karl 'ne Revanche schuldig.«

Sie griff in die Tasche ihrer weißen Lederjacke, brachte ein Knäuel Geldscheine zum Vorschein und blätterte einen krumpeligen Zwanziger auf den Flipper. »Ich hab Hunger, Büb. Und wollte mit dir essen gehen.«

Sie wandte sich an Karl. »Entscheidungsspiel um ein Pfündchen?«

Unbewegt blickte er ein paar Sekunden abwechselnd sie und den Schein an. *All the leaves are brown*, sangen die Mamas And Papas. Dann zuckte er mit den Schultern, trank einen langen Schluck aus seinem Schwenker, holte einen Zwanziger aus seiner Hosentasche und warf ihn neben den anderen.

Nun erst sah er mich an. Gerade mal eine Andeutung von Drohung im ungerührten Gesicht.

»Spätestens übermorgen hab ich meine Kohle, Büb!« Der Kalte Karl eben.

Kathrinchen lachte: »Das Spiel kannst du gar nicht gewinnen, Junge.«

Er hob fast mitleidig beide Augenbrauen und guckte fragend zu ihr hinunter.

»Sie hat keinen BH an«, erklärte ich, drückte zwei Spiele ab und machte den Platz am Flipper frei. »Ich hab ein Maskottchen. Verlierer fängt an, Karl.«

Verächtlich schnaubend zog er seine Kugel ab und eröffnete.

»Drei Kabänes, Büb,« ermahnte mein Maskottchen mich. »Dann bin ich weg, ob du mitkommst oder nich. Wie gesagt: Ich hab Hunger.«

»'n Bier dazu?«

Gnädig nickte sie. Ich gab Zwölfi ein Zeichen.

»Und außerdem – ich hab 'ne Jacke an – woher willst du wissen, dass ich keinen BH trage?«

»Instinkt?«, riet ich. »Wunschdenken?«

Ihr Lachen perlte von meinen Ohren über meine Schulter, mein Rückgrat hinunter wie ein Sommerschauer, ein paar Tropfen warmes, aromatisches Öl. »Warum zucken deine Nasenflügel so, Büb?«

Ich überlegte gerade, ob ich es wagen könnte, ihr zu verraten, dass das ein Zeichen sexueller Erregung war, als der Kalte Karl zum ersten Mal an diesem Abend die Beherrschung verlor.

»Scheiße, verdammte!«, schrie er und klatschte mit der flachen Hand auf die Glasscheibe. *TILT!* blinkte eine rote Schrift im Zählfenster. Abwechselnd mit der erschreckenden Punktzahl von zwei Komma vier Millionen.

»Toller Vorsprung, Karl!«, griente ich, nahm mein Bier und stieß mit Kathrinchen an. Wir tranken beide einen Schluck.

Sie stellte ihr Glas wieder ab, leckte sich mit einer entzückenden kleinen rosa Zungenspitze den Schaum von der Oberlippe, nahm mir mein Glas aus der Hand und stellte es ebenfalls auf der Theke ab. »Wunschdenken, wie?« Griff sich meine Hand und schob sie unter ihre Jacke. Sie trug tatsächlich keinen Büstenhalter. Ihre Brust war ein bisschen größer als ein Handball. Fühlte sich aber sehr viel besser an. Sehr warm und lebendig, wie eine Katze nach dem Mittagsschlaf. Meine Nase zuckte heftiger.

Karl gab mir einen Knuff in den Rücken. »Alles der Reihe nach, Kinners«, knurrte er.

»Wo er Recht hat, hat er Recht«, sagte Kathrinchen und kippte ihren ersten Kabänes. »Die Uhr läuft, Büb.« Die Mamas und die Papas gingen in eine Kirche, fielen auf die Knie und begannen zu beten. Das *Laberinth* war zwar nicht gerade eine Kirche, aber auch ich schickte kurz einen stummen Wunsch zu wem auch immer (*Mein Gott, wenn es dich gibt, sei meiner Seele gnädig, wenn ich eine habe!*, seufzte Stendhal) – nein, zwei Wünsche: Erst Karls Zwanni gewinnen. Dann Kathrinchen gewinnen.

Ab mit der Kugel.

Na ja, um alte Erinnerungen kurz zu fassen – ich schlug den Kalten Karl haushoch, vielleicht nicht zuletzt, weil Kathrinchen nach einer Weile ihre Jacke auszog und mich in einem dünnen schwarzen, von Goldfäden durchzogenen Samtpulli anfeuerte, unter dem es wogte und zitterte und ihre Brustwarzen gegen den Stoff drückten, als sei ihnen selbst das noch zu viel an Eingesperrtsein. Mein Mitgefühl hatten sie.

Nach dem fünften Kabänes hatte mein Cheerleader dann auch keinen Hunger mehr, und ein paar Bier später befand sie mich für würdig, sie in einem Taxi nach Hause zu bringen, wo ich nicht nur in ihrer beeindruckenden Plattensammlung ein paar Sachen entdeckte, die ich damals noch gar nicht kannte, mit meinen gerade mal dreiundzwanzig Jährchen.

Das ganze Wochenende kamen wir kaum aus dem Bett, liebten uns immer wieder, redeten und lachten miteinander, stellten fest, dass unsere Vorstellungen von Humor in einem wunderbaren Einklang waren, dass unsere Körper zusammenzupassen schienen wie in der Vorstellung der alten Griechen, nach der Mann und Frau nur die beiden Hälften eines ursprünglichen Ganzen sind. Wir mochten die gleichen Platten und dieselben Filme, fanden so ziemlich die gleichen Leute in der Stadt unsympathisch – wieso hatten wir uns eigentlich nicht schon früher getroffen? –, und als ich ihr auf ihrem Balkon über einer Portion Currywurst mit Pommes Frites, die sie uns per Taxi hatte kommen lassen, gestand, dass man mich mit Rosenkohl jagen könne, räumte sie unser Essen beiseite, setzte sich rittlings auf meinen Schoß, nackt, wie wir waren, und küsste mich, heftig, beißend und schlingend, mit einer wilden Verzweiflung, als stünden wir auf einem Kai, hinter uns das schmerzhafte Tuten der Sirene eines Schiffes, mit dem ich gleich ablegen sollte.

»Büb«, sagte sie danach, auf dem Ton verweilend, ihn sanft hochschraubend, in einer *blue note*, die zerbrechlich zitternd in der Luft schwebte wie ein *Bb* von Chet Baker, »was passiert mit uns?«

Ich konnte nur ganz leicht den Kopf neigen, meiner kaum merklich hochgezogenen Schulter entgegen, während ich nach oben zu den Kastanienblüten sah, Tausenden von ihnen, rosa vor dem violetten Abendhimmel leuchtend, sah, wie sie sich bewegten, sich öffneten, nur vom Klang ihrer Stimme.

Scheiße, war ich verliebt!

Erst ein paar Tage später sollte sie mir gestehen, dass ich nicht ihr einziger Lover war, wie sie es nannte. Und dass, von den paar anderen Typen abgesehen, eine Mischung aus Opium, Heroin und Ritalin, in einem schwarz verbrannten Löffel über einer Kerze erhitzt, verflüssigt und auf eine Spritze gezogen, in ihrem Leben eine größere Rolle spielte, als alle Männer zusammen es je könnten.

11. Kapitel

Nun war ich zweiunddreißig, und sie hatte nicht mal ihren Dreißigsten erlebt. Überhaupt ein mörderisches Jahr – ungezählte Tote in Afghanistan, neununddreißig in der spanischen Botschaft in Guatemala, dreiunddreißig bei einer Meuterei im Knast von Santa Fé, vierzehn, als irgend so ein Irrer eine Bombe mitten ins Oktoberfest geschmissen hatte. Henry Miller, Mae West und Peter Sellers. Steve McQueen und Alfred Hitchcock. In Los Angeles Pink Floyds Uraufführung von *The Wall*. Sartre. Tito. Alle tot. Und vor drei Wochen John Lennon. Erschossen von seinem größten Fan.

Vielleicht doch nicht so verkehrt, dass du nur Schlagzeuger einer Mittelklasse-Band bist, ging es mir beim Einschlafen durch den Kopf. In der Badewanne – immerhin leer, die Badewanne jedenfalls, aber ich in voller Montur. Nicht, weil ich so besoffen war, sondern das so unbequem, dass ich nicht in einen zu tiefen Tiefschlaf versinken und den alten Wecker überhören konnte, der in knapp drei Stunden im Waschbecken einen Riesenlärm machen würde. Schließlich war heute Heiligabend – und ich hatte noch kein einziges Geschenk.

Knapp sechs Stunden später kletterte ich, voll beladen mit bunten Päckchen, die Treppe zu Veras Wohnung hoch. Und meine Nerven hatten sich auch wieder ein bisschen beruhigt – völlig geschafft von dem Weihnachtsrummel hatte ich mir bei Ferdi ein paar schnelle Biere und eine halbe Stunde Stones gegönnt, um das ewige *O du fröhliche* der durchgedrehten Innenstadt aus dem Schädel zu kriegen.

»Es gab Zeiten, da hat der Mann im Haus geholfen, den Baum zu schmücken«, war Veras Begrüßung, neben einem kühlen Kuss aufs Ohr. »Ach so«, machte sie dann, demonstrativ die Nase rümpfend, deutlich, dass ich eine Fahne hatte. Dabei roch sie selbst schon gut nach Sekt.

»Gab auch Zeiten, da war ich der einzige Mann in deinem Haus«, konnte ich mir nicht verkneifen. »Und Vati hat grundsätzlich eine Fahne am Heiligen Abend, das ist Tradition in Köln. Ist dein Männe etwa nicht daheim heute?«

Sie verpasste mir einen Stoß mit dem Knie auf den Oberschenkel – *Arabisches Eisbein* hieß das früher bei uns auf dem Schulhof. »Mein *Männe*, wie du meine geliebte Tula zu nennen beliebst, Saufnase«, sie senkte ihre Stimme zu einem Flüstern, »muss Annas Geschenk geheim halten.« Fragend hob ich die Augenbrauen. »Ein Hundchen«, wisperte sie mir ins Ohr.

Na super. Steh' ich da mit meinem Päckchen für Anna – drei Bücher über Katzen und ein Gutschein für einen Besuch im Zollstocker Tierheim.

»He, Büb! Sind die alle für mich?« Anna sprang an meinem Rücken hoch und hängte sich an meinen Hals. Die Päckchen purzelten über den Flur.

»Fast alle. Auf jeden Fall das ehemals zwölfteilige Teeservice, das du gerade auf dem Gewissen hast.«

Sie kicherte. »Dann ist das jetzt wohl ein – eh – vierundzwanzigteiliges Teeservice, wie?«

»Mmh. Wie spät ist das?«

»Halb vier«, antwortete Vera.

Ich schnappte mir das Paket mit den Katzenbüchern. »Bring den Rest schon mal ins Wohnzimmer, Anna. Ich muss noch mal kurz weg.«

»Ooch, Mann ... Wieso das denn?«

»Muss was umtauschen.«

»Das wirst du wohl nicht mehr schaffen«, sagte Vera. »Die Geschäfte sind seit zwei Uhr zu.«

»Scheiße!«

»Umtauschen machen wir doch immer nach Silvester«, krähte Anna und haute mir die Füße in die Seiten. »Los, Fury, ab in die Küche!«

»Nix Küche«, kommandierte Vera. »Du verschwindest jetzt ab in die Badewanne!«

»Männo!«, schmollte ihre Tochter. »Willst du mit mir baden, Büb?«

»Nix da«, wiederholte Vera. »Du badest schön alleine. Und zwar ziemlich flott, denn danach geht der Büb mit mir in die Wanne.«

Das war meine erste Weihnachtsüberraschung.

Die zweite war Tula. Als sie bei der fröhlichen Bescherung im festlich geschmückten Wohnzimmer Vera einen langen Kuss für das silberne Armband und die weiße Seidenbluse gab.

»He, he!«, rief sie. »Wonach schmeckst *du* denn?«

Vera wurde rot. Ich vertiefte mich in die Biographie von Max Schmeling, die das Christkind mir gebracht hatte. Anna tollte im Flur mit ihrem neuen Hund herum, einer bunt gefleckten, drei Monate alten Mischung aus Wolfsspitz-Collie und Schäferhund-Terrier.

»Kleines Amuse-gueule«, griente Vera verlegen. »In der Badewanne.«

Tula lachte schallend. »Ich glaub', unsere Frau kommt in die Wechseljahre, Büb.«

»Wieso?«

»Kriegt eine Hitzewelle nach der andern. Komm, lass dich noch mal küssen, Liebste, das schmeckt gar nicht so schlecht«, zog sie Vera an sich. Und sie küssten sich noch mal. Sehr lange.

Manchmal frage ich mich sogar, ob es überhaupt ein bestimmter Kampf war, an den ich mich am lebhaftesten erinnere, oder nicht vielmehr der Kampf als das Erlebnis, die eigene Existenz aufs Spiel zu setzen, aus dem Leben ein Abenteuer zu machen, erzählte Max in seinem Vorwort. Dann wurde er mir aus der Hand gerissen.

»He, wir haben noch was für dich«, drückte Tula mir ein kleines Päckchen in die Hand. »Ein gemeinsames Geschenk, von Anna, Vera und mir.«

Ich revanchierte mich. Als wir ausgepackt hatten, besaß ich einen Walkman – das Neueste aus Japan; da hatten sich die Mädels aber wirklich in Unkosten gestürzt – und Tula einen neuen Kaftan aus Baumwolle, schwarz mit winzigen goldenen Sternchen.

»Oh, ist der schön«, strahlte sie. »Dann will ich jetzt aber auch wissen, wie *du* schmeckst. Von dem Bier mal abgesehen.« Und küsste mich mit fast der gleichen Leidenschaft. Und fast genauso lange.

Ich bekam weiche Knie.

»Was meinst du, Büb«, sagte sie, ein wenig atemlos und mit rosigen Flecken im Gesicht, »könntest du wohl ein Auge auf die Knödel haben, während ich mit Vera mal kurz nach nebenan ...?«

Schade, war Kanaldeckels Büb nur mal wieder der Anheizer gewesen. Aber dafür konnte er jetzt unterwegs im Tourbus immer Musik hören. »Nur wenn sie dabei mein Geschenk trägt.«

Die beiden kicherten. Meiner Immer-noch-Ehefrau hatte ich eine Jeans aus sandfarbenem Wildlederimitat spendiert. Immerhin durfte ich mich bei ihr vorher auch noch mal gründlich bedanken. Aber vielleicht bedankte sie sich ja auch bei mir, dafür, dass ich auf die Knödel aufpasste. Jedenfalls waren meine Knie danach richtig weich. Aber ich konnte ja auf der Couch sitzen, während ich mir *Remain In Light* auf

Kassette überspielte, das geile neue Album der Talking Heads. Das würde auch Geräusche von nebenan übertönen, die mich vielleicht doch noch neidisch machen könnten. Nein, nicht eifersüchtig, nur neidisch.

And you may find yourself in a beautiful house, with a beautiful wife – And you may ask yourself – well, how did I get here?, nölte David Byrne neurotisch.

Tja, ich weiß, was du meinst, David.

Die dritte Überraschung war mein Lieblingsessen – Veras göttliche Rouladen aus Pferdefleisch, mit Klößen aus rohen Kartoffeln und Kräutern, mit literweise dunkelbrauner, fast schwarzer Soße, und dazu Leipziger-Allerlei-Salat. Erst eine Stunde danach schafften wir den Nachtisch, Vanillepudding mit heißen Himbeeren. Und nach dem brauchten wir alle einen Verdauungsschnaps. Das war Tula zuliebe natürlich Ouzo, ihr Nationalgetränk. Einen aufs Essen, einen auf Weihnachten, einen auf unsere komische kleine Familie, einen auf Rudi Dutschke, der vor genau einem Jahr in seiner Badewanne ersoffen war. Bei einem der epileptischen Anfälle, die er infolge der Kugel in seinem Kopf immer wieder kriegte. »Ich hatte so eine Wut«, hatte Attentäter Josef Bachmann später im Knast erklärt. Auch er ein Opfer der BILD-Zeitung.

Nach einem kurzen Verdauungsspaziergang mit dem kläffenden kleinen Köter machten wir die Flasche alle und spielten Mau-Mau, bis Anna die Augen zufielen, während der Hund fiepsend neben ihr auf einem Kissen schnarchte und mit allen vier Pfötchen zuckte.

Und als Überraschung Nummer vier brauchte ich, als Anna mit geputzten Zähnen in ihrem Bett lag und Wau-wau endlich sein Körbchen akzeptiert hatte, nicht nach Hause zu gehen, sondern durfte mit im großen Bett schlafen.

12. Kapitel

Du kannst doch einen Hund nicht Schnüffelzinken nennen!« Als sei er anderer Meinung und höre schon auf diesen seltsamen Namen, kam der Köter angerannt und kugelte tolpatschig über meine Füße.

Anna kicherte. »Wieso denn nich?«

»Das arme Vieh.«

Sie streckte mir die Zunge heraus. »Du find'st ja nur doof, dass ich das von 'ner Schroeder-Platte hab un' nich von Penner's.«

»Blödsinn.«

»Warum dann?«

Ich kniff die Augen zusammen. Die untergehende Wintersonne ließ den Vater Rhein in seinem Bett golden glitzern wie einen Fluss voller Engelshaar. Die Luft war kalt, aber klar – zwei verkehrsarme Feiertage, und Köln hatte auf einmal ein ganz anderes Klima. Ideal für Weihnachtsspaziergänge mit Kindern und ihren Geschenken.

»Erstens ist erwiesen, dass Hunde am besten mit einem Namen klarkommen, der zwei Silben hat.«

»Warum?«

Vielleicht hätten wir ihr doch eine Barbie-Puppe schenken sollen. »Weil Hunde eben so funktionieren. Katzen hören, wenn überhaupt, eher auf Namen mit Zisch- und S-Lauten ...«

»Mieze. Mikesch. Missy. Pussi.«

»Genau. Und Hunde hören besser auf Zweisilber.« Zum Glück war ihr nicht aufgefallen, dass das gerade auch alles Zweisilber gewesen waren.

»Aber ich find'... Bello doof. Oder Ajax oder Harras.«

»Na ja, ich auch.«

»Und zweitens?«

Diskutier nicht mit Neunjährigen. »Zweitens hat auch ein Hund eine empfindsame Seele.« Völlig untaugliches Argument.

»Hat Schnüffi auch! Ich hab ihm das Lied ein paar Mal vorgespielt – und beim dritten Mal hat er sogar mitgesungen!«

»Kluges Tier. Vielleicht solltest du ihn den Schroeders mal vorstellen – ich hab gehört, die suchen gerade 'nen neuen Sänger.« Sie kniff mich in den Hintern.

»Du bist doof.«

»Was ich damit meine, ist: Wenn du mit deinem Hund unter Menschen bist und ihn Schnüffelzinken rufst, werden bestimmt viele darüber lachen. Und er wird glauben, sie lachen ihn aus. Wirst *du* gerne ausgelacht?«

»Natürlich nich!«

»Eben. Glaubst du, dein Hund?« Das, immerhin, ließ sie nachdenken. »Und drittens: Ein Hund ist ja nicht nur ein Spielkamerad. Der soll einen doch auch beschützen. Stell dir vor, irgendeine Dumpfbacke will dir an den Kragen.«

»Dann beißt der den!«

»Wenn er gut erzogen ist, beißt er erst, wenn man dich schon am Kragen hat und es schon ziemlich ernst ist. Oder erst, wenn du's ihm befiehlst.«

»Dann befehl' ich es ihm eben.«

»Okay. Mach mal.«

»Was?«

»Sag: Schnüffelzinken, fass!«

Ihr Hund hatte seine Erziehung noch vor sich. Er kaute an dem gelben Haufen eines Artgenossen herum. »Aus!«, zischte ich ihn an und stampfte mit dem Fuß auf den Weg. Erschrocken drehte er sich dreimal um sich selbst, rannte hinter Anna in Deckung und pinkelte ein paar Tröpfchen.

»Dauert zu lange, oder?«

»Kluges Mädchen.«

Sie bückte sich und nahm ihren neuen Freund auf den Arm. Er leckte ihr über das Gesicht. Ich hoffte, das fiel unter Kindern-das-Immunsystem-Stärken und sagte nichts dazu.

»Susi. Wie find'st du Susi, Büb?«

»Guck mal zwischen seine Hinterbeine.«

Sie kicherte.

»Du hast ihn doch eben schon Schnüffi genannt.«

Sie verdrehte die Augen. »Das is kindisch.«

»Du *bist* ein Kind.«

Als ich fünfzehn war, kämmte ich mir das, was der blöde Friseur meiner Mutter mir an so genanntem Façonschnitt übrig gelassen hatte, in die Stirn und lief mit hochgeklappten Hemdkragen herum – näher konnte ich unter Mutters Fuchtel einer Beatles-Frisur nicht kommen. Und natürlich hatte ich dauernd die Schultern hochgezogen, damit die Haare hinter meinen Ohren sich über den Kragen wölbten. Muss ziemlich bescheuert ausgesehen haben. Noch bescheuerter war, dass ich auf die Tour versuchte, Eindruck bei Renate zu schinden. Die war schon siebzehn, eine ausgewachsene Schönheit, und hatte den gleichen Schulweg wie ich, allerdings eine Viertelstunde weiter. Jeden verdammten Morgen stand ich also früher als nötig in meiner Haustür und wartete möglichst lässig darauf, dass mein Schwarm vorbeikam und ich ihr mit ein paar Metern Abstand folgen konnte. Die ganze Neußer Straße lang, bis zu ihrer Schule, bevor ich mich stumm und mit glühenden Wangen von ihr verabschieden und die drei Blocks zurück zu meiner Penne latschen musste.

Bis sie sich eines Tages an einer roten Ampel zu mir herumdrehte, mit verächtlich heruntergezogenen Mundwinkeln, und zischte: »Kommst du dir eigentlich nich selbe wie ein Dackel, du Nervensäge?« Und sie schenkte mir e Blick aus ihren großen, braunen, Mascara-verschmier Augen, einen Blick, der mich tatsächlich zu Dackelgröße schrumpfen ließ, während der Caro-Kaffee in meinem Magen zu knisternden Eiswürfeln gefror. Die Beatles packten die Koffer und flogen zu ihrem Maharishi. Ich wurde Stones-Fan.

Ich wusste nicht, dass Neunjährige diesen Blick auch schon draufhaben. Ihr Hund wand sich zappelnd aus ihrem Griff, ließ sich auf den Boden plumpsen und rannte schnüffelnd zurück zu seinem Rinnsal.

Plötzlich prustete Anna los. »Was is denn jetzt?« Aus dem Prusten wurde ein Kichern, aus dem Kichern krähendes Gelächter. Sie wollte sich gar nicht mehr einkriegen.

Weiber. »Lass mich doch mitlachen!«

Mit hochrotem Kopf zeigte sie auf den Hund. Ich verstand nur Bahnhof. Dass der komisch aussah, mit dem schwarzen Fleck um sein linkes Auge und mit den verschiedenfarbigen Beinen, hatten wir doch schon Heiligabend gemerkt. Dann verschluckte sie sich, und ich musste ihr auf den Rücken trommeln, bis sie wieder Luft bekam.

»Guck doch!«, deutete sie wieder auf den Köter. Nein, der war inzwischen weitergeeiert und versuchte, einen Radfahrer zu Fall zu bringen. Anna deutete auf das Rinnsal aus Hundepipi. »Ein Z!«, kreischte sie. »Er hat ein Z gepinkelt! Er heißt Zorro!« Wieder kriegte sie einen Lachanfall.

Diesmal konnte ich mitlachen.

Würde mich aber eigentlich doch mal interessieren, was aus Renate geworden ist ...

Ein paar hundert Meter weiter war ich in Annas Achtung wieder gestiegen. Der frisch mit eisigem Rheinwasser getaufte Zorro hatte die Reaktionsfähigkeit eines weiteren Radfahrers getestet; der war abgestiegen und wutentbrannt hinter dem Hund hergerannt, der sich wieder in Annas Arme flüchtete. Die wiederum suchte bei mir Deckung.

Der darauf folgende Wortwechsel begann mit: »Das ist doch hier kein Hundespielplatz!«

»Aber auch keine Radrennbahn.« Und endete damit, dass ich den Giftzwerg mit einem Blick auf den Rhein fragte, ob das Fahrrad, das ihm das Christkind gebracht hatte, denn eigentlich rostfrei sei.

Als er wieder im Sattel saß und vor sich hin maulend Richtung Dom strampelte, legten wir dem widerstrebenden Zorro seine rote Leine an und spazierten Hand in Hand weiter Richtung Rodenkirchen, wo uns Bratwurst mit Fritten lockten.

»Büb?«

»Mmh?«

»Was ist ein Loddel?« Bis Rodenkirchen war es noch ein schönes Stück. Ich machte Anna auf das weihnachtlich geschmückte Hausboot eines Ruderclubs aufmerksam. Uninteressant.

»Sag doch mal! Oder weißt du's auch nich?«

»Wie kommst du denn auf Loddel?«

»Hab ich mal gehört.«

»Wo?«

Zorro wickelte sich seine Leine um ein Hinterbein und gab ihr Bedenkzeit. »Irgendwo.«

»Irgendwo zu Hause vielleicht?«

»Glaubst du, dass Zorro mal gut erzogen wird?«

»Das liegt an dir – du bist sein Frauchen.«

»Bei Fuß, Zorro!«, kommandierte sie und zerrte an der Leine. Er sprang an ihr hoch und kniff sie in die Wade.

»Probier's mal andersrum«, riet ich ihr.

»Warum?«

»Er hat jetzt einen Namen. Den du ihm gegeben hast. Wenn du seinen Namen rufst, sollte er sich freuen, dass du ihn rufst, und gerne zu dir kommen. Wenn du gleichzeitig mit ihm schimpfst und an ihm herummachst, verbindet er mit dem Namen was Unangenehmes, und dann hört er nicht mehr so gerne darauf.«

Sie blieb stehen. Der Hund setzte sich. »Zorro!«, flötete sie. »Zorro!« Er legte den Kopf schief und ließ die Zunge baumeln. »Zorro!« Schon etwas klirrender. »Bei Fuß!«

Er hob eine Vorderpfote und kippte auf die Seite. Sprang wieder auf und rannte auf sie zu – und an ihr vorbei. Überrascht ließ sie die Leine los, und ihr Zorro stürzte sich kläffend auf ein Stück Treibholz, als er merkte, dass er verfolgt wurde. Wütend biss er seiner Leine in die Kehle, bis sie sich ergab. Wir mussten wieder beide lachen, aber dann sah sie mit einer Andeutung von Verzweiflung zu mir hoch.

»Sei nicht ungeduldig«, besänftigte ich sie. »Er ist erst zwölf Wochen alt, noch ein halbes Baby. Er wird schon noch alles lernen, was du ihm beibringen willst. Du brauchst vor allem Geduld und einen langen Atem.«

Sie ging zu ihm, nahm die Leine wieder auf und brachte ihn zurück. »Man kann ja nicht alles auf einmal lernen«, sagte sie.

»Eben.«

»Für manches muss man erst älter werden.«

»Genau.«

»Willst du mir deshalb nicht sagen, was ein Loddel ist?«

In diesem Moment kam ein heiser bellender Schäferhund auf uns zugeprescht. Manchmal hat's Vorteile, wenn Leute ihre Tölen nicht im Griff haben.

13. Kapitel

Manche sagen, das *Pinoccio* in der Pfeilgasse im Zentrum Kölns sei so alt wie die Prostitution in dieser Stadt. Natürlich nicht unter diesem pseudo-italienischen Namen – das einzig Italienische hier ist eine klappernde, chromstrotzende Kaffeemaschine aus den Sechziger Jahren –, vorher hatte es *Café Hurra* geheißen, davor *Café Schmitzjen*, es gibt sogar ein braunstichiges Foto hinter der Bar, auf dem in schnörkeliger Sütterlinschrift *Wein & Speisehaus Rosstäufer gegr. 1861* auf die Fassade über dem unscheinbaren Eingang gemalt ist. Die unsägliche Tapete in rot-goldenem Schottenkaro ist vielleicht ein wenig jünger, sie führt einen nimmermüden Kampf gegen die winzige Discokugel, die wiederum verzweifelt den kitschigen Kronleuchter mit seinen herzförmigen Leuchten anblitzt, falls sie sich mal dreht, und die knallgelben Nappalederbezüge der zierlichen Sessel passen kein bisschen zu den Würfeln aus schwarzem Rauchglas, die als Tische dienen; eine Theke mit hellroter Lederbespannung, Messingleisten und einer Platte aus schwarz-weiß gesprenkeltem Marmor, vor der schwarze Barhocker mit Lederpolstern und gedrechselten Gusseisenbeinen stehen wie Votivkerzenständer, macht das stilistische Chaos komplett.

Nein, wirklich komplett machen es erst die Mädels, die in pastellfarbenen Hotpants und durchsichtigen Wickelblusen, mit Frisuren wie Kranichnestern und Fingernägeln wie bunte Eislöffel träge herumsitzen und Mentholzigaretten rauchen, ihre traurigen Gesichter hinter fröhlichem Make-up versteckt, das dicker ist als das Aachener Telefonbuch. Da macht es auch nichts mehr, dass jetzt überall Töpfchen mit Tannenzweigen und roten Kerzen herumstehen, während *Samba Pa*

Ti zäh die karierten Wände herabläuft wie sechs Stunden alter Kleister, und dass ein Kaffee mit Osborne 18,80 Mark kostet. Ich amüsiere mich über die achtzig Pfennige. Die haben so was von sorgfältiger Kalkulation, von Tante-Emma-Laden und Respektabilität.

Was Patte natürlich nicht mal ein müdes Achselzucken entlocken kann – er lässt sich sowieso auf seine Hunderter nie rausgeben, selbst wenn er nur dem EXPRESS-Verkäufer eine Zeitung abnimmt. Er hängt auf seinem Stammhocker, von dem aus er sowohl die Straße als auch den Laden im Auge hat, zieht alle paar Ewigkeiten an einer Roth-Händle, rührt in seinem elften Espresso, wobei die Rolex mit dem viel zu weiten Armband aus goldenen Kettengliedern auf der Theke herumklackert wie ein geduldig wartendes Kutschpferd, und schüttelt verständnislos den Kopf. Seine schulterlangen braunen Locken baumeln um den weit offenen Kragen eines Hemds aus rotbraunem Schlangenleder. Seit ich ihn das letzte Mal gesehen habe, sind ein paar graue Strähnen dazugekommen. Passen aber gut zu seiner Costa-Brava-Bräune. Und zu der Müdigkeit in seinen nur selten noch listigen Berliner Hundeaugen, die Pupillen braun wie sein faltig gewordener Hals, das Weiße gelb von Nikotin und einem zehn Jahre alten, chronischen Leberschaden.

»Sie is tot, Büb«, sagt er zum zweiten Mal, »noch 'ne kalte Fotze.«

»Red' nich so über sie«, sage ich.

Er zieht eine Diese-Hippies-lernen-det-nie-Grimasse. Rührt in seiner Plörre. *Klack-klack-klack.* »Is ja jut. Vajiss et, Junge. Vajiss det allet.«

»Dafür bin ich nich hergekommen.«

»Nee«, seufzt er und zündet sich an der halbgerauchten eine neue Rote an. »Dafür biste ni' herjekomm'. Wie ick dir kenne, haste deene weiße Rüstungk jeölt und jebüjelt und willst uff Kreuzzüje jehn, wa?«

Ich zucke nur kurz mit einer Schulter.

»Ick weeß, dett ick dir wat schuldich bin, Büb, weeß ick, weeß ick. Abba dette ...«

Ich drehe mir noch eine. Ich bin Schlagzeuger, ich kann warten. Das lernt man bei dem Job – warten auf einen, der weiß, wo der Proberaumschlüssel ist, warten darauf, dass die Kollegen endlich ihre Klamotten zusammen haben und in den Bus steigen, warten, dass der endlich abfährt, dass er irgendwo ankommt. Warten darauf, dass Hausmeister Türen aufschließen und Aufbauhelfer auftauchen, dass irgendwann ein paar Kästen Bier und ein Stapel Pizzakartons die Garderobe wohnlicher machen, darauf, dass die Pizza endlich mal wärmer ist als das Bier, oder das Bier wenigstens kälter als die Pizza; darauf, dass die örtliche Vorgruppe mit ihrem Monstersoundcheck fertig wird, dass draußen der Saal sich füllt, dass es neun Uhr wird und dass wir die Meute aus dem dumpfen Loch geprügelt kriegen, in das die Vorgruppe sie gedudelt hat. Dass Gitarristen ihre Klampfen gestimmt haben und Sänger sich entscheiden, welches denn die nächste Nummer sein soll. Warten, dass der Saal wieder leerer wird, damit wir unsere Anlage zurück in den Bus schleppen können, dass einer mit der Gage rausrückt; dass irgendeiner weiß, wo's denn jetzt noch ordentlich was zu Saufen gibt und wo vielleicht die örtlichen Mädels noch abhängen. Und zum guten Schluss warten darauf, dass die sich entscheiden, ob sie's heute mit einem Gitarristen oder einem Schlagzeuger versuchen wollen oder doch lieber wieder mit dem Schnuckel hinter der Theke, denn der wird auch morgen noch da sein; und meistens sind sie noch zu jung, um zu wissen, dass genau das auch ein entschiedener Nachteil sein konnte.

»Ha' ick nie vajess'n, Büb, nie.«

Manchmal lohnt sich das Warten. »Ich bin nich hier, weil du mir was schuldest, Patte. Das is lange her und juckt mich schon lange nich mehr.«

Ungeduldig schmeißt er wieder seine Locken durch die Gegend. »Du wärst abba nich hier, wenn's nich so wäre.«

»Quatsch. Wir kennen uns jetzt bald zwanzig Jahre, und wir hatten ein paar nette Zeiten miteinander, und du hattest nie einen Grund, dich über mich zu beklagen.«

Er wackelt zweifelnd mit dem Kopf.

»Na ja, außer vielleicht, als ich dir deinen schönen MG vollgekotzt habe.«

»Zweemal, Büb, zweemal!«

»Und jetzt komm' ich als alter Kumpel her un' frag' dich nach ein paar Namen und vielleicht Adressen ... Namen, die auch jede Menge anderer Leute hier kennen, und die könnt' ich auch fragen, aber ich hab nich zwölf Monate Urlaub im Jahr wie du, ich muss noch ein paar Goldene Schallplatten machen und lernen, wie man sich gegen japanische Schlagzeuger behauptet, die nich größer sind als 'ne Zigarrenkiste und im Einkauf billiger als ich für drei gemietete Tage. Also stell dich nich so an!«

Klack-klack-klack. Er tut einen tiefen Seufzer, blickt sich gelangweilt um. »Im Jrunde sind det Fünfe. Et jab mal 'n Sechsten, aber der konnte nich schwimmen. Die Jungs sind wirklich hart drauf, Büb. Die treten dir erst die Zähne ein und dann lejen se dir um, weil de so nuschelst.«

»Und alle aus Wien.«

»Na ja, Österreich, die meesten. Linz, Graz, Wien, Hannova – wurscht, oda?« Noch eine Roth-Händle. »Ha'm je'nfalls jut uffjeräumt uff die Szene hier. Mein lieba Herrjesangsvaein.«

»Aber plötzlich sin' se weg.«

»Plötzlich sin' se weg.«

»Un' zufällig, als klar wird, dass Kathrinchen nich mehr hochkommt.«

»Ach, Junge – weeßte, wie viele Schnepfen nich mehr hochjekomm' sin' die letzten zwee Jahre?«

»Die war keine Schnepfe.«

»Nee, klar – die meesten von die Schnepfen sin' keene Schnepfen, ick weeß. Ick bin ja ooch nur 'n ordinära Discjockey aus'm Wedding ...«

»He, du sprichst mit *mir*.«

»Ick sollte meene Schnauze halten, det sollte ick. Ick jloobe, ick brauch' ma'n Lebertropfen«, ruft er zu Martha rüber.

Martha kommt in dieses Jahrzehnt zurück, rutscht missmutig von ihrem Hocker und stellt uns zwei Cognacschwenker und eine halbvolle Flasche Osborne vor die Nase. Auf dem Etikett steht schräg *Patte seine*, in neonrotem Nagellack. Er schenkt uns großzügig ein. Martha walzt wieder rüber und wuchtet ihre drei Zentner ächzend auf ihren Hocker zurück. Zur Belohnung für die Quälerei kippt sie sich noch einen doppelten Sambuca ein, mit einem guten Dutzend Kaffeebohnen, zündet ihn an und sieht angeekelt zu, wie der gute Alkohol sich in blauen Flämmchen aus ihrer »Pfingstpfanne« verabschiedet. Die sie schnell wieder ausbläst, mit ihren dicken, runzligen Lippen, heute violett, dann saugt sie geräuschvoll die Kaffeebohnen heraus, kaut pro forma ein wenig darauf herum und kippt den warmen Schnaps hinterher. Lehnt sich zurück und klappt ein unsichtbares Visier über ihr Gesicht, zieht sich zurück in sich selbst, vielleicht in ihre Träume von der Zeit, als sie noch der Star in *Johann Jakob Rosstäufers Wein & Speisehaus* gewesen ist, und von der Goldmark, die ihr ein echter Erzbischof in ihr berühmtes Dekolletee gesteckt hat, nach diesem denkwürdigen Abend in einem der Zimmerchen im ersten Stock, bevor er mit seinen beiden Messdienern wieder in der Dunkelheit verschwand.

»Scheiß-Schmäh-Mischpoke«, flucht Patte halblaut in sich hinein, nachdem er seinen Osborne in einem Zug hinuntergekippt hat.

Ich nippe aus Höflichkeit ein wenig an meinem.

»Also, Büb – un' eens is klar wie Muttchens Kloßbrühe: Vvon mir weeßte nüscht! Jaarnüscht!« Er beugt sich zu mir rüber und senkt seine Lautstärke drastisch. »Der eene is der Linzer-Toni, so schnuckelig wie eener von die Domspatzen un' so kalt wie Karin Dingbums-Bumsdings – na, die Lotto-Fee da. Nur 'n bissken jemeina. Denn jibt et die beeden Kleenen, Brüda sin' se, in die Kreise als Ex un' Hopp bekannt, un' die Namen saren dir schon allet, watte jarnich wissen willst, jloob et mir, Büb, un' der vier...«, plötzlich wird sein Geraune zu einem fröhlichen Krähen und er klatscht mir auf die Schulter, »... jloob et mir, Büb: vier von die Torten un' nüscht an als wie 'n Lita Tirola Nussöl, un' sitzen uff mein' Kahn un' lachen mir an, als sei ick Junter Sachs. Eh, Keule, sach ick zu der eenen, det wird abba 'n Törn, den ihr so bald nich vajessen wer't! Un' ...«

Natürlich ist mein erster Gedanke, dass er sich mit diesem Glas das letzte Stück Hirn weggesoffen hat, aber dann bemerke auch ich den Schatten, der über uns liegt.

»Hallo, Eule!«, grient Patte über meine Schulter. Ich drehe meinen Kopf ein wenig und muss ihn dann ein gutes Stück in den Nacken legen – neben mir steht der große Bruder von Hoss Cartwright, ein Gebirge von Kerl mit schwarzem Minipli und einem lachsroten Jackett, aus dem man mir zwei Anzüge hätte schneidern können. Mit Weste.

»Servus«, brummt er zu Patte runter, »Chivas!« zu Martha hin, die ungewohnt schnell von ihrem Hocker runterkommt und eins der Fächer mit den Privatflaschen öffnet. Und sogar ein Glas noch mal schnell poliert, bevor sie einschenkt. Mich sieht er überhaupt nicht. Aber seine Missachtung ist massiver und bedrohlicher als manches Trüppchen Mopedrocker, mit dem ich schon zu tun hatte. Drüben an der Wand drücken zwei der Hotpants-Mädels hektisch ihre Zigaretten aus und rennen nach draußen, als sei die letzte Bahn zum Schwesternheim vorgefahren. Dabei gibt's in der Pfeilgasse gar keine Straßenbahn.

Das Fleischgebirge namens Eule nimmt Glas und Flasche in eine Hand, in der beides wirkt wie Puppenstubenzubehör, und verzieht sich durch den dicken roten Samtvorhang nach hinten, wo eine Pokerrunde läuft, mit einem Haufen viereckigem Geld auf dem Tisch, wie ich weiß, seit ich mal pinkeln war.

Patte hat sich schon einen neuen Doppelten eingeschenkt. »Det is Klein-Kronprinz von die Leiwand-Brüder – der sorgt für't Jeschäft von die, jetz', wo se weg sin'.«

»Die Nummer vier.«

»Jenau.«

»Un' wieso Eule?«

Da muss er erst mal trinken. Na gut, nehm' ich auch noch 'nen Schluck.

»Die hatten sich uff ihrer Zwischenstation in Frankfurt mit die Perser anjelegt. Eule liegt in een Hotelzimmer, besoffen wie Bolle, un' sägt 'n halben Palmenjarten ab. Schleichen sich drei von die Perser mit 'n Nachschlüssel in die Bude, kommen uff Zehenspitzen bis an sein Bette, steh'n mit Knarren inne Hand um ihn rum, gucken sich im Dunkeln det Jeschnarche an. Uff eenmal kommta hoch un' hat innerhalb von zwee Sekunden alle drei die Pusten abjenomm' un' inne Ecke jelegt. Zwee mit die Köppe aneinander, dett se beede 'n

Schädelbasisbruch ha'm, wa, un' dem dritten hatta mit die eijene Knarre so det Jesicht zermanscht, dett den die eijene Mutta nich mehr jekannt hat. Hört also im Schlaf, sieht im Dunkeln – un' spuckt seine Jechna wieda aus wie 'ne Eule ihr Jewölle, wa. Een Tier, sach ick dir.«

»Und weiß mit Sicherheit, wo die anderen Arschlöcher sind, wie?«

»Büüb!«, beschwört er mich.

Ich belasse es dabei. Natürlich braucht er mir das nicht zu bestätigen. »Un' der letzte?«

Er stöhnt. »Ick jloobe, ick sollte morjen mal nach meene Boote kieken, wa?«

»Von mir aus kannste das nächste halbe Jahr nach deinen Booten kieken, aber vorher sagste mir noch den fünften Namen. Du weißt, dass ich sonst keine Ruhe gebe.«

Er nickt genervt. »Du bist 'ne Zecke, Büb, ick weeß. Der is wahrscheinlich sojar dein Mann. Ha' ick so läuten hör'n. Dem nenn'n se Hockey. Hat soo'n Dödel«, er zeigt mit beiden Händen eine Strecke von der Länge meines Oberschenkels, »un' wenna een steh'n hat, un' det hatta oft, denn is det Ding nach ohmd jebogen wie'n Eishockeyschläger. Un' da hat wohl ooch dein Kathrinchen ihr'n Spaß dran jehabt. Is je'n-falls diesen Sommer ziemlich oft mit den rumjezogen. Un' ick jloobe och ihre letzte Nacht. Würde abba nich druff wetten, wa. Un' schon jarnich een Eid druff ablejen. Oda übahaupt 'ne Aussare mach'n, klar?«

»Klar. Danke, Alter.«

Er winkt ab. »Jeschenkt, Büb, jeschenkt. Sach ma', willste nich mitkomm'? Cadaques? Marbella? Andraitx? Ick lad' dir ein!«

Ich stehe auf und leere mein Glas. »Ein andermal gerne. Ich hab noch was zu erledigen.«

Resigniert breitet er die Arme aus. »Brauchste Patte?«

Ich grinse. »Jetz' nich mehr, danke.«

Er grinst zurück. Patte hat er mehr als genug, daher ja auch sein Spitzname. Er hatte schon Ende der Sechziger im Spanienurlaub geschnallt, was da in Zukunft ziemlich teuer werden würde, und sich einen Bootsanlegeplatz nach dem anderen gesichert – gemietet, gepachtet, wo es ging sogar gekauft – und jetzt gehörten ihm ungefähr hundertachtzig davon, die ganze Mittelmeerküste runter und auf allen vier Balearen-Inseln, und hundertachtzig Boot- und Yachtbesitzer zahlen ihm bis zu dreitausend Mark im Monat pro Platz, und selbst wenn er selber mittlerweile bis zu sechzehnhundert an die Spanier abdrücken muss, bleiben ihm noch mehr, als er trotz seiner Verschwendungssucht je ausgeben könnte. Und die Preise steigen weiter ...

Er hatte bei mir seit Mitte der Sechziger einen Stein im Brett gehabt, weil er mich kleinen langhaarigen Tertianer in seine Kellerdisko am Eigelstein gelassen hatte, obwohl ich erst vierzehn war, damit ich dort von seiner großartigen Plattensammlung lernen konnte. Und als er ein paar Jahre später mal mit einem Koffer mit drei Millionen in bar Richtung Spanien aufgebrochen war, um weitere Liegeplätze zu kaufen, hatte ich eine Viertelstunde darauf mitbekommen, wie drei Holländer an seiner Theke besprachen, wo sie ihn einholen und ihm die Kohle abnehmen würden. Erstens konnten sie natürlich nicht wissen, dass ich da schon oft und lange genug in Amsterdam gewesen war, um ihre Heimatsprache zumindest verstehen zu können, und zweitens hielten sie mich für so besoffen, dass ich halb ohnmächtig war. Tja, *dommerdjes* – bloß weil mein Kopf auf ein paar Bierdeckeln liegt, bin ich noch lange nicht weg. Jedenfalls rannte ich schnurstracks zu seiner Frau und klingelte sie aus dem Bett, und die konnte ihn rechtzeitig warnen. Dass sie die Gelegenheit genutzt und sich den schnuckeligen jungen Hippie anschließend flott mal in ihr Bett gezogen hatte, sollte er nie erfahren. Bestimmt auch besser so.

»Pass bloß uff dir uff, Büb«, mahnt er jetzt. »Un' mach det nich alleene! Hättste bessa eenen mit, wo nich so vill Angst hat.«

»Hab ich«, behaupte ich.

Er schüttelt den Kopf. »Jibt keenen, wo keene Muffen vor die hat«, murmelt er. »Obwohl ...«

»Hm?«

Erst 'ne weitere Rote. »Ick hab läuten jehört, dett die Jungs damit nüscht zu tun ha'm woll'n.« Ich schnaube. »Ja, sollen die das an die große Glocke hängen?«

Wieder Kopfschütteln. »Nich an die jroße, Büb, nee. Abba um die kleene rum würd' die Sorte det ooch nich abstreiten. Vastehste? Schon wejen die andern Schnallen.«

Ja, da mochte was dran sein. Würde zu Wittas Geschichte passen.

»Wie ooch imma, Junge – pass jut uff dir uff. So oda so.« Seufzend greift er nach der Flasche. *Klack-klack.*

Ich klopfe ihm aufmunternd auf's Knie. »*'ta luego, amigo.*«

Mitleidig blickt er mich an. »Woll'n ma' hoffen, wa?«

Tat ich. Von draußen gucke ich noch mal zum Fenster rein. Er sitzt da, in sich zusammengesunken, tiefe Falten um die Mundwinkel, und dreht den vierten Cognac zwischen seinen Fingern. Er ist wirklich sichtbar gealtert in den letzten zehn Jahren.

Geld wiegt schon schwer.

14. Kapitel

Mittlerweile war es dunkel geworden. Die Mädels aus dem *Pinoccio* staksten um den Block und froren sich in ihren Fummeln den Arsch ab. Ich fragte mich, was für Typen sie am zweiten Weihnachtstag als Kundschaft zu erwarten hatten. Die einsamen Junggesellen, die Heiligabend pflichtgemäß bei Mama verbracht hatten, waren doch sicher schon gestern auf der Piste gewesen. Und all die Ehemänner? Die hätten doch, trotz des am dritten Familientag in Folge bedenklich schiefen Haussegens Mühe, eine Ausrede zu finden, oder?

Hatten sie nicht – gegenüber stiegen gleich fünf von der Bilderbuchsorte aus einem Taxi. Rote Gesichter von zu viel fettem Essen, zu viel Verdauungscognac, kalter frischer Luft und Vorfreude. Zu viel und zu laut lachend umringten sie zwei Mädels in glitzernden Hotpants, die nach kurzer Verhandlung noch drei Kolleginnen herbeiwinkten. Alle zusammen drängelten sie sich um die Ecke, wahrscheinlich, um im *Rosenstübchen* die Rollen zu verteilen und den Handel perfekt zu machen. Mich schüttelte es. Und das war nicht der Nieselregen.

Trotzdem machte ich mich zu Fuß auf den Weg ins *Laberinth.* Alles andere wäre auch Quatsch gewesen – es waren nur zwei Bahnstationen, und zwischen denen hätte ich auch noch umsteigen müssen. Und ein Taxi wollte ich mir nicht leisten. Schließlich war ich jetzt schon über dreißig, da gibt man nicht mehr so leichtfertig das ganze Geld fürs nächste Jahr schon im Dezember aus.

In der einen oder anderen Boutique auf meinem Weg gab es schon Fleißige, die die Weihnachtsdeko abmontierten und mit der Inventur anfingen. Am Klapperhof baute Bockwurst-Bernd seinen Stand auf. Der kannte auch weder Feiertage noch Urlaub. Aber ich war noch nie vor vier Uhr morgens sein Gast gewesen. Vor der neuen Disco neben dem *Capitol* prügelten sich zwei Jungtürken mit einem Schwarzen. Dass der schwarz war, war offensichtlich, dass sie Türken waren, konnte man daran sehen, dass sie's mit Karate versuchten; dass sie noch arg jung waren, sah man daran, dass sie sich mit Sam anlegten – der war schon Rausschmeißer in den Ami-Clubs in Bamberg gewesen, als sie noch übten, wie man den weißen Gürtel knotet.

Ich war noch keine fünf Schritte weiter gegangen, als der eine schon regungslos von der Haube eines Porsches rutschte und der andere auf Knien über einem Blumenkübel hing und sich die Seele aus dem Leib kotzte. Er hatte ziemlich viel Seele – der Kübel würde bald überlaufen.

Missmutig wischte Sam über einen dunklen Fleck auf seinem taubengrauen Jackett. Hatte ihn wohl tatsächlich ein Tritt getroffen. »Du wirst auch alt, Sam«, sagte ich kopfschüttelnd im Vorbeigehen.

Er rollte seine Riesenaugen in Satchmo-Manier. »Don't go tell anyone, massa.«

Ich hielt mir einen Zeigefinger vor den Mund. »Merry Christmas, Mister Sam«, flüsterte ich.

»Yeah«, hörte ich ihn hinter mir brummeln. »An' fuckin' peace on earth.«

Mit quietschenden Reifen hielt ein weißer Luxus-Sportwagen am Bordstein. Kabriolett. Offenes Dach, am verpissten zweiten Weihnachtstag. Zwei schnatternde Blondinen in dünnen kurzen Fummeln quälten ihre verfrorenen Glieder über die Seitenwände und öffneten von außen die beiden Türen. Die Kessler-Zwillinge, in dicken Lederjacken mit Lammfutter, bequemten sich gemütlich aus ihren Sitzen, ein identisches arrogantes Grinsen im Gesicht. Für einen Augenblick war ich versucht, stehen zu bleiben und darauf zu warten, dass wir Zoff miteinander kriegten. Dazu hätte ich sie bloß dreißig Sekunden ansehen müssen – den Hass in meinem Blick hätten selbst sie bemerkt. Aber ich musste mir eingestehen, dass der Drang ohne Sam in meinem Rücken eine gute Portion kleiner gewesen wäre. Außerdem war ich stocknüchtern. Und ich hatte mir was vorgenommen. Ohne sie weiter zu beachten, legte ich einen Zahn zu und marschierte weiter. Aber ich fühlte mich, als hätte ich einen Grund, mich zu schämen.

Wieso eigentlich ich?

»Der benimmt sich wie ein Loddel«, hatte irgendeine Nachbarin, irgendein Nachbar gesagt, vor so langer Zeit, dass Kathrinchen noch in ihren Windeln lag. Ich dagegen lag zitternd in meinem Bett unter den schrägen Wänden im Dachgeschoss von Oma Klütschs Genossenschafts-Häuschen, Bettdecke über den Kopf gezogen, Finger in den Ohren. Einerseits. Andererseits war ich auch mit vier schon ziemlich neugierig auf alles, was das Leben so zu bieten hat, also schlich ich zwischendurch doch immer wieder vorsichtig zum Fenster, um das Theater vor dem Haus mitzukriegen. Dort hatte sich die halbe Straße versammelt, die meisten Nachbarinnen schon in Nachthemden und die Männer in den obligat längs gestreiften Schlafanzügen. Sie alle umringten mehr oder weniger hilflos Bertha Gonowski, die drei Häuser weiter wohnte und die beste Freundin meiner Mutter war. Bertha hörte und hörte nicht auf, zu jammern und zu heulen – womit sie den ganzen Auflauf überhaupt erst verursacht hatte – und zwischendurch immer wieder in die Knie zu gehen und mit flachen Händen vor Wut und Schmerz auf den Asphalt zu klatschen, bis jemand sie wieder hochzog, meistens meine Mutter, der sie sich dann mit einem erneuten Heulkrampf wieder um den Hals warf. Ihr billiges weißgraues Nachthemd war voller Blutflecken, genau wie ihr Gesicht, und einer der Träger war ab und das Hemd an der Seite eingerissen, so dass immer wieder eine kleine, schlaffe Brust voller Blutergüsse herauslugte – ein Anblick, der nicht nur Schneiders Bertis und Hannemanns Fredis Aufmerksamkeit magnetisch anzog, sondern auch mir einen Kitzel verursachte, der so gar nicht zu der Angst und dem Schrecken zu passen schien, die mir diese Szene verursachten. Einmal packte sie den Saum des Nachthemds, um sich damit Tränen, Rotz und Blut aus dem Gesicht zu wischen, und stand da mit entblößten Beinen bis zum Bauchnabel, und obwohl meine Mutter sie sofort an beiden Schultern packte und an sich presste, fuhr mir das Bild durch und durch; mir wurde ganz schwül und ich verspürte einen heftigen Drang, als müsste ich pinkeln, dringend, schnell und heiß.

»Wie ein Scheiß-Loddel«, fluchte die Stimme wieder. Ein paar andere murmelten empörte Zustimmung.

»Ach, der is doch bloß wieder besoffen«, versuchte jemand einzulenken.

»Tja – Vollmond«, ergänzte ein anderer.

»Soll das eine Entschuldigung sein?«, drehte sich meine Mutter drohend zu ihm um und wies auf Bertha. »Dafür?!«

Einlenkendes Gebrummel.

»Man sollte die Polizei rufen«, keifte Erna Hannemann.

»Nein!«, schrie Bertha. »Ihr wisst doch genau ...« Der Rest ging in jaulendem Schluchzen unter.

Meine Mutter übernahm. »Damit das Scheiß-Jugendamt kommt und sie den Willi ins Heim stecken?«

Willi war Berthas Sohn. Mein bester Sandkastenkumpel. Und möglicherweise auch Jakob Gonowskis Sohn. Der aber, als Fernfahrer seit sechs Jahren nur an Wochenenden daheim, hatte das seit Willis Geburt angezweifelt – dieses Fliegengewichtchen, dazu noch mit *blauen* Augen? Sein Sohn? Der Sohn eines Bären von fast zwei Metern und zwei Zentnern, mit den dunkelbraunen Augen eines Kosakenenkels?

Also fiel er immer, wenn ihn die Empörung und Enttäuschung und die Wut über die angebliche Untreue, der Vollmond und sein selbst gebrannter Rübenschnaps übermannten, über seine Frau her (mit der er nicht einmal verheiratet war – daher die Angst vor dem Jugendamt) und vermöbelte sie, mit Fäusten, Fußtritten, seinem schweren Ledergürtel, der Hundeleine, mit der er auch seinen Schäferhund Wawra regelmäßig vertrimmte. Was der ihm mit untertänigstem Gehorsam und absoluter Loyalität dankte – wenn Jakob zu Hause war, durfte nicht mal Bertha an den Köter ran, obwohl sie ihn die ganze Woche gefüttert und einmal am Tag mit ihm eine Runde über die Felder gedreht hatte.

»Eines Tages bring' ich ihn um«, schrie Bertha. »Ich bring' ihn um, das Schwein!«

»Was hat denn die Tante Bertha, Mama?«, versuchte ich vorsichtig am nächsten Morgen herauszufinden.

»Das verstehst du noch nicht. Iss jetzt deine Haferflocken! Und trödel nicht wieder so rum!«

»Was hat denn die Tante Bertha, Oma?«

»Die hät et o' nit leisch. Frooch nit esu vill, Jung!«

»Was hat denn die Tante Bertha, Opa?«

»Dä falsche Tuppes. Kumm, jommer en d'r Jaade, noh de Birre luure, Büb.« Vielleicht hätte eine einzige vernünftige Antwort gereicht, mir die Faszination zu rauben, die der Anblick der halbnackten Bertha, das Bewusstsein von Jakobs Macht und der Ohnmacht der anderen auf mich ausübten.

Zehn Jahre später verkehrten Willi und ich kaum noch miteinander – er war nicht mit aufs Gymnasium gewechselt, und wir schienen nicht mehr so zueinander zu passen. Ich drückte mich mit meinen neuen Freunden im *La Provence* am Eigelstein rum, dem Café zwischen Pattes Disco im Keller und der Zockerbude im ersten Stock. Es gab die Bee Gees und die Searchers und vor allem Billy Stewarts Version von *Summertime* in einer dröhnenden Musikbox, ein Tee mit Zitrone kostete fünfzig Pfennig und hielt eine Stunde. Für Katja, die Kellnerin, wären wir alle gestorben – eine dunkelhaarige Schönheit, wie von einem dieser damals allgegenwärtigen *Zigeunerin in Öl*-Gemälde herabgestiegen, an Samstagnachmittagen parkten die Mädels in unserem Alter ihre Schlittschuhe unter unserer Eckbank; und es gab jede Menge harte Eigelstein-Jungs in schicken Klamotten zu bewundern.

Solche wie Mini-Charlie zum Beispiel. So hieß er nicht nur, weil er gerade mal einssechzig maß, sondern auch, weil er passenderweise einen Mini-Cooper fuhr – eigentlich völlig unstandesgemäß; allerdings hatte er sich den seinen ein bisschen »parat machen« lassen: Das Ding hatte drei Achsen und war fast sieben Meter lang, war zum Halb-Cabrio umgeschweißt und von den Radkappen bis zum Dach voll verchromt.

An einem ruhigen Spätvormittag im Winter – wir hatten mal wieder Latein und Religion ausfallen lassen (was braucht man Latein und Religion, wenn man plant, dem Zeitungsmann an der Florastraße die Tageskasse abzunehmen?) – saß Charlie mit einem Kumpel bei ein paar Runden Kaffee mit Asbach und einer Partie Backgammon; offensichtlich waren sie noch von der letzten Nacht übrig. Um sie herum saßen je zwei ihrer »Freundinnen« und durften Kakao trinken und sich leise über Klamotten, Frisuren und Make-up unterhalten. Eigentlich eine recht gemütliche Angelegenheit – alle Viertelstunde, wenn es zu ruhig geworden war, warf uns einer der beiden ein Markstück hin, damit wir die Jukebox wieder in Gang setzten, und nach einem gewonnenen Spiel gab's sogar eine Runde Cola »für die Fente, Katja«.

Bis der dicke Paolo reinkam und die beiden mit einer Partie Poker in den ersten Stock lockte. Die Backgammon-Kiste wurde zugeklappt, die Flasche Asbach in ein Privatfach geräumt, und eine der Freundinnen durfte bezahlen, eine hübsche, kleine Blonde, der man ohne ihre Aufmachung wahrscheinlich angesehen hätte, dass sie höchstens zwei, drei Jahre älter war als wir. Ein Typ wie Elke Sommer. Währenddessen erfuhren die anderen drei Mädels, dass sie jetzt nach Hause gehen und sich vor ihrer Schicht ein wenig ausruhen und frisch machen dürften.

Zu Elke allerdings sagte Charlie beiläufig: »Un do blievs he un waats op misch.«

Als sie schmollte und protestierte, packte er sie hart am Oberarm, dass ihr die Tränen in die Augen schossen, und setzte sie unsanft auf einen Stuhl, dass es schepperte.

»Charlie ...«, versuchte Katja ihn zu besänftigen.

»Do häls' disch do rus«, knurrte er.

»Blöde Sau«, zischte Elke weinerlich hinter seinem Rücken.

Aber er hatte es gehört. Riss sie wieder hoch, kickte den Stuhl in eine Ecke und gebot ihr mit einem steif erhobenen

Zeigefinger, stehen zu bleiben. Ging zur Theke und schnappte sich den Sahnespender.

»Die Fööß zesamme!«, befahl er. Eingeschüchtert gehorchte sie.

Er bückte sich und zog einen engen Kreis aus Schlagsahne auf das Parkett um ihre zierlichen Stiefel mit den Zwölf-Zentimeter-Absätzen. Keine Dreifingerbreit Spielraum. Er packte sie grob am Kinn und zog ihr Gesicht zu sich herab, dass sie ihm direkt in die Augen blicken musste. »Isch jonn jetz kaate, Liebsche, kla'? Un do blievs he stonn, kla'? Do rührs' disch nit vum Fleck, kla'? Un wenn isch he eren kumme un do häss disch eine Millimeter bewääch ... do weiß, wat d'r dann blöht, odder?«

Elke liefen dicke Tränen durch das Gesicht und hinterließen blaue Mascara-Spuren. Ihre zu einem Kussmund zusammengedrückten Lippen bebten.

»Kla'?«

Mühsam nickte sie.

Charlie ließ sie los, tätschelte noch einmal ihre Wange, drehte sich um und ging breitbeinig hinaus.

With a love like that, you know you should be glad, jubelten John, Paul, George und Ringo aus der Musikbox. Die kannten so was wahrscheinlich, von der Reeperbahn. Ansonsten war es mucksmäuschenstill im Laden.

Katja ging zu Elke und wischte ihr mit einer Serviette die Schmiere aus dem Gesicht. Die roten Flecken, wo Charlie sie gepackt hatte, blieben. Katja sah ihr fest in die Augen und schüttelte stumm den Kopf – Wie kannst du den in aller Öffentlichkeit eine blöde Sau nennen, Kindchen – auch wenn's stimmt? Elkes Knie zitterten. Meine auch, genau wie mein Magen.

Nach einer Weile, das letzte *Yeah, yeah* war längst verklungen, zitterte die ganze elende Gestalt. Sie sackte ein wenig in den Knien ein und griff nach dem Tischchen neben sich. Aber das war ein Stück zu weit weg, und Elke wäre fast umgekippt.

»Jungens«, sagte Katja, »ich spendier' euch 'ne Runde Tee. Aber ihr setzt euch vorne hin, an Tisch Eins. Und wenn ihr den Charlie die Treppe runterkommen seht, ruft ihr ›Zahlen!‹, klar?«

Klar. Durch die breite zweiflügelige Glastür konnte man schon von der Straße aus sehen, wo und ob Elke an ihrem Platz stand. Aber vom ersten Tischchen konnte man ein Stück der Treppe zum ersten Stock einsehen. Wir zogen um, und Katja schob Elke einen Stuhl in die Kniekehlen. Die ließ sich erleichtert und dankbar hineinplumpsen. Wir liebten Katja noch ein paar Grad heftiger.

Und dann ging die Tür neben der Toilette auf. Die Tür zum Treppenhaus, normalerweise tagsüber abgeschlossen, aber natürlich hatten auch die Bedienungen vom Keller und von oben einen Schlüssel. Mit dem klimperte jetzt Charlie, breit grinsend, als sei es das Glöckchen, das die Kinder zur Bescherung rief. Mit einem entsetzten Aufschrei sprang Elke von ihrem Stuhl hoch.

»Charlie«, schrie auch Katja noch, warnend.

Aber er schnaubte nur geringschätzig, war mit drei schnellen Schritten bei Elke und knallte ihr einen kurzen rechten Haken in die Magengrube. Mit Schlüssel. Sie keuchte, klappte zusammen und fiel zwischen zwei Tische. Katja hatte schon den Hörer am Ohr, als Charlie sich zu ihr herumdrehte und nur drohend einen Zeigefinger auf das Telefon richtete. Sie legte wieder auf.

Ich konnte spüren, dass ich genau so kreidebleich war wie meine beiden Kumpels. Aber wir waren gerade mal vierzehn. Wir hatten ein Fahrtenschwimmer-Zeugnis, konnten einen Felgaufschwung und vielleicht ein paar amateurhafte Hüftwürfe aus unserem Testmonat im Judo-Club. Zum Boxen gingen wir erst seit einem halben Jahr. Und da gab man sich große Mühe, uns *faires* Kämpfen beizubringen. Keine Chance gegen einen Eigelstein-Loddel.

Der nicht mal Skrupel hatte, dem Mädel, das da halb ohnmächtig am Boden lag, einen Tritt in die Nieren zu versetzen. Und noch einen. Er trug weiße Cowboystiefel, mit verchromten Metallkappen an Spitzen und Fersen.

»He!«

Charlies Kopf ruckte herum. Wir sahen uns erschrocken an. Jerry, Johnny und Jimmy. Die drei, die einmal entweder als Rocker die Nordstadt beherrschen würden oder als Rock'n'Roller die Hitparaden, das war damals noch nicht ganz entschieden. Vielleicht würde dieser Tag die Entscheidung ein wenig beeinflussen.

Es war Jimmy, der »He!« gerufen hatte, unwillkürlich, aus spontaner Empörung heraus, aber es hätte jeder von uns sein können. Erstarrt und unfähig, uns zu rühren, guckten wir zu, wie Charlie auf uns losstapfte.

»Hät he irjenseiner irjensjet dozo ze sare?«

»Charlie!« Bittend, Katja.

»Dä Bagger!« Dann stand er vor uns, über uns trotz seiner Jockeygröße, und stützte sich mit zwei rauhen Fäusten auf unseren Tisch. Knöchel, die aussahen, als könnten sie eine Billardkugel in Stücke hauen. Innerhalb von zwei Sekunden war mein Mund völlig ausgetrocknet. In meinem Kopf liefen in Zeitraffer mindestens vierzehn Szenen aus Western durcheinander, in denen *Die Unschlagbaren Drei* sich erhoben, langsam und lässig, und den Bösewicht mit zwei tigerhaften Schritten in die Zange nahmen, eine Hand wie beiläufig über dem Colt schwebend, eine Kippe im Mundwinkel baumelnd, als ginge es nur darum, jovial den vierten Mann am Tisch zu begrüßen. Nach fast drei Jahren Unzertrennlichkeit, auf Schulhöfen, Fußballplätzen, in Proberäumen und Nachmittagsvorstellungen wusste ich, dass mein Gitarrist und mein Bassist exakt den gleichen Film sahen.

Aber das half uns nicht – es war eben nur ein Film. Das Leben läuft nach anderen Drehbüchern ab.

Einen Augenblick lang überlegte ich, ob das mit der Kippe Charlie auch ohne Colt beeindrucken würde, aber mir war klar, dass der Weg einer zitternden Hand bis zu meinem knochentrockenen Mund ziemlich lang und lächerlich sein würde.

»Wat es, ihr Bettsecker – wor jet?«, bellte Charlie auf uns herab. »Wenn nit, maat üch vum Acker, ävver dalli!«

Keiner von uns vermochte sich zu rühren. Eine Weile passierte nichts. Eine kleine Weile, nicht viel länger als Adenauers Amtszeit. Charlies Augen waren blutunterlaufen – man konnte ihm die durchzechte Nacht ansehen. Riechen konnte man sie auch. Angeekelt drehte ich meinen Kopf ein Stück zur Seite. Missachtung des Gerichts. Mit einer blitzschnellen Bewegung schnappte er zu, klemmte sich meine Oberlippe zwischen Mittel- und Zeigefinger und zog mich von meinem Stuhl hoch. Das Wasser stieg mir in die Augen, und beinahe auch in die weißen Jeans, auf die ich so stolz war.

»He, Charlie, wat soll dat«, versuchte Jerry zu beschwichtigen, aber Charlies andere Hand fegte ihm kommentarlos den Zuckerstreuer in den Schoß.

»Wat is, Mini – kloppste dir jetz' mit'n Kleinjemüse rum?« Patte – Katja hatte es geschafft, zu telefonieren. Hinter ihm hatten sich Paolo und der lange Mustang aufgebaut. Charlie sah weder nach hinten noch lockerte er seinen Zangengriff.

»Jeiht dich jaanix aan, Berliner – jangk aan ding Lalla!«

»Pass ma uff, Mini«, war Patte mit ein paar Schritten bei ihm, »wennste Bambule ha'm willst, kannste heut' ahmd in meen' Keller komm' – abba die Jungens lässte man schön loofen, kla', Keule?«

»Hüürs' besser op dä Berliner, Mini«, brummte Mustang, ganz in schwarzem Leder, wie immer. Und bald doppelt so groß wie Charlie.

»Maat, datt'r fott kutt!«, ließ der endlich meine Lippe los und drehte sich um. »Räächt üch nit op – es jo ald joot. Kutt, isch jevve'n Rund'!« Woraufhin sie ihm alle freundschaftlich auf die Schulter hauten.

Um Elke, die immer noch schluchzend in ihrer Ecke lag, scherte sich keiner von ihnen. War ja bloß eine von den Nutten.

Noch hinter dem Eigelsteintor, noch abends in meinem Bett schmerzte mein Maul. Noch da war mir schlecht – vor Entsetzen über diese Brutalität, vor Scham, versagt zu haben, vor allem aber vor Wut über die eigene Ohnmacht. Noch Wochen später sponnen wir herum, was wir eigentlich hätten machen, wie wir ihn – immerhin zu dritt – hätten fertig machen können; und noch Monate später prügelten wir im Club auf Sandsäcke und Boxbirnen ein, die Charlies Gesicht trugen.

Aber wir wagten auch wochenlang nicht mehr, uns in dem Schuppen blicken zu lassen – weniger aus Angst, doch noch eine Tracht Prügel zu kassieren, als davor, solch eine Schmach noch einmal zu erleben.

Hatten wir eben mehr Zeit zum Proben. Weshalb unsere Band zunehmend besser wurde.

Aber zum Besserwerden gehört auch das Lernen von den Guten des Fachs. Zum einen gab es damals lange nicht alles in Köln zu kaufen, was wir nachts auf rauschenden Mittelwellen von Radio Luxemburg beim *Battle of the Bands* oder samstagvormittags auf BFBS im *Saturday Club* zu hören kriegten, und zum anderen hätten wir uns all die Platten auch gar nicht leisten können – Saiten und Schlagzeugstöcke waren schon teuer genug, genauso wie die dicken alten Radios, die wir mangels richtiger Verstärker benutzten und immer wieder zu Schrott spielten. Also mussten wir wieder an Pattes enorme Plattensammlung ran, die immer auf dem neuesten Stand war.

Was ein Glück, dass Jerry eines Tages Katja auf der Straße traf (was ein Glück vor allem für ihn – »Jungs! Sie hat mir durch die Haare gewühlt!«) und sie ihm erzählen konnte, dass Mini-Charlie fürs Erste ausgeprügelt hatte – er war »auf Urlaub«, wie sie mit gekreuzten Handgelenken verdeutlichte, also im Klingelpütz, wahrscheinlich für die nächsten zwei Jahre. Hatte einen aufmüpfigen Freier halb tot geprügelt.

Schon saßen wir Freitag drauf wieder in der Ecke neben Pattes Discjockey-Kabine, am späten Nachmittag, während die Putzfrau noch zugange war und die Tür abgeschlossen, und hörten uns mit roten Ohren und leuchtenden Augen seine neuesten Amsterdamer Einkäufe an – Cuby And The Blizzards, das neue Album der Small Faces, die neue EP der Kinks, die neue Single des unglaublichen P. J. Proby.

Und verbrachten den kompletten Samstag im Proberaum unter der Kirche, zwischen ausrangierten alten Stühlen, Weihnachtsdekorationen und Putzzeug, und spielten uns die Finger blutig. Ja, die Band wurde immer besser – und eine immer ernster zu nehmende Perspektive.

Hätte auch anders kommen können.

Danke, Charlie. Warst doch zu was gut, Mensch!

15. Kapitel

Was heißt denn Mensch, Büb? Mensch heißt doch: Warum!« Karol, wie üblich in der Westkurve des *Labe-rinth,* und mit einem ganz schönen Vorsprung.

»Wieso?«

»Nicht wieso – warum!«

»Warum?«

»Darum! Pass auf – nach der kabbalistischen Buchstaben- und Zahlenanalogie entspricht das Wort Adam der Zahl Fünfundvierzig. Fünfundvierzig aber heißt auf hebräisch *ma,* und das wiederum steht auch für Was? und Warum? Verstehst du, Büb?«

In dem Stadium war es egal, ob ich jetzt den Kopf schüttelte oder nickte, also nickte ich. Ist einfacher. Ihn konnte jetzt sowieso nichts mehr stoppen.

»Und so ist dem hebräischen Wort Mensch die Frage eingeschrieben – die ewige Frage nach dem Warum. Verstehst du mich?«

Klar doch, Karol.

»Verstehst du, Büb? Mensch!«

Ich nickte lauter.

Er kippte sich sein Bier in den Kopf und raufte sich die verfilzten Haare. »Und wieso verstehst du dann auf einmal mehr als ich?«

Oh. »Eh ... Hunderte von Western gelesen.« Mit offenem Mund starrte er mich an.

»Western.«

»Ja. Samuel Colt. War ja offensichtlich, wie der Name vermuten lässt, ein Jude. Konnte also womöglich Hebräisch. Und als er diese Knarre erfinden sollte, die ja für das Schießen von Menschen gedacht war, für Tiere nahm man schließlich ein Gewehr, fragte er sich: Mensch, warum? Daher nahm er Munition Kaliber Fünfundvierzig. – Trinkst du auch noch einen?«

Er klatschte sich mit der flachen Hand vor die Stirn und ließ dann eine Faust auf die Theke donnern. »Ob ich – noch *einen*«, schrie er. »Ich brauche literweise Schnaps, wenn ich mich weiter mit dir unterhalten soll! Eimerweise! *Western!*«

Karol kannte ich noch aus den Zeiten, als ich mir die flüssige Hälfte meiner Ernährung mit Flippern verdiente. Nach Feierabend irgendeines dämlichen Tagesjobs spielte ich damals immer drei, vier Stunden um Heiermänner, bis ich mir den Rest des Abends leisten konnte. Dann hockte ich mich schon mal zu ihm an die Theke, und wir tranken doppelte Apfelkorn, die wir mit Bier runterspülten, und redeten über Gott und die Welt und das Leben. Na ja, vor allem redete er, über Philosophie und Psychologie, über Geschichte, Religion und Politik, über Musik, Literatur und Malerei, gerne auch über die Bilder, die er tagsüber malte und nachts, wenn er besoffen nach Hause kam, in eine Million kleine Fetzen zerschnitt und in Brand steckte. Und ich lernte eine Menge dabei, jede Menge.

»Meine Faszination für Nietzsche oder Wittgenstein, um nur mal die beiden zu nennen, liegt an ihrem Künstlerwesen«, erklärte er mir dann zum Beispiel mit seinen immer noch polnisch rollenden Rrrs und kehligen Chs. »Künstler! Sie schrieben ganze Regale voll und sortierten dann Bücher daraus. Das heißt, sie stellten sich als Instrument der Kunst – oder irgendeinem Gott – zur Verfügung und zeigten, was es sonst noch gibt. Verplempern von Energie für das Rationale oder Intellektuelle war ihnen fremd, das dient ohnehin nur dem großen Kontrolletti! Und dazu, Büb, mein Freund, muss ein Herz voller Angst vorhanden sein – jeder Maler weiß das! Du als Musiker müsstest das auch wissen. Nietzsche und Wittgenstein waren Geister von mutigem Herzen!«

»Wie wir.«

»Wie wir, genau! Wusstest du übrigens, dass die Chinesen für Musik und Glücklichsein das gleiche Schriftzeichen haben?«

Ich musste zugeben, dass ich auch das noch nicht wusste.

Was ihm aber auch herzlich wurscht war. »Hier in dieser Scheiß-Kölner Kunstszene bin ich doch ein Anachronismus, Büb, ein Relikt aus vergangenen Zeiten!«, polterte er. »Meine Seele ist melancholisch, mein Verstand gebildet, mein Gewissen ist proletarisch, meine Manieren aristokratisch; ein wahrer Künstler eben, ein Poet! Kein Schamane wie Joseph Beuys, mit seinem grünen Bentley von Auto-Becker, oder ein Partyhengst wie Andy Warhol, und auch kein Loddelkumpan wie Jörg – ach, Scheiße – lass uns trinken, Büb, das is doch alles zum – ich kann gar nicht so viel saufen, wie ich kotzen möchte!«

Also bestellte ich uns noch ein Ründchen, damit er seinen lehrreichen Vortrag nicht unterbrechen musste.

»Ich bin natürlich, das ist schon klar, ein Geheimmaler, ein Alchimist. So sehe ich mich, durchaus als Maler, oder auch gerne als hochbegabten Handwerker – aber einer, dessen Palette eben oft dieselbe Farbe hat wie die Leinwand, auf der er malt! *Pandämonisches Manifest?! Pathetische Malerei?! Baselitz?!!* Dass ich nicht lache! *Neue Wilde!* Nein, das ist nicht zum Lachen, das ist ... Was läuft denn da? Sind das die Rolling Stones? *Angie?* Ein blöder Name! Den müssen wir ändern, Büb!« Und schon legten wir uns wieder die Arme um die Schultern, schwenkten unsere leeren Gläser und sangen:

»Zwölfi, oh Zwölfie – Komm herrr, wirrr dürrrsten wie die Wölfie ...«

Und so weiter. Lenkte meine faulen Denkgewohnheiten in völlig neue Bahnen. Und das soll ja gut sein fürs Gehirn.

Manchmal hatte ich auch fast so was wie Mitleid mit uns – verkorkste Charaktere, ungehobelte, ungehobene oder unentdeckte Talente, die wir alle waren. Kleine Ikarusse, zu wenig Federn, zu viel Wachs, zu viel Sonne und keine Heimat als einander, als unsere schummrigen Kneipenhöhlen, als die weichen Wiesen dieses schäumenden goldenen Gesöffs, das unsere Nerven in Schach hielt. Und unsere vage Trauer, die Ahnung, dass da irgendetwas sein müsste, das all dem einen Sinn gäbe, etwas, das uns aus Zuschauern in Spieler, aus Opfern in Helden verwandeln würde.

Alle Lebenden trauern um den Verlust ihrer Heimatwelt, schrieb Saul Bellow.

Klar, wir hatten die Wölfe und die Bären und die Nattern besiegt, aus dem finsteren, sumpfig dampfenden Land zwischen dem gewaltigen Fluss und der bedrückenden Schwere der Eifelberge eine blühende Stadt geschaffen, aber Karol war einer dieser Rheinländer, auch wenn seine Vorfahren irgendwann einmal bis nach Polen gezogen waren, in denen das Finstere und Gewalttätige dieser Urlandschaft hängen geblieben war, wie Fernweh in den Seelen von Inselbewohnern, wie der Knochenbau von Neandertalern in manchen Rothaarigen, dreißigtausend Jahre später noch ...

»Albträume!«, winkte er ab. »Das ist doch die Aufgabe der Kunst: Die Angst zu überwinden! Die Triebfeder jeder Kunst, Büb, ist zu spüren, wie unendlich schön das Leben ist, und gleichzeitig zu wissen, dass das Ende, der Tod, unwiderruflich dazugehort!«

»Jau. Und wer will schon mit einem trockenen Hals ...«

»Genau! Zwölfi ...! Du lässt nach!« Langsam setzte das vertraute Gefühl des Mir-kann-nichts-passieren-denn-alles-dreht-sich-um-mich wieder ein. »Todessehnsucht, Leute! Todessehnsucht und Vernichtungswut! Die Mitgift eines jeden Künstlers!« Alkohol vernichten, zum Beispiel. Mal für den Anfang. »Die pure Verzweiflung über den Sündenfall! Und Kunst ist nichts als eine Versicherung für sich selbst, dass man dazu bestimmt ist, wieder zum Adam zu werden, zurück ins Paradies zu finden!« Und so weiter, und so weiter. Schwindelerregend.

Zwischendurch hörten wir dann mal wieder darauf, was denn die Musikbox so von sich gab, und dichteten die Lieder für unsere Bedürfnisse um, machten *Drei Bier sind wir vorn* aus *Riders On The Storm* oder *Ou-Zo!* aus *Hey Joe* oder *Pennen geh'n* aus *Penny Lane*, und wenn Zwölfi, die eigentlich Elfi hieß, aber wir hatten sie befördert, uns gegen vier endlich rausschmiss, tranken wir jeder noch ein großes Schnapsglas voll Maggi, weil Karol felsenfest überzeugt war, dass er dann am nächsten Tag keinen Kater hätte. »Altes polnisches Hausmittelchen, Büb!«

Und dann zick-zackten wir Arm in Arm zu der Ampel an der Nord-Süd-Fahrt, und während wir auf Rot und einen der Lkws Richtung Markthalle warteten, erzählte er mir noch ein paar Anekdoten aus seinem verrückten Leben (»einem meiner *vierzehn* Leben, Büb! Mindestens!«), wie zum Beispiel die aus der Zeit, als es im *Laberinth* noch Free-Jazz-Konzerte gab. Als da, wo jetzt der Billardtisch stand, noch Platz für einen Flügel war. In den Karol dem völlig entfesselten Schlippenbach ein ganzes Tablett Frikadellen gekippt hatte. Das bekam der Künstler in seiner Ekstase nicht mal mit. Und nach dem Konzert hatte Karol die Dinger wieder rausgeholt, sie von

Schlippenbach mit Senf signieren lassen und als »Erste bespielte Frikadellen der Musikgeschichte« für sagenhafte fünf Mark das Stück verkauft – und war sie alle losgeworden. »Wieder mal ein Abend gerettet, Büb – zumindest finanziell. Na ja, solche Wirte wie den Dieter – Gott hab ihn selig – gibt's auch nicht mehr.«

Und schließlich hängten wir uns hinten an die Ladeklappe eines der Gemüselastwagen und ließen uns kichernd und singend ein Stückchen nach Süden mitnehmen, bis irgendwelche humorlosen, ordnungsliebenden Taxifahrer dem blinkend und hupend ein Ende machten.

16. Kapitel

Irgendwann war ich dann so vertrauenswürdig geworden, dass er mich eines Abends mal mit runter in seinen Proberaum genommen hatte, den letzten Raum in einem ehemaligen Luftschutzkeller im Belgischen Viertel, und das war auch nötig. Nachdem er vier Kettenschlösser geöffnet und eine Batterie grüner Glühbirnen eingeschaltet hatte, in deren Licht wir aussahen wie die Statisten in der Drachenhöhle eines billigen italienischen Herkules-Films, stand ich mit weit offenem Mund vor einer Wand, nein: drei Wänden von Lautsprechern. Und ich meine nicht die Art Boxen, die unsereins auf der Bühne stehen hatte, sondern Sperrholzwände bis zur Decke, an denen völlig nackt, in einem Gewirr von Kabeln und Drähten, jede Sorte Lautsprecher hing, die ich jemals gesehen hatte – Radio- und Fernsehdinger in allen Größen, normale Acht-Zoll-Gitarrenspeaker und mächtige Fünfzehnzöller von Basskalotten, Stereopaare von Wohnzimmeranlagen, Diskothekensäulen und Musikboxenwummerer, blecherne Ansagehörner von Fußballstadien, Bahnsteigen und Autokinos, endlose Ketten von Telefonhörern, sogar zwei Leslie-Kabinette, die mit motorgetriebenen Rotoren den Klang im Raum verteilen und eine Illusion von Stereo erzeugen. Das Ganze wurde angesteuert von einer Reihe von Röhrenverstärkern, die schwer nach Eigenbau aussahen, hinter denen noch ein ganzer Zoo von merkwürdigsten Effektgeräten hing. Und eine Gitarre. Auch selbst gebaut, mit acht Tonabnehmern und zehn Saiten, gestimmt in einem Akkord, den wohl nur Karol kannte – und Alexander von Schlippenbach vielleicht. Oder Gerti Beracz.

Mein Gastgeber legte stolz ein paar Kippschalter um, und die drei Wände begannen zu leben – anfangs noch ein Summen wie aus einem Trafohäuschen am Rand eines Kartoffelfeldes, aber nach und nach kam mehr dazu, ein Brummen wie von der Autobahn hinter dem Feld, ein Rauschen wie in den Wipfeln der Zitterpappeln um das Feld herum, ein Fiepen wie von zwölf Maulwurfstämmen darunter, das Zischen einer Bewässerungsanlage, das Blubbern eines Mähdreschers, das Knattern eines Hubschraubers; das Röhren einer Kettensäge, das Kreischen der Kinder, die vor dem Mann mit der Säge davonrennen, das Geheul der Mütter, deren Kinder es nicht geschafft haben, das Knistern von Funkgeräten, das Rasseln der Panzerketten, das Peitschen der Schüsse und das Grollen der Kanonen einer Armee, die zu einem Rachefeldzug unterwegs ist, das Knacken und Lohen brennender Bauernhöfe ...

Und dabei hatte Karol seine Gitarre noch nicht mal aufgedreht. Das kam ja erst noch. Und das war dann, als würde das ganze Gebäude, in dem wir uns befanden, das ganze beschissene Belgische Viertel, die ganze verdammte Stadt bisher unbekannte Triebwerke anwerfen, zitternd in eine Startposition rumpeln und heulend abheben, um den grünen Männchen da draußen mal zu zeigen, was 'ne Harke ist.

Ich wusste in den ersten paar Minuten nicht, ob ich mich übergeben, in die Hose scheißen oder wegrennen sollte – aber wegrennen wohin? Diesen Sound musste man doch bis über die Pyrenäen hören, bis rauf nach Spitzbergen und rüber zu den *White Cliffs of Dover!* Ich sah Schafe auf grüne schottische Berghänge kotzen, Elche mit aufgerissenen Augen und Schaum vor dem Mund kopfüber gegen IKEA-Tannen anrennen, sah Hunderte von Sonnenschirmen an der Costa Brava sich selbstständig machen, während verzweifelte Badegäste sich wie Lemminge ins Meer warfen, sah feine Haarrisse in den meterdicken Betonsockeln russischer Atomkraftwerke entstehen ...

Irgendein Rockfestival, am besten alle zusammen. Roskilde, Woodstock, Vlotho, Nürburgring. Pink Pop. Die Kinks spielen *You Really Got Me* auf jeder Bühne, sechs Keith Emersons malträtieren Orgeln, dazu jault ein Dutzend Captain Beefheart-Harmonikas. Jimi Hendrix imitiert mit brennender Gitarre ein Formel-Eins-Rennen, Archie Shepp und Peter Brötzmann blasen sich die Lunge aus dem Hals, Pete Townshend und Jeff Beck rammen mit kreischenden Feedbacks Klampfen in Marshall-Türme. Im Orchestergraben vor jeder Bühne fiedelt eine Hundertschaft Philharmoniker fortissimo zu einer Partitur, die sich als Stacheldrahtkatalog entpuppt, dirigiert von einer Horde Karajans, Helme mit rotierenden Blaulichtern über den Löwenmähnen, aus Megaphonen plärrt der Gefangenenchor von Nabucco in sieben Sprachen *Wir bringen neue Hoffnung auf Euren Planeten*, ein Meer von schlammbeschmierten Hippies, Punks und Hell's Angels grölt mit erhobenen Fäusten Zugabe! Zuugaaabee! ...

Es hatte was.

Also tat ich das einzig Sinnvolle, setzte mich an ein wild und bunt zusammengewürfeltes Schlagzeug-Set in der Ecke und stieg ein. Zu meiner Überraschung war das Schlagzeug voll mikrophoniert – mein Getrommel durchlief die gleichen Verstärker- und Effektketten wie Karols Gitarre und kam von überall her auf uns zurückgedonnert und geprasselt, und ich klinkte mich auf ein Tempo ein, legte einen Backstein auf das Gaspedal und prügelte Karol an die Grenzen seiner Fähigkeiten und mich selbst darüber hinaus; es dauerte nicht lange, da waren wir beide schweißgebadet, sein Gesicht hochrot, als stehe er kurz vorm Ersticken, seine Augen standen vor wie

Golfbälle, seine Mähne quer darübergeklebt, der Sabber lief ihm aus dem weit offenen Mund mit dem wahnsinnigen Grinsen, dass sein Bart glitzerte, als käme er gerade aus der eisigen Tundra, und mit der Rechten hämmerte er auf die Saiten ein, als wolle er sie eine nach der anderen durchhacken, während seine Linke wild in der Luft herum dirigierte, ohne ein einziges Mal einen Akkord zu greifen – Akkorde hatte er noch nicht drauf, das machten die Effektgeräte.

Als ich irgendwann erschöpft die Knüppel fallen ließ, Karol einfach seinen Gurt aufknöpfte und die Gitarre mit den Saiten nach unten auf den acht Lagen Teppichboden lag, röhrend wie eine Herde verendender Seekühe, stellten wir mit Erstaunen fest, dass wir viereinhalb Stunden gespielt hatten. Tja, so kann man auch versacken. Ich fühlte mich einerseits erschlagen, als hätte ich dreißig Runden gegen Joe Frazier geboxt, andererseits glücklich und leer, als hätte ich eine lange Nacht in einem Hotelbett mit den Liverbirds verbracht.

»Wer sind schon die Liverbirds?«, knarzte Karol verächtlich und kramte eine halbvolle Flasche Wodka aus einem anderen Gitarrenkoffer.

»Eimol Polack – immer Polack«, hätte Oma Klütsch geknarzt und energisch ein paar unsichtbare Krümel von ihrer Schürze mit den verblichenen violetten Blumen gestrichen.

»Wird Zeit, dass wir alt wer'n, Büb«, krächzte Karol nun, »dann könnten wir in Kneipen ohne Musikboxen und schlangenumwickelte Läusezüchter an weißgescheuerten Tischen sitzen und in Ruhe darüber reden, was, sagen wir – eh ... Wittgenstein! Was Wittgenstein gemeint hat, als er zum Beispiel sagte *Das Bild stellt dar, was es darstellt, unabhängig von seiner Wahr- oder Falschheit, durch die Form der Abbildung* ...«

»Oder darüber nachdenken, wovon wir denn diesen Deckel schon wieder bezahlen sollen«, schlug ich vor.

Er machte mir gelangweilte große Augen. »Mach dir darüber mal keine Sorgen. Ich hab mal wieder drei Tage bei F & K gearbeitet.« Föhler & Kalckmann, der Buchgroßhandel, in dem die halbe Kölner Boheme seit Ende der Sechziger sich gelegentlich ein Standbein zusammenverdiente, wenn auch nicht immer ganz legal. Sogar ich hatte daher noch meine schöne Märchensammlung und die Henry-Miller-Gesamtausgabe im Regal stehen.

»Na dann. Zwölfi?« Ich hielt zwei Finger hoch.

»Peace, dir auch, Bruder«, brummte sie kurz zu uns rüber und zündete sich in Ruhe eine Zigarette an, beobachtete aber dann weiter mit schmachtendem Blick, wie Hanuta bewundernd die grüngefleckte Boa streichelte, die Akim sich um die Schultern gelegt hatte, teils über, teils unter seine arschlangen, verfilzten schwarzen Locken. Und es sah auch nicht so aus, als liebkose die kleine Hanuta nur das eine Tier, während Akim natürlich wieder so tat, als merke er nichts. Er nippte bloß arrogant an seinem Tee mit acht Stück Zucker und verfolgte über das weiße Schleifchen neben ihrem Scheitel hinweg, wie Asbach cholerisch versuchte, ein Freispiel rauszuschinden, mit wedelndem rechten Bein und Rechts-Links-Kombinationen an die dicke Glasscheibe des Flippers, dass es nur so schepperte. Hanuta wiederum tat, als hätte sie keine Ahnung davon, wie Zwölfi sich sehnsüchtig die Lippen leckte, und wackelte mit ihrem Händchenvoll Hintern, während sie sich an Akims Oberschenkel drückte. Sie sah mal wieder aus, als hätte sie ihre Klamotten, im Höchstfall Größe 34, in der Kinderabteilung von C & A gekauft, beziehungsweise wahrscheinlicher da rausgeschmuggelt – mit ihrer Mischung aus Aschenputtel und Kommunionskind sah sie mit ihren neunzehn aus wie keinen Tag älter als dreizehn, und kein Schwein konnte ihr ansehen, dass sie seit vier Jahren an der Nadel hing und diesen Monat bestimmt schon sechzig Freier gehabt hatte.

Aber dann bückte Zwölfi sich doch, seufzend, als sei gerade ein schöner Film flatternd aus der Rolle gelaufen – kein Happy End –, holte den Apfelkorn aus dem Kühlschrank und goß uns zwei Doppelte ein.

»Lass doch einfach steh'n«, stoppte Karol sie, als sie Anstalten machte, die Pulle wieder zurückzustellen. »Musst deine Bandscheiben schonen, meine Liebe.«

Also ließ sie das Stöffchen auf der Theke zwischen uns stehen und zapfte uns noch zwei Bier dazu. Als die auf unseren Deckeln standen, starrte sie uns eine Weile regungslos an, erst mich, dann Karol, als ihr dämmerte, dass er heute derjenige mit dem Portemonnaie war.

»Ja, klar doch«, grinste er, als ihm auch was dämmerte.

Ohne eine Miene zu verziehen, stellte sie noch ein weiteres Schnapsglas auf die Theke und schenkte sich ebenfalls einen Doppelten ein. Dann grinste auch sie, tippte kurz die Ränder unserer Gläser an und kippte den Apfelkorn in einem Zug, den Kopf dabei in den Nacken werfend wie ein alter Fernfahrer. Wir leisteten ihr Gesellschaft. Man soll eine Dame nicht alleine trinken lassen.

»Was hat er denn nun gemeint mit *Das Bild stellt dar, was es darstellt*, unser Schafzüchter?«, kam ich wieder aufs Thema zurück. Wittgenstein. Sein Element.

»Ha, du, du, du – Schlagzeuger!«, feixte er und warf beiläufig sein Schnapsglas ins Spülbecken. »Er sagt doch auch, wenige Zeilen im *Tractatus* später: *Was jedes Bild, welcher Form auch immer, mit der Wirklichkeit gemein haben muss, um sie überhaupt – richtig oder falsch – abbilden zu können, ist die logische*

Form, das ist: die Form der Wirklichkeit. Verstehst du, Büb, die logische Form!«

Ich verstand nur Bahnhof.

»Das ist doch das Schöne an Wittgenstein – den muss man doch nicht als Philosophen lesen, sondern als Dichter! Zwölfi, wo is denn mein Glas? Ja, das ist doch einigermaßen verständlich, oder nicht? Wenn *ich* es richtig verstanden habe, dann deckt sich das auch mit meinen eigenen Erfahrungen. Was nichts daran ändert, dass ich häufig genug auch das genaue Gegenteil erfahren habe. Was wieder zeigt, dass es eh wurscht ist! Das Gegenteil ist ja immer dasselbe, vor allem in der Logik. Ich habe es immer nur so erlebt, bis zum heutigen Tage, vielleicht befinde ich mich ja im Zustand der Gnade, mit einem heißen Draht nach ganz oben ...!«

»Das Gegenteil is immer dasselbe?!«

»Immer!«, schrie er und zerrte mit hochrotem Kopf ein Knäuel Geldscheine aus seiner Hosentasche. Wickelte einen Zehner aus dem Knäuel, stopfte den Rest diesmal in seine Hemdtasche und zerriss den Zehner in mehrere Schnipsel. Die schmiss er in sein Bier, rührte es mit einem nikotinbraunen Zeigefinger um und schüttete sich die Suppe in den Schlund, ohne einmal abzusetzen. »Hab ich jetzt Geld, Büb? Hab ich jetzt Geld?« Er packte mich am Kragen und zerrte mein Gesicht dicht vor seines.

Wie unter einem Vergrößerungsglas sah ich die roten, teilweise geplatzten Äderchen in seinen Augen, bemerkte zum ersten Mal, dass er ein braun-grünes und ein grau-braunes Auge hatte – und fragte mich erstmals, ob ich nicht meine goldene Jugendzeit zwar vergnüglich, aber mit einem Irren vergeudete. Wieder traf mich ein Sprühregen von Speichel.

»Sag, hab ich jetzt Geld? Ja, hab ich! Aber nützt es mir was?«

Ich konnte nur den Kopf schütteln. Zwischen meinen Ohren schien das Bier in einem ansonsten leeren Raum hin und her zu schwappen.

»*Nie*, Büb, es nützt mir nichts! Rein gar nichts!«

Ich verdrehte ihm ein bisschen die Handgelenke, damit er mich losließ, kippte noch einen Apfelkorn und drehte mir eine Frische. »Und was hat das mit Wittgenstein am Hut? Mit Bildern? Mit Logik?«

Er verdrehte die Augen, als habe er es mit einem völlig Verblödeten zu tun. »Es spielt keine Rolle! Es ist wurscht! Weil es keinen Unterschied gibt zwischen Haben und Nichthaben! Zwischen Glauben und Nichtglauben! Malen und Nichtmalen! Was glaubst du, warum ich all meine Bilder vernichte? Was glaubst du, warum ich so gerne in meinen Keller gehe und Gitarren verprügele? Was glaubst du, warum ich mich überhaupt mit einem Ignoranten wie dir abgebe?«

Ich zuckte mit den Schultern: »Weil manchmal ich zahle?«

Klatschend schlug er sich mit der flachen Hand vor die Stirn. »Weil ich dich beneide, du glücklicher Idiot! Weil du ein Musiker bist, einer, der sein Instrument tatsächlich beherrscht und damit wirklich Musik machen kann, die schönste aller Künste! Und warum ist sie die schönste aller Künste? Weil sie die vergänglichste ist! Du spielst ein Stück, du spielst es zu Ende, und wenn es vorbei ist, ist es vorbei! Vergangenheit! Und selbst wenn du dasselbe Stück noch einmal spielst, oder dreimal oder hundertmal – es wird nie wieder das gleiche sein!«

»Weswegen ich ja auch schon mal in ein Studio gehe und ...«

»Tsääh!«, wieherte er, »Studio! Konserven! Abziehbildchen! Der Tod der Musik! Das Ende der Kommunikation!«

»Was redest du denn für einen Schwachsinn? Wenn es keine Platten gegeben hätte, wäre ich womöglich nie Musiker geworden

– da wäre ich jetzt wahrscheinlich professioneller Autoknacker oder Geldeintreiber! Oder Türsteher am Ring! Zuhälter?«

Mit theatralischer Verzweiflung sprang er auf und schlug seinen Kopf auf die Sitzfläche seines Barhockers. »Nie Musiker geworden! Jetzt hör dir den an, Zwölfi! Nein, hör gar nicht hin – stell uns lieber noch eine Flasche her! Er will mir mit Kausalitäten kommen! Mit Logik! Obwohl ich ihm doch gerade versuche beizubringen, dass Logik für die Wahrheitsfindung genauso ungeeignet ist wie der Verstand für die Wahrnehmung von Wirklichkeit! Deshalb ist Wittgenstein doch eine Offenbarung, Büb – weil er zuerst den *Tractatus* schreibt und dann die *Philosophischen Betrachtungen* hinterher schiebt, in denen er grad' das Gegenteil beweist! Das ist auch heute noch sensationell, wird aber absolut nicht behandelt ...«

Drei Hocker weiter rührte Akim gelangweilt in einem weiteren Tee. Mit der anderen Hand streichelte er seine blöde Python und sah gleichgültig zu, wie Hanuta eine Rolle Geldscheine aus ihrer Bluse pulte. Sie blätterte ein paar Hunderter ab und steckte sie ihm ins Hemd. Für zwei Augenblicke glitt seine Hand von der Schlangenhaut hinüber auf ihren Hinterkopf, wühlte einmal kurz durch ihre blonden Krauslocken, kehrte wieder zurück. Hanutas Wangen bekamen einen rosigen Schimmer, der sich verstärkte, als Akim sich von ihr wegdrehte, um in seinen Tee zu pusten. Gleich würde sie wieder anfangen zu heulen und rausrennen.

Perlen vor die Schweine ...

»... absolut nicht behandelt! Von niemandem!« Bellte Karol. »Wie ich glaube, mit Absicht, weil es unser Leben radikal verändern würde. Außerdem erinnert mich das an eine Anekdote im Fahrstuhl der Deutschen Welle: Da blubbert der Chef – der Chef! – des Deutschen Programms doch tatsächlich: ›Ich stehe sehr früh auf, dem guten alten deutschen

Sprichwort folgend: Morgenstund hat Gold im Mund.‹ Worauf ich zu ihm gesagt habe: ›Würden alle nur darüber sprechen, wovon sie etwas verstehen, wäre das Schweigen in der Welt unerträglich. Gutes altes chinesisches Sprichwort.‹ Hat der auch nicht kapiert!« Er schnappte sich die Flasche von der Theke und goss unsere Gläser so voll, dass sie überflossen, eine Riesenpfütze auf der Theke hinterlassend. »Allerdings war ich trotzdem am nächsten Tag meinen Job los. Deswegen muss man doch auch trinken, Büb – um all das Schweigen zu ertragen! Beziehungsweise all das leere Geschwätz – was dasselbe ist, womit wir wieder beim Anfang sind. Was wiederum dasselbe ist, als seien wir am Ende – denn hinterher ist es eh wurscht, da kannst du mir doch nicht mal beweisen, dass du dein blödes Stück beim ersten Mal überhaupt gespielt hast!«

»Und der Applaus? Und die Blasen an meinen Fingern? Die gerissenen Felle und Saiten? Alles wegen einem nicht gespielten Stück, wie?«

»Das war mir klar, du eitler Deutschländer, dass du dich an Applaus aufhängst! Was für ein Applaus? Woher soll der kommen? Wann wirst du endlich kapieren, dass dein Publikum nur in deiner Vorstellung existiert? Oder du vielleicht nur in der Vorstellung deines Publikums? Dass überhaupt das, was du für Realität hältst, nur eine Projektion deines kleinen Hirns ist? Guck dich doch mal an, Büb – einerseits bist du so intelligent wie dieser Bierdeckel hier, auf dem übrigens dreiundzwanzig Striche stehen – wieso eigentlich dreiundzwanzig? Zwölfi!? Wir sind doch zu zweit hier! Wieso haben wir dann eine Primzahl auf unserem Deckel?!«

Zwölfi verdrehte nur die Augen.

Er wirbelte wieder zu mir herum. »Andererseits hast du eine gewisse Ahnung von der Welt um dich herum. Womöglich von Tatsachen, Gründen, Ursachen! Folgen! Aber du hängst immer noch der armseligen Vorstellung nach, dieses Wissen und Phantasie und Kreativität würden dich in deiner Arbeit nach vorne bringen. Phantasie! Kreativität! Das Gegenteil ist der Fall! Die behindern mich doch nur bei der Arbeit! Ja, guck nicht so verständnislos! Sieh's doch mal wie ich: Alles ist im Überfluss vorhanden, ich muss mich um nichts bemühen, auch nicht phantastisch und kreativ, wenn ich das nämlich doch tue, bringe ich bloß meine blöde Person mit ins Spiel, und das kann die Kunst doch sofort nur kaputt machen! Die Kunst – und übrigens auch die Liebe. Auch die Liebe! Gerade die Scheiß-Lie...«

Als hätte sie die ganze Zeit draußen gestanden und auf ihr Stichwort gewartet, schob sich Gudrun durch den dicken Vorhang, Karols schöne rothaarige Lebensgefährtin seit ewigen Zeiten, und klopfte sich ein paar Schneeflocken von den Schultern eines Mantels aus Leopardenfellimitat. Man sah sie nur höchst selten – anscheinend lebte sie ein eigenes Leben irgendwo außerhalb seines Dunstkreises. Und außerdem trank sie nicht, höchstens mal ein Glas Sekt – und den konnte man in den Kneipen, in denen wir verkehrten, allenfalls zum Blumengießen gebrauchen. Sie hauchte mir ein eiskaltes Küsschen auf die Stirn, warf Zwölfi eine Kusshand zu, was diese zu hektischem Gläserspülen veranlasste, und zog Karols Kopf an seinen beiden Ohren zu sich herum. Mit blutunterlaufenen Augen starrte er sie an, als frage er sich, wer aus einer weit zurückliegenden Vergangenheit das denn nun wieder sei.

»Aha«, machte Gudrun, ohne im Geringsten ihr strahlendes Lächeln zu verlieren. »Kein Wunder, dass du mich nicht erkennst – wenn ich mich nicht irre, haben wir uns ja auch seit bald zwei Wochen nicht gesehen.«

»Unterwegs«, brabbelte er, als habe jemand in seinem Hirn urplötzlich einen Schalter auf *Betrunken* gestellt. »Geld verdien'. Tringkn.«

»Was du nicht sagst«, kommentierte sie das trocken. »Aber war da nicht noch was? Irgendwann mal?«

»Apzek... kzeptanz«, blubberte es aus Karol hervor, »Toleleleranz. Lie-liebe.«

»Klar, Alter«, sagte sie sanft und knöpfte langsam ihren Leoparden auf. »Genau das.« Schob ihre Hände unter den Mantel und stemmte sie in die Hüften, so dass er weit offen stand. Hinter mir hörte ich von Zwölfi ein schluchzendes Japsen. Neben mir fiel dem Kalten Karl klirrend sein Dreihundertneun aus der Hand. Mir wurde mit einem Mal das Säckchen so heiß, als hielte jemand ein Feuerzeug darunter.

»Phannasie«, sabberte Karol.

Unter dem Mantel trug seine Freundin hochhackige, Ferrari-rote Lederstiefel, die ihr bis zum Schritt reichten. Der Rest ihres Körpers war nackt und mit Glitzergel bedeckt und glänzte und flimmerte in allen Blau- und Grüntönen. Nur für ihre schwer herabbaumelnden Brüste hatte sie Goldglimmer benutzt, und einen riesigen Busch von roten Schamhaarlocken zierte ein goldenes Schleifchen.

Umständlich und hin und her schwankend wühlte Karol in seinen Taschen. Ich klaubte das Knäuel Scheine aus seiner Hemdtasche und friemelte es auseinander. Natürlich würde das die Sache beschleunigen und diesen wunderbaren Anblick viel zu schnell beenden, eine fast schmerzliche Vorstellung, aber ich musste dringend meinen Händen etwas zu tun geben, nur damit sie nicht dem unwiderstehlichen Drang nachgaben, diese Brüste zu umfassen, sie sanft hin und her zu schaukeln, und um nicht vor diesem roten Busch auf die Knie zu fallen, mit beiden Händen diesen wahrscheinlich auch glitzernden, glitschigen Hintern zu packen und mein Gesicht zwischen die Stiefelschäfte zu pressen, das Schleifchen mit den Zähnen zu öffnen ...

»Ich glaub', der Polack will zahlen«, drehte ich mich zu Zwölfi um und riss mich von meinem Film los.

»Ssahln, jau«, lallte Karol, aber Zwölfi hatte nicht mal einen kurzen Blick für uns übrig. Bis Gudrun den Mantel wieder zufallen ließ und ihn langsam, aufreizend langsam wieder zuknöpfte.

»Du machst das schon, Büb«, sagte Gudrun und drückte warm und Gel-feucht meine Hand. Drehte sich um und ging hinaus. Als verbände ihn eine unsichtbare Leine mit den roten Absätzen, rutschte Karol von seinem Hocker und stolperte hinterher. Von draußen zog ein kalter Hauch durch das *Laberinth,* und für einen langen Moment war es mucksmäuschenstill im Laden. Sogar die Musikbox blieb andächtig ruhig und zog ihre Nadel leise schleifend durch eine Auslaufrille.

Der Kalte Karl fasste sich als Erster und drehte sich zur Theke rum.

»Mach mir sofort 'nen Drei ... nee, mach mir 'nen Fünfhundert ... eh ... elf!«

Auch ich drehte mich um und langte nach meinem Bier wie das Männeken aus Wüstenwitz Nummer 1094. Ex! Karols angetrunkenes kippte ich gleich noch hinterdrein. Sah, wie die rosigen Flecken auf Zwölfis Wangen langsam verblassten. Und fragte mich, wieso ich eigentlich noch nie bemerkt hatte, wie begehrenswert sie war.

»Vergiss es, Büb!«, schnaubte sie mit einem halben Grinsen, als könne sie meine Gedanken lesen. Ich hielt die Hand hoch, die Gudrun eben gedrückt hatte, noch voll mit Glimmer.

»Wir könnten uns vorstellen, das sei ihre ...«, nickte ich zur Tür hin. So schnell geb' ich ja nicht auf. Ich fahr' ja auch siebenhundert Kilometer mit neunzig Ka-emm-ha zu einem schäbigen Club im Bayrischen Wald, weil es Hoffnung gibt, dass aus den siebzehn Zahlenden, die uns im letzten Jahr erst nach vier Zugaben von der Bühne gelassen hatten, heute doppelt so viele geworden sein könnten. Oder sogar noch mehr. Außerdem waren wir doch schon mal zusammen in einem Bett gewesen, auch wenn das Kathrinchens Bett gewesen war und ich mal wieder nur eine kleinere Nebenrolle gespielt hatte. Aber das macht mir ja nix – ich bin schließlich Schlagzeuger. Immer schön im Hintergrund.

Für eine winzige Sekunde zeigte sich Zwölfis Zungenspitze zwischen ihren Zähnen, eine weitere Sekunde verweilte ihr Blick auf meinem Kinn, als würde sie überlegen, wie es wohl wäre, sich mal von einem Kerl verwöhnen zu lassen, von einem Kerl überdies mit einem kuscheligen Backenbart, der ihm nach dem Duschen bis zu den Brustwarzen reichte. Und einem kratzigen Rallyestreifen dazwischen.

»Vergiss es, Büb!«, sagte sie noch einmal, nahm sich einen Rialtobecher, goss ihn randvoll mit dem Apfelkorn aus unserer – na ja, Karols – Flasche und kippte ihn sich hinter die Binde. Füllte ihn noch einmal, stellte ihn vor mich auf die Theke und strich mir sanft mit zwei Fingern über mein Glitzerhändchen. »Nimm's nich persönlich«, schenkte sie mir noch eins ihrer schiefen Lächeln.

Well, here it comes, dröhnte die Musikbox los. Irgendjemand hatte ihr wohl einen Tritt versetzt. *Here comes the night ...*

... and even God can only guess ...

»Jetzt schlaf aber endlich! Weißt du eigentlich, wie spät es ist?!« Sie stopfte noch einmal die Decke um seine Schultern und unter seine Füße, routiniert, fast grob, aber dann beugte sie sich wieder über sein Gesicht und strich ihm eine Locke aus der verschwitzten Stirn. Ihre Hände rochen nach Kölnisch Wasser und nach kaltem Rauch, wie ihr geheimnisvoll raschelndes Kleid, aus dem aber auch noch andere Gerüche quollen – saurer Wein, Bohnerwachs auf schimmerndem Parkett, klappernde hohe Absätze, mehr als ein Hauch von Schweiß, heisere Männerstimmen, ein Orchester mit mindestens vier silbernen Saxophonen, dem sanft schaukelnden Rhythmus eines Kontrabasses. Eine Reise ins Glück, *summte sie, ein wenig atemlos, aber ihr Atem war da und umhüllte ihn mit dem klebrigen Duft von süßem Eierlikör, dem Himbeergeschmack ihres Lippenstifts und der betäubenden Steifheit vom Qualm ihrer türkischen Zigaretten und des Onkels grau-braunen Stumpen. Oh, wie er hoffte, sie würde ihm einen Gute-Nacht-Kuss geben, Tante Mia, trotz dieser Düfte, die ihm ein schummriges Gefühl machten – nein, wegen dieser Düfte, die aus einer anderen, abenteuerlichen, lohnenderen Welt zu kommen schienen und den Wunsch weckten, endlich zu wachsen, erwachsen zu werden, groß, groß und stark.*

Aber ihre Lippen streiften seine Wange nicht einmal, quälten sie nur mit einem lodernden Hauch, dem flüchtigen Schmerz eines brennenden Schmetterlingsflügels. Ihre Nylons knisterten, als sie sich auch schon wieder aufrichtete, ihre festen, warmen Schenkel noch einmal kurz gegen die seinen gepresst, als sie sich streckte, um die Lampe über der Lehne der Wohnzimmercouch auszuschalten. Im Weggehen griff sie in ihren Nacken und begann, den Reißverschluss ihres Kleides aufzuziehen, ein ebenso lockendes wie höhni-

sches Zirpen, während sie ihre Stöckelschuhe von den Füßen schleuderte, immer noch das Lied summend.

Nimm mich mit!*, bettelte, schrie es in ihm,* nimm mich mit auf diese Reise! *Und in den spiegelnden Scheiben des Wohnzimmerschranks, vor dem Sonntagskaffeegeschirr, den Porzellantieren und Kristallgläsern sah er das Kleid von ihren Schultern gleiten, während sie durch den Durchbruch am Fußende der Couch in ihr Schlafzimmer glitt, ein wenig schwankend, und den Vorhang lässig beiseite schlug. Drüben hatte der Onkel eine Nachttischlampe eingeschaltet, und die entblößten Schultern schimmerten in einem weichen, dunklen Rosa über dem mitternachtsblauen Kleid und dem goldenen Glanz ihrer Strümpfe.*

Sie war wohl zu beschwipst, um zu merken, dass der Vorhang sich nur noch halb hinter ihr schloss; auf der anderen Seite drehte sie sich herum und bat ihren Mann, den Rest des Reißverschlusses zu öffnen. Er trat hinter sie, in weißer Unterwäsche, und leistete ihrer Bitte Folge. Als tue sie es für ihn, den kleinen Gast auf der Couch, ließ sie das Kleid langsam an sich herabgleiten, stieg aus ihm heraus und bückte sich, um ihre Strumpfhalter aufzuknöpfen, während der Onkel in ihrem Rücken umständlich ihren kantigen weißen Büstenhalter öffnete.

»Aah«, seufzte sie, sich wieder aufrichtend, »endlich! Ich hasse die Dinger«, ließ den BH fallen und massierte mit beiden Händen die tiefen roten Striemen unter und neben ihren bleichen Brüsten, deren Zentren auf die Scheibe im Wohnzimmerschrank zielten, rotbraune Perlen in rosigen Höfen, die sich hart aufrichteten, als der Onkel sie von hinten umfasste – »Ach – ich mag die«, knurrte er. Kichernd klopfte sie ihm auf die Finger, dann fuhren ihre Hände nach unten und entledigten sich einer rosafarbenen Unterhose. Als sie sich erneut aufrichtete und zwischen ihren Beinen ein dichter dunkler Haarbusch sichtbar wurde, eigentlich ein Schatten nur in der Scheibe, geheimnisvoll wie der Eingang

einer neu entdeckten Höhle, entfuhr dem Jungen auf dem Sofa ein hohes Stöhnen.

Der Onkel blickte auf und kam in das Wohnzimmer. Stellte sich neben den Jungen und beobachtete dessen schnell zusammengekniffene Augen. Drehte sich um, sah die Türen des Schranks, das Spiegelbild der nackten Frau im Nebenzimmer. Kicherte schnaubend. Ging wieder zurück ins Schlafzimmer, wobei er den Vorhang noch weiter öffnete, flüsterte seiner Frau etwas ins Ohr und drehte ihren Kopf zu dem Schrank hin. Mit einem erschreckten kleinen Ausruf wollte sie sich zur Seite drehen, aber der Mann bog ihren Arm auf den Rücken und hielt sie fest.

»Lass doch, Mia, guck'n dir an: Ganz der Sohn deiner Schwester, oder? Gerade mal zehn und schon Schweinkram im Kopp! Woher der das wohl hat?« Er griff um sie herum, zwirbelte eine aufgerichtete Brustwarze zwischen Daumen und Zeigefinger. »Oder gefällt dir das auch? Hä, Tante Mia? Woll'n wir es ihm mal richtig zeigen, he?«

Wieder versuchte sie sich wegzudrehen, aber die Hand um ihren Arm ließ nicht locker. Die andere auch nicht. Noch lange sahen sie einander in die weit aufgerissenen Augen, sie und der Junge, über die ungerührten weißen Elefanten hinweg, bis sie die ihren senkte und schloss, vor Schmerz und Scham, und die seinen nichts mehr sahen vor Tränen der Wut, der ohnmächtigen Wut.

17. Kapitel

Warum lassen Sie se nisch' einfach ruhen?«, fragte mich der alte Löhr. Müde, aber herrisch, von oben herab. »Reicht es nisch', dass die uns so viel Kummer jemacht hat, als se noch lebte? Einen Kummer, der ihre Mutter schon vor sechs Jahren ins Jrab jebracht hat – an Jram jestorben?« Ein Gesicht wie aus Granit. Braungebrannt, aber kalt, vom Leben gezeichnet, aber undurchdringlich. Ein Gesicht, als hätte er es sich auf den Osterinseln bestellt.

»Ich kann nicht glauben, dass sie *ruht*«, sagte ich. »Sie ist nicht an einer Lungenentzündung gestorben oder vor eine Straßenbahn gelaufen – jemand hat sie umgebracht.« Unwirsch fegte eine Handbewegung meinen Glauben von seinem antiken Schreibtisch. Ich hatte schon auf Bühnen gespielt, die kleiner waren.

»Die Ermittlungsbehörden sin' da anderer Meinung.«

»Ermittlungsbehörden! Die versuchen auch immer noch rauszufinden, wer Hagemeyer gekauft hat.«

Das gefiel ihm erst recht nicht. Abgebrüht wie er war, musste er doch seinen Portwein in einem Schluck alle machen.

Mit meinem Alten sollte man sich nicht anlegen, hatte Kathrinchen mir mal erzählt. Der hat mehr Leichen im Keller als die Uni-Klinik.

Oberstadtdirektor Hagemeyer hatte vor ein paar Jahren mehr oder weniger elegant an einem Ratsvotum vorbeigehandelt und ein riesiges Grundstück neben der Chemischen Fabrik im Stadtteil Kalk verdächtig günstig an eine fragwürdige, angeblich internationale Investorengruppe verscherbelt. Die es dann für das Vierfache wieder an die Stadt zurückverkauft hatte, als genau dort die U-Bahn gebaut werden musste. Natürlich hatte Hagemeyer geschworen, beim Verkauf keine Ahnung von der geplanten U-Bahn-Streckenführung und nur das Wohl der Stadtkasse im Auge gehabt zu haben. Ein weiterer der berühmten Kölner Klüngel-Skandale. Kathrinchen wusste, dass einer der Aufsichtsräte des Konsortiums ihr Vater gewesen war, der »Unternehmensberater« Konrad Löhr, der zufällig auch im Aufsichtsrat der Bank saß, die den ganzen Schmu mitfinanziert hatte. Und dass es Hagemeyer mittlerweile als Frühstücksdirektor eben dieser Bank äußerst gut ging. Und ich tat jetzt so, als wüsste ich das auch. Sah nicht so aus, als lägen wir weit daneben. Löhr schenkte sich noch ein Glas ein. Ich lehnte dankend ab.

Er hielt das volle Glas am Stiel in das diffuse Licht, das durch die dicken, vergilbten Gardinen seines Arbeitszimmers fiel, und schien angestrengt nachzudenken. Seine Zigarre kokelte im Aschenbecher vor sich hin. Eine Standuhr hinter mir tickte dumpf. Irgendwo in den Tiefen der Wohnung summte ein Staubsauger. Irgendwo in der Stadt jaulte ein Martinshorn. Irgendwo in Deutschland würde gerade irgendjemand sagen »Irgendwo auf der Welt wird's ja wohl schon dunkel sein« und sein erstes Bier bestellen, wahrscheinlich das erste von ungefähr fünfundzwanzig. Ich hätte gerne auf dem Hocker neben ihm gesessen.

An zwei Wänden standen ein paar Meter Bestseller. Die Sorte, die erst recht Bestseller ist, weil sie eben meterweise gekauft werden. Dass die einzelnen Bände nicht mehr verschweißt waren, war alles – sie sahen unberührter aus als alles, was bei Gonski im ersten Stock rumsteht. Ich überlegte, ob es nicht vielleicht eine Marktlücke sei, solchen Leuten ihre Bücher wie gelesen aussehen zu lassen.

Löhrs Familie hatte schon einen Namen im Erzbistum Köln gehabt, als Karl der Große noch klein war. Ihr Stammbaum las sich wie die Weinkarte vom Gürzenich. Und natürlich glauben solche Leute immer, mit ihrem Geld alles regeln zu können.

»Un' Sie halten sisch wohl für fähijer als die janze, jut ausjebildete Staatsanwaltschaft.« Abrupt drehte er sich zu mir. »Un' kommen zu mir. Warum? Um *mir* mit irjendeiner läscherlischen Jeschischte zu drohen, die sisch meine Tochter aus den Fingern jesogen hat? Eine dumme kleine, nymphomanische Fixerin?«

Fast wäre ich aufgesprungen, um ihm seinen Portwein zwischen die Jacketkronen zu hauen. Weiterbringen würde uns das nicht. Ich ließ mich wieder zurückfallen und atmete einmal tief durch. »Ach, Scheiße, was wissen Sie schon über Ihre Tochter?«

»Wat wissen *Sie*, Sie abjerissener kleiner ...«

»Mehr als Ihnen lieb sein kann, Herr Papa. Zum Beispiel, was sie dazu gemacht hat. Beziehungsweise, wer.«

Das scharfe Komma zwischen seinen Augenbrauen wurde dunkler und tiefer, als würde ihm jemand die Seite einer Silbergabel in die Stirn drücken. Wie man eine Kartoffel zerteilt, bevor man sie mit dem Gabelrücken in der Sauce zerquetscht, und ich sah die Wülste seiner Augenbrauen vor mir, auf einem weißen Teller mit Goldrand, wie sie zu einem Brei zermanscht wurden, in dessen Riefen und Rillen dunkelbraune Bratensauce sickerte, der blutrote Saft eines frisch angeschnittenen Filets, das geronnene weiße Dressing seines Hirns... Und mir wurde plötzlich klar, wie sehr ich ihn hasste, wie wenig Skrupel ich hätte, der Mann mit der Gabel zu sein.

»Sie bewejen sisch auf sehr dünnem Eis, junger Mann. Auf sehr dünnem!«

Ich simulierte ein leichtes Gähnen. »Ich kann schwimmen.«

Er schnaubte verächtlich.

»Und ich hab Kathrinchens Tagebücher«, behauptete ich. Und betete, dass es nicht tatsächlich welche gegeben hatte. Und jetzt in dem Safe hinter seinem Schreibtisch lagen. Hinter einem echten Chagall.

Aber das saß. Löhr sank in seinen Sessel zurück, als seien sein Zorn und seine unantastbare Autorität kurzfristig verflogen wie ein Furz. Sein Blick wurde so leer wie der Parkplatz vor dem vergammelten Riehler Freibad.

Mein Zwerchfell zitterte, als hätte ich drei Tage gesoffen, ohne feste Nahrung dazwischen. Ich hatte ein Gefühl, als sei alles Blut, alle Farbe aus meinem Gesicht verschwunden, als könne er durch meine pochende Stirn hindurchsehen, meine Gedanken lesen wie die Untertitel eines japanischen Trashfilms, während ein lächerlicher kleiner Pappmaché-Godzilla versuchte, bedrohlich die Zähne in die Kamera zu fletschen. Vergeblich, schon allein deshalb, weil am oberen Bildrand gut sichtbar ein Mikrophon an seiner Angel wackelte wie die Möhre vor der Nase eines Maultiers. Ich drehte mir eine, um uns alle abzulenken, und wunderte mich und war froh, dass meine Hände das Zittern nicht mitmachten.

Doch der alte Löhr schien von all dem nichts zu merken. Er starrte auf den Aschenbecher, einen ausgehöhlten Jadeklumpen von der Größe einer halben Kokosnuss, der in einem dreibeinigen Silberring steckte wie ein Globus, der Nordpol weggesprengt, ein von Außerirdischen bombardierter Erdball, die Kippen darin vor sich hin kokelnd wie die Trümmer einer ausgelöschten Zivilisation, jedes Streichholz eine gestrandete Arche. Löhr paffte heftig vor sich hin, als müsste er so die Wut wieder in sich hineinsaugen, gab so heftige Rauchzeichen von sich, dass ich mich fragte, was die Apachen auf der anderen Seite der Sierra wohl daraus entziffern mochten.

»Hören Sie zu, junger Mann«, kam er zu einem Entschluss, »vielleischt haben Se Rescht. Wenn et wat 'erauszufinden jibt, dann sollte man et 'erausfinden. Wie viel brauchen Se?«

Halt den Mund, dann glauben die Leute, du hast Charakter. Hatte schon Donald Sutherlands Vater gesagt. Hatte Donald Sutherland gesagt. Ich mochte Donald. Der war einer von den Guten. Also sagte ich nichts.

Das verstand der alte Taktierer natürlich nicht. Wieder beugte er sich vor, streckte mir kämpferisch das Kinn entgegen.

»Deswejen sin' Se doch herjekommen, oder nisch? Den alten Löhr 'n bisschen melken?«

Ich lachte ihn aus. »Ich bin Schlagzeuger, kein Kuhbauer.«

Er schüttelte den Kopf, erst unwirsch, dann langsam, in sich hineinhorchend, dann wieder ungeduldiger. So wie man eine Uhr schüttelt, die aufgehört hat zu ticken. Trank seinen Port. Sprang plötzlich auf und pfefferte das leere Glas in eine Ecke. Seine Stirnadern schwollen an, sein Gesicht wurde dunkelrot.

»Wat wollen Sie denn?«, schrie er. Ein Sprühregen kam aus seinem Mund, ein Speichelfaden blieb in seinem Mundwinkel hängen.

»Wissen, wie Kathrinchen umgekommen ist. Einfach nur die Wahrheit wissen.«

»Un' dann?«, schrie er wieder. »Un' dann? Wenn Se't wissen?«

Ich zuckte mit den Schultern. »Dann weiß ich's.«

Er ließ sich wieder in den Sessel plumpsen. Griff nach der Flasche, suchte vergebens sein Glas, nahm sich ein neues von der Anrichte unter dem Safe. »Dat macht die auch nisch wieder lebendisch.«

Jetzt war es an mir, mich vorzubeugen. »Nein, Herr Löhr, ganz gewiss nicht. Aber das ist Ihnen doch sowieso scheißegal. Ihnen hat doch in den letzten fünfzehn Jahren nichts mehr an ihr gelegen!«

Sein Kinn sackte herab, sein Mund blieb offen. »Fuffzehn? Wieso fuff...«

Ich lehnte mich wieder zurück und drehte mir noch eine, ohne seinen Blick loszulassen. Dann begriff er, dass ich wirklich etwas wusste. Vielleicht sogar alles. Sein Blick wurde glasig, ging durch mich hindurch, wanderte vielleicht die fünfzehn Jahre zurück, in den ersten Stock der Marienburger Villa, in das Schlafzimmer seiner Tochter, mit den Pferdepostern und dem BRAVO-Starschnitt von Pierre Brice als Winnetou. Dem großen Himmelbett, neben dem ein kleines Nachttischlämpchen mit rotem Schirm ein warmes Leuchten verbreitete. Hob die dunkelgrüne Bettdecke mit den bunten Papageien, sah wieder das flauschige Frottee-Nachthemd, rosa, mit weißen Gänseblumen. Die seidigen Schenkel, die zitternde Unterlippe, die großen ängstlichen Augen. Staunte vielleicht wieder – nein, das war gar keine Angst in diesen Augen, das war Wut. Und Verachtung. Und Kälte, als er ihr grob in das lange Haar griff, um ihr diesen Blick auszutreiben, um ihr zu zeigen, wer hier immer noch der Herr im Haus war.

Und dann erst sah er die Schere in ihrer Hand. Die große Schneiderschere ihrer Mutter, die sie ihm an den Bauch drückte, kurz unter dem Bund seiner Pyjamahose. Hart und schmerzhaft in den Bauch drückte.

»Nein«, zischte seine dreizehnjährige Tochter, sein Augenstern, seine kleine Prinzessin, die doch immer alles von ihm hatte haben können. »Nein! Nie wieder! Hörst du? *Nie wieder!*«

Und in dem Moment wusste er, dass sie es ernst meinte, konnte es lesen in ihren kalten, schönen Augen, spürte es an dem Druck der Scherenspitze, wusste, dass es nun tatsächlich vorbei war, endgültig. Stand vor dem Bett seiner Tochter, am ganzen Körper zitternd, während der Alkohol in seinem Kopf herumgluckste, und spürte, wie ihm die Tränen durch das Gesicht strömten, Tränen der Schmach und der Reue und des Verlustes und des Selbstmitleids, und wie ihm warm sein eigener Urin am Bein herablief.

Die Standuhr tickte gleichmütig weiter. Wäre vielleicht nett gewesen, ein Paar Schlagzeugbesen dabei zu haben und sie zu begleiten – *Unchained Melody* hätte gepasst; *And time goes by so slowly – And time can do so much ... ta-dack, ta-dack ...*

Ich versuchte es mit Rauchringen. Mein Mund trocknete aus. Ich nuckelte kurz an meinem kleinen Finger, um ein bisschen Speichel zu produzieren. Auch meine Gedanken wanderten zurück, zu einem der wenigen gemütlichen Heimabende, die Kathrinchen und ich bei ihr zu Hause verbracht hatten, mit Bockwurst und Kartoffelsalat aus der Kneipe um die Ecke, mit einer Flasche Wein, einem Backgammonspiel und ein paar Cat-Stevens-Platten. Ihre Zigaretten waren alle, und sie drehte sich eine von meinem Tabak. Wollte sich eine drehen und erwischte das grüne Trennblättchen – »*Die letzten zehn – ich rate dir: Kauf schleunigst Gizeh Gelb-Papier!*«, las sie laut vor.

Erst lachte sie noch darüber, dann wurde sie ernster. Nahm es vorsichtig aus dem Heftchen, stellte es hochkant auf die Tischplatte vor sich und hielt das Feuerzeug an die obere Seite.

»Machst du denn?«, fragte ich.

»Kennst du das nicht? Pass auf!« Sie zündete das Blättchen an und legte das Feuerzeug beiseite. Ein kleines, gelbes

Flämmchen züngelte an dem Papier herunter, und als es unten angekommen war, stieg ein letzter Rest gekräuselter Asche plötzlich vom Tisch auf und schwebte durch die Luft. Kathrinchen hielt ihre Hand darunter, fing es auf, schloss ihre Hand fest darum und für ein paar Sekunden die Augen. Dann lachte sie, ein kurzes, bitteres Lachen, öffnete die Augen wieder und rieb sich ernst die Asche von der Hand. Ich sah sie verständnislos an. »Wenn das Blättchen aufsteigt – und das tun sie nicht immer – und wenn man es fängt, darf man sich was wünschen.«

»Toll. Und was hast du dir Komisches gewünscht, dass du so ein böses Gesicht machst?«

Schnell zauberte sie ein Lächeln herbei. Aber es gelang ihr nicht ganz so gut wie sonst immer. »Das darf man nicht verraten, Büb. Sonst geht der Wunsch nicht in Erfüllung.« Und fing aus heiterem Himmel an zu weinen.

Zwei Stunden später kannte ich die Geschichte mit der Schere. Und die ganze hässliche Geschichte davor.

Löhr stand auf, langsam, mühsam, als sei er in den letzten drei Minuten dreißig Jahre älter geworden. Aus einem der Regale zwischen den Fenstern holte er einen Aktenordner und legte ihn vor mich auf den Schreibtisch.

»Isch jehe mal eben Nachrischten hören«, sagte er müde und schlurfte zur Tür. Dort drehte er sich noch einmal um. »Un' telefonieren. In einer halben Stunde lass isch Sie rauswerfen.«

»Das wird wohl nicht nötig sein«, murmelte ich in seinen Rücken.

Dann klappte die Tür zu.

Als Erstes ging ich zu der Anrichte und kippte mir einen ordentlichen Schluck Calvados hinter die Binde, machte ihm nicht mal ein Glas schmutzig dafür. Dann setzte ich mich wieder auf meinen Besucherstuhl, drehte mir eine neue Kippe und öffnete den Ordner. Und staunte. Kopien aller Untersuchungsberichte und Verhörprotokolle der Polizei und der Staatsanwaltschaft – der Alte hatte ganz offensichtlich ziemlich gute Beziehungen. Fotos vom Tatort. Fotos von Kathrinchens Leiche, die ich schnell überblätterte.

Nach zwanzig Minuten war ich ebenso gut informiert wie er, aber nicht wirklich klüger. Die Berichte bestätigten, dass Kathrinchen nicht an ihren Verletzungen, sondern an einer massiven Überdosis reinsten, intravenös verabreichten Heroins gestorben war. Herzversagen. Ein Kommissar Gleuel hatte sich in einer handschriftlichen Notiz zwar gewundert, dass an der Spritze neben der Leiche keinerlei Fingerabdrücke zu finden waren, aber anscheinend hatte niemand das bisher weiterverfolgt.

Die Verhöre der österreichischen Staatsbürger Schimmlang, Anton, zweiundzwanzig, Mügler, Ferdinand, vierundzwanzig und Mügler, Josef, einundzwanzig, alle drei ohne festen Arbeitsplatz, hatten nur ergeben, dass die drei mit vier weiteren Herren den ganzen Abend des vierten Dezember in einem Spielclub in der Venloer Straße gesessen und Blackjack gespielt hatten. Die Befragung der übrigen Hausbewohner war auch nicht viel ergiebiger gewesen – nur eine Nachbarin, Eva Breuer, einunddreißig, hatte gemeint, am fraglichen Abend eine männliche Stimme und weibliches Stöhnen aus der Wohnung von Katharina Löhr gehört zu haben. »Aber da macht man sich ja keine Gedanken – die hatte doch dauernd wilden Besuch«, wurde sie wörtlich zitiert, »aber vielleicht war's ja auch nur der Fernseher.« Gesehen hatte sie angeblich nichts – »Wir pflegen uns hier im Haus nicht gegenseitig nachzuspionieren. Wir waren befreundet!«

Der letzte Eintrag empfahl dem Oberstaatsanwalt Fischer, den Fall als – möglicherweise nicht vorsätzliche – Selbsttötung einer Rauschgiftsüchtigen zu den Akten zu legen. Ich fragte mich, ob es dessen Entscheidung ein wenig erleichtert hatte, dass er im Vorstand des gleichen Karnevalsvereins war wie Löhr. Ich schloß den Ordner und legte ihn auf den Schreibtisch. Stibitzte mir noch einen Schluck Calvados und verließ Löhrs Arbeitszimmer.

Irgendwas störte mich an den Verhörprotokollen, genauer: an der Aussage der Nachbarin. Aber wahrscheinlich war das nur wieder mein Gerechtigkeitssinn – einerseits »Wir waren befreundet!«, andererseits haut sie ihre angebliche Freundin mit »dauernd wilder Besuch!« in die Pfanne. Na ja, echt kölsches *en unserm Veedel ...*

Als ich an der Haustür ankam, trat die Frau mit der weißen Schürze, die mich auch hereingelassen hatte – vor ewigen Zeiten, wie mir schien, in einem anderen Leben – aus der Küche. Dabei war ich nicht mal zwei Stunden hier gewesen. War sie mir vorher nur hochmütig vorgekommen, war das, was mir jetzt entgegenschlug, pure Verachtung.

»Herr Löhr bat mich, Ihnen das noch zu geben.« Sie hielt mir einen dicken, braunen DIN-A5-Umschlag hin, als sei er voller Küchenschaben.

Ich glaubte zu wissen, was drin war.

Nehm' ich ihn, bin ich ein Arschloch, dachte ich.

Nimmst du ihn nicht, bist du ein Idiot, sagte Kathrinchen.

Nehm' ich ihn nicht, hat Löhr verloren, weil er mal einer unbestechlichen Haut begegnet ist.

Und du hast verloren, was drin ist.

Man kann nur verlieren, was man schon hat.

Da hast du's doch – brauchst es nur zu nehmen.

Nehm' ich ihn, hat Löhr verloren, was drin ist...

Das tut dem nicht weh.
...und ich ein Stück Selbstachtung.
Mit Selbstachtung kannst du keine Spesen bezahlen.
Nehm' ich ihn nicht, kann ich mit geradem Rücken hier rausgehen.
Nimmst du ihn, kannst du dir das auch leisten. Kannst dir alles Mögliche leisten. Zum Beispiel, ein paar Tage nicht zu arbeiten und herauszufinden, was du angeblich herausfinden willst.
Angeblich?
Ich nahm ihn.
Weißschürze hatte es nicht anders erwartet. Sie hielt mir nicht die Tür auf. Drückte sie aber so nachdrücklich hinter mir zu, dass sie mir fast die Klinke ins Kreuz gehauen hätte.
Kommt davon, wenn man so 'nen Wert auf einen geraden Rücken legt, kicherte Kathrinchen.
Und dann trat ich auch noch in einen Hundehaufen.

18. Kapitel

Es ist meistens besser, wenn man die Dinge weiß, aber nur, wenn man sie schon weiß, hatte ich mal irgendwo gelesen. Ich hatte also endlich den Durchblick. Voll den Durchblick. Wie der Maulwurf in der Farbmischmaschine ungefähr.

All I want – Is something to believe in – Something I can hold in my hand – Something I can understand, brummelte Thomas Rapp auf meinem Plattenspieler. Ich trommelte mit den leichten Übungsstöcken auf meinem leeren Frühstücksbrettchen ein paar Quintolen dagegen – *one particular, two particular,* wie der alte Casper es mich mal gelehrt hatte, damals, in meinem ersten – und einzigen – Semester an der Rheinischen Musikschule. Lang her, verdammp lang her.

Ich wünschte, es würde klingeln und einer meiner Kollegen würde genervt im Türrahmen stehen und so was sagen wie: »He, du Kanaldeckels Arschgeige – wenn man so'n Scheißgedächtnis hat wie du, sollte man sich vielleicht doch mal so was wie 'nen Terminkalender zulegen! Die Bussin steht unten!« Und wir hätten einen Gig, vielleicht zwei, drei hintereinander, so was wie runter nach Offenbach, in das Jugendzentrum im fünften Stock einer alten Fabrik, kein Aufzug, Binding-Bier aus kleinen, warmen Flaschen; dann rauf nach Emden, in den Freak-Schuppen, wo wir traditionell Bacardi mit Kirschsaft trinken und den Kicker renovierungsbedürftig spielen würden; und dann vielleicht mal nicht gleich nach Salzburg, sondern nur einen lockeren Hopser nach, sagen wir Würzburg, das alte Kino hinterm Schloss an die Erde spielen und anschließend mit den netten örtlichen Kollegen von Munju einen trinken und nach einer gemeinsamen dreistündigen Session in deren Proberaum gleich neben dem Schlagzeugpodest die Schlafsäcke ausrollen. Zwischen zwei, drei Kästen Bier und in einer Wolke von '80er Würzburger, Hanglage.

Oh, gee, wouldn't it be swell – If everyone was well, kicherte Rapp.

Klar doch, Thom. Und mir würde es wirklich ein paar Meter besser gehen, wenn ich mal wieder ein Podest besteigen und meine Band anzählen dürfte – jahrelanger Stress hin, ein Jahr schöpferische Pause her. Einmal Rock'n'Roller, immer Rock'n'Roller, Thom, weißt du doch.

People say that life is strange – And I can't make up my mind, antwortete er.

Witzbold.

Andererseits hätte man uns so viel Spaß wahrscheinlich eh nicht gegönnt – in diesem Jahr grassierte die große Benefiz-Seuche heftiger denn je. Mit Zähneknirschen, Magenknurren und Schädelbrummen wären wir wohl wieder super-solidarisch in irgendeiner guten Sache unterwegs gewesen, um Krawall, blutige Nasen, zerdepperte Instrumente oder gar Knast zu riskieren – Rekrutengelöbnis in Bremen (wo allerdings nur sechs Bundeswehr-Fahrzeuge in Flammen aufgegangen waren), Hüttendorf-Räumung in der »Freien Republik Wendland«, Kahlschlag an der geplanten Startbahn West ... Zu tun gab's reichlich, wenn auch die Front breiter oder, wie man's sehen will, die Konkurrenz größer wurde – allein in Berlin gab es inzwischen über fünfhundert der neuen so genannten Garagenbands, die sich auf simple Musik und Texte in ihrer Muttersprache besannen. Noch freuten sich alle, dass heftig die Neue Deutsche Welle anrollte. Dass die keine zwei Jahre später in einer seichten *Ich-geb-Gas-ich-will-Spaß*-Pfütze verplätschern würde ... Na ja, uns war's wurscht; unseren Spaß hatten wir sowieso, und ansonsten waren wir immer schon ein bisschen härter drauf gewesen.

Ich hatte ja auch schon mal überlegt, ob es nicht vielleicht sinnvoll sei, mal richtig was zu tun, in der Praxis, vielleicht – nur so zum Beispiel – bei den Häuserkämpfen in Kreuzberg mitzumischen; da gab es eine klar definierte Front und direkte Konfrontation, und wo meine Position war, bestand nicht der geringste Zweifel; aber immer öfter, wenn ich dort an einer der Kiez-Theken saß, kam es vor, dass Hausbesetzer, überwiegend schnöselige Punks, mich anpöbelten, weil ich die falsche Uniform trug – lange Hippiehaare, auch noch naturfarben, keine einzige Sicherheitsnadel an der Jacke, geschweige denn im Ohr oder durch die Nase, alle Risse in meiner Lederjeans ordentlich mit Gaffa-Tape geflickt: Sah ich nicht aus wie ein Feind, ein Eindringling? Ein evangelischer Religionslehrer, ein Taxiunternehmer, ein Undercover-Mann der Bullen? Und schon gab's wieder Töne und Steine und Scherben und Nasenbluten und Zahnlücken und abgebrochene Billardknüppel und kaputte Hocker, und schon gab's wieder Gründe genug, das ganze Scheiß-Land und seine ganze Scheiß-Bevölkerung mit ihrem wiedergewählten Kanzler Helmut »Sicherheit für Deutschland« Schmidt zu hassen und sich in einer anständigen kölschen Kneipe zu verbuddeln. Als hätte ich nichts Besseres anzufangen mit meinem bisschen Leben, als mich dauernd mit Arschgeigen mit angetackerten Scheuklappen herumzuschlagen.

Apropos Rumschlagen.

Ich packte mir ein paar Klamotten ein, holte mein verbeultes altes Hollandrad vom Hinterhof und fuhr auf der Deutzer Brücke über den guten, alten Rhein. Völlig durchnässt und durchgefroren kam ich in dem muffigen Gewölbe unter der Hohenzollernbrücke an, wo man mir vor achtzehn Jahren zum ersten Mal ein Paar Boxhandschuhe über die zarten Fäustchen gestülpt hatte. Ich zog mich um, begrüßte die wenigen Gestalten, die da waren, und quälte mich durch drei Trainingsrunden, vom Sprungseil bis zum Punchingball und von fünfzig Sit-ups bis zum Sandsack, bis ich Sternchen sah und wünschte, ich hätte nichts gefrühstückt.

»Ja-ha, du Schlappschwanz«, machte der Dicke Pitter mich zwischen zwei Sparringsrunden an. »Dat kütt dovun, wemm'r bloß eimol em Johr us'm Bett kütt! Dat kann nur dä Vatter Rhing«, spielte er auf einen alten Karnevalsschlager an. Ein Unbeugsamer, trotz seiner bald sechzig Jahre und seines chronischen Untergewichts – er hatte nur noch ein Viertel seines Magens. Und er hatte nach der schmählichen Niederlage gegen Larry Holmes das Poster von Muhammad Ali (den er freilich unbeirrt immer noch Cassius Clay nannte) mit dem Gesicht zur Wand gedreht.

»*Ich* han wennistens e Bett«, konterte ich, »un muss nit he en däm Bunker lääve – wie manche andere Lück.«

In letzter Sekunde schaffte ich es, die Bauchmuskeln anzuspannen und meinen linken Unterarm vor den Magen zu senken – sein freundschaftlicher rechter Haken hätte mein Frühstück endgültig über den staubigen Ringboden verteilt.

Nach einer halben Stunde unter der Dusche – heiß-kalt, heiß-kalt – ging es mir besser.

Zeit, in die Gänge zu kommen.

Nachdem ich dem Dicken Pitter mühsam klargemacht hatte, dass ich weder eine neue Armbanduhr (»Orijinal Korea!«) noch eine Krokolederjacke noch einen Farbfernseher mit neunziger Bildschirm brauchte, schwang ich mich wieder auf mein Rad und zockelte gemütlich zurück auf die richtige Rheinseite. Der Regen hatte aufgehört, und die Altstadt war in ein violettrotes Licht getunkt. – Luur, de Engelsche sin am Backe, hätte Oma Klütsch gesagt. Vier Tage nach Weihnachten, Oma ...?

Egal, Backen war ein gutes Stichwort, und ich machte einen Abstecher zur alten Sophie, die immer noch Currywurst und Fritten auf ihrer Tafel stehen hat, obwohl alle, die hierher kommen, doch bloß ihre Reibekuchen haben wollen. Ich haute mir zwei Portionen rein und hörte mir gleichmütig die ewig gleichen Kommentare dazu an, dass ich die nicht mit Apfelmus, sondern mit Senf bestrich. Dann trank ich bei Yilmaz noch einen seiner starken, süßen Pfefferminztees zu meiner Verdauungskippe und fühlte mich gewappnet.

Nur – wofür? Oder wogegen?

Das Leben besteht aus lauter Puzzleteilen, und kaum eins will zu den anderen passen. Puzzles hatten mich immer schon fickrig gemacht. Ich bin Schlagzeuger, eher fürs Grobmotorische zuständig.

Ach, komm, Büb, meldete sich Kathrinchen, mach dich nich selber madig – das Solo von *Take Five* is doch nix für Grobmotoriker! Du wirst ja wohl die paar Fakten zusammenkriegen und rausfinden, wie sie zueinander gehören! Das ist doch einfach!

Klar – ungefähr so einfach wie das Stückchen Eierschale aus der brutzelnd heißen Pfanne zu fischen, ohne den Dotter kaputt zu machen ...

Aber wie sagte schon Sam Spade? *Im Zweifelsfall beschatten.* Also machte ich mich auf die Socken.

Nein, bedauerte Martha in einem Ton, als bedaure sie das nicht im Geringsten, Eule habe sich noch nicht blicken lassen.

Nö, antwortete die kleine Vietnamesin in Hotpants, an die Martha die Frage freundlicherweise weitergab, aber sie wisse, dass er heute Abend eine Verabredung habe. Na hier, im *Pinoccio,* im Hinterzimmer, zum Zocken natürlich. Weswegen sie auch gleich wieder los müsse – in letzter Zeit habe er dabei nicht gerade viel Glück gehabt und brauche ständig frische Kohle. Nein danke, keinen Drink.

Also kam ich noch glimpflich davon, musste nur mein Bier und für Marthas *Sambuca* den halben Preis bezahlen. Ein Zwanni, danke, Martha, stimmt so. Beschatten schien ein teures Hobby zu sein.

Allerdings. Als ich mich am nächsten Morgen gegen neun an Eules Fersen hängte, hatte ich schon sieben Stunden in der Scheiß-Friesenstraße herumgelungert, zwei Kaffee, zwei Cola und drei Bier getrunken, eine Bratwurst, ein Käsebrötchen und eine Frikadelle gegessen, jede verdammte Zeile des druckfrischen EXPRESS gelesen und war um siebzehn Märker ärmer. Außerdem hatte ich ein Dutzend Angebote abgelehnt, es mir französisch, komplett, zu dritt oder fix mit der Hand besorgen zu lassen, bedauernd einem Schwulenpärchen in roten Lederanzügen einen Korb gegeben, mir von einem fetten alten Besoffenen fast auf die Stiefel kotzen lassen, viermal keine Rosen, dreimal kein Haschisch, zweimal keine BILD-Zeitung und einmal kein Kofferradio gekauft und mir mit Mühe und Engelszungen drei türkische Jungloddels vom Hals gehalten. Dafür hatte ich von Finchen einen ordentlichen Schluck Rum mit Cola aus ihrem Flachmann gekriegt, von einem weiteren, ungefähr neunzigjährigen Schwulen in einem weißen Kaftan ein lange kubanische Zigarre und einen Handkuss und von einer hysterischen Mutti in Schlangenlederhosen eine Ohrfeige, weil ich den dämlichen Dackel, der versuchte, mir einen Streifen Gaffa-Tape von meiner Hose zu reißen, dämlichen Dackel genannt und so erschreckt hatte, dass er beinahe vor einen Müllwagen gelaufen war.

Und dann hätte ich fast noch Eule verpasst.

Ein Taxi hielt vor dem *Pinoccio,* und noch ehe ich mich nach einem zweiten umgeguckt hatte, saß er schon auf dem Rücksitz und verschwand die Straße runter Richtung Friesenplatz. Na super, da hatte ich Sam Spades erste von vier Regeln beim Beschatten ja schon prima eingehalten: *Halte dich so weit wie möglich hinter deinem Objekt* ... Ich trat gerade wütend gegen eine Parkuhr, als ich sah, dass das Taxi nur um die nächste Ecke bog und gleich schon wieder stehen blieb. Regel Nummer zwei und drei: *Versuche nie, dich vor ihm zu verstecken. Benimm dich völlig natürlich, ganz egal, was passiert.* Lässig die Hände in den Hosentaschen vergraben, spazierte ich also bis zu der Ecke und durfte zusehen, wie Eule dem Fahrer einen Schein in die Hand drückte, während die Vietnamesin zu ihm auf den Rücksitz kletterte. Der Fahrer stieg aus, ging in das Stehcafé gegenüber und trank einen Kaffee, ich studierte die Preisschildchen an ein paar orthopädischen Strümpfen und einem Sortiment Gehhilfen, und Eule ließ sich im Wagen einen blasen.

Regel Nummer vier: *Sieh ihm nie in die Augen.* Wie denn auch – er trug eine verspiegelte, gelbe Sonnenbrille und schien bloß gelangweilt dem auf und ab wippenden schwarzen Schopf in seinem Schoß zuzugucken.

Als ich die Gebrauchsanweisung für einen Blutdruckmesser schon fast auswendig kannte, sah ich im Spiegel des Schaufensters, wie das Mädel für seinen Job zwei Ohrfeigen bekam, ihm im Gegenzug ein paar braune Scheine gab, ausstieg und dem Fahrer Bescheid sagen ging. Ich schnappte mir das Fahrrad eines Brötchenjungen und radelte schon mal gemütlich und unauffällig auf die nächste Kreuzung zu.

An der roten Ampel stand das Taxi neben mir. Kein Blinker. Eule unterhielt sich lachend mit dem Fahrer, einem dicken Glatzkopf in einer speckigen Cordjacke. Bei Grün strampelte ich los – und merkte erst auf der anderen Straßenseite, dass der Sausack rechts abgebogen und schon fast an der Unterführung zum Hauptbahnhof war. Bei der nächsten Grünphase konnte ich ihn schon nicht mehr sehen. Vielen Dank, Sam – ich tauge wohl nicht zum Privatdetektiv.

Na, immerhin musste ich nicht zu Fuß nach Hause.

Und hatte sechzig Brötchen zum Frühstück.

19. Kapitel

Sechs Jahre in einer Band, in einem Proberaum, in einem Bandbus, in einer Garderobe, auf einer Bühne, womöglich in einem Zweibett-Hotelzimmer – da lernt man einander kennen. Aber dass Emerson mir anscheinend schon beim Reinkommen anmerkte, dass ich heute nicht nur zum Trinken unterwegs war, wunderte mich dann doch. *I got a rocket in my pocket,* ließ er Lowell George singen und grinste dazu wie ein Honigkuchenpferd.

»Sieht man's mir jetzt schon an?«

»Tja, ich finde, du siehst aus, als hättest du eine Woche nicht gevögelt, Junge«, meinte er, als ich mich auf einen Hocker neben seinem Plattenspieler pflanzte.

»Exakt eine Woche. Zehn Punkte, Herr Doktor.«

»Und zwei Bier.«

»Und zwei Bier, klar.«

Er hielt Sylvia zwei Finger hoch, die eh am Zapfhahn stand und Gläser füllte. »Eine Woche. Und kannst dich sogar noch dran erinnern.«

»Logo. Werd ich nie vergessen.«

»Hat dein Jahr ja wohl gut angefangen, wie?«

»Kann man sagen.« Hätte ich mir im alten Jahr ja auch nicht träumen lassen, dass das neue mit einer wilden Nacht mit Dagmar beginnen würde. Ziemlich wild. Auf meinem Auto stünden jetzt ein paar heftig böse Sprüche, wenn ein paar empfindlichere Mädels davon wüssten. Und wenn ich ein Auto hätte.

»Kenn' ich sie?«

»Klar.«

Er wartete eine Weile, dann zog er mir eine Schnute. »Kameradenschwein.«

»Nein – Kavalier.« Bin doch keine Petze. Das Meiste von dem, was dem einen oder der anderen als anstößig gelten könnte, war schließlich Dagmars Idee gewesen. Anscheinend war meinem Gesicht anzusehen, dass ich die Erinnerung genoss.

Sein Gesicht drückte übertriebene Bewunderung aus. »Aber ein einsamer Kavalier. Vielleicht doch Zeit, dass wir mal wieder auf Tour gehen, wie?«

»Vielleicht.« Wir tranken, und ich guckte mich mal vorsichtig ein bisschen um. »Scheiße!«

»Na ja«, sagte Emerson, »wärst heute vielleicht besser ins *Morocco* gegangen.«

»Auf Brautschau? Ins *Morocco*?« Da mussten wir beide lachen – ich auf Brautschau in einer Body-Builder-Disco. Aber mein Lachen blieb mir ein wenig im Hals stecken – immerhin war das Dubravka, die da vorne tanzte, dass man mit Vergnügen mit Lowell getauscht hätte – *Shake the small change from your old fruit jar* ... Schon war mein Glas leer. Emerson stellte mir ein volles hin und wühlte in seinem Plattenregal. *No woman, no cry,* kommentierte er mit Marley passend die Lage.

Der war Dubravka und ihrem Partner entweder zu langsam, oder mein Anblick hatte ihr die Lust am Tanzen verdorben. Sie wackelte noch ein paar Anstandstakte herum, dann fasste sie ihn um den Hals und erzählte ihm was ins Ohr. Er legte eine Hand auf ihren Hintern und zuckte mit den Schultern, schief lächelnd, aber ein wenig mürrisch, wie mir schien. Er sah aus wie ein Pizzabäcker, und ich konnte ihn nicht leiden. Und seine Hand schon gar nicht. Aber ihr schien das gar nichts auszumachen, sie küsste ihn sogar auf den arroganten Mund. Was ging es mich auch an – wir waren seit zwei Jahren nicht mehr zusammen.

Der Pizzamann schlenderte betont lässig zum Flipper und bemühte sich, nicht zu sehen, wie sie neben mir auf einen Hocker rutschte und mir zur Begrüßung die Frisur durcheinander brachte.

»Lange nicht gesehen, Büb.«

»Mmh.«

»Oh – schlechte Laune?«

»Geht so.«

»Ich freu' mich trotzdem, dich zu sehen.« Ihre dunkle Stimme schaffte mich immer noch. Und ihr Geruch. Ihre Augen. Die Art, wie sie manchmal mit ihrer kleinen rosa Zunge ihren Mundwinkel leckte, bevor sie sprach. »Bin ja auch hier, weil ich gehofft hatte, dich zu treffen.«

»Und dafür bringst du dir Verstärkung mit?«

Sie lachte und steckte mir einen Finger ins Ohr. »Ach, Büb – das ist bloß Antoine. Der tanzt einfach gerne mit mir.«

»Tanzt.«

Sie nahm den Finger wieder zurück. »Tanzt, ja. Er geht auch gerne mit mir essen. Oder ins Kino.«

»Und packt dich gerne am Hintern.«

»Das auch. Manchmal nimmt er mich auch mit in einen seiner Schwulenclubs, du eifersüchtiges Huhn.«

Ich sah rüber zum Flipper. Eigentlich doch ganz sympathisch, der Junge. »Möchtest du was trinken?«, lenkte ich ein. Sie wollte. Einen kleinen Rotwein. Ich bekam mein fünftes oder sechstes Bier.

»Trinkst immer noch nicht weniger, oder?«

»Aber auch nicht mehr.«

»Und wie geht's dir?«

»Geht so.«

»Kein ›Ich freu' mich auch, dich zu sehen, Dubravka‹?«

»Ich freu' mich auch, dich zu sehen, Dubravka.«

Sie wurde ernst und schüttelte traurig den Kopf. »Du wirst mir nie verzeihen, wie?«

Mein Glas war schon wieder leer. *Let's spend the night together,* schlugen die Stones vor. Ich sah Emerson an und verdrehte die Augen. Warum nicht?, sagte seine Geste. Die schöne Frau neben mir tat, als hätte sie davon nichts mitgekriegt.

»Ich hab dir nix zu verzeihen«, sagte ich. »Wir haben's versucht. Es hat 'ne Weile gepasst. Dann hat's nicht mehr gepasst. Gehören immer zwei dazu.«

»Aber es tut immer noch weh.«

Und wie, meine Schöne. »Tja. Aber immer noch besser, als als Wurmfresser zu enden.«

»Hä?«

»Das arme Herz hat's schwer – oder das Hirn, ganz, wie du willst. Zu entscheiden, was nun schlimmer ist, schmerzhafter – Einsamkeit oder Zweisamkeit.«

»Die meisten würden sagen: Einsam sein ist schlimmer, oder?«

»Weswegen manche eine Scheiß-Beziehung länger ertragen, als gut für beide ist. So wie einer, der hungert, lieber Würmer frisst, als zu verhungern.«

»Hätten wir Würmer fressen sollen?«

»Natürlich nicht. Trotzdem ...«

»Trotzdem schade.«

»Ja.«

»Keine neue Freundin?«

»Nichts Vergleichbares.«

»Das gibt es eh nicht.« Sie legte mir einen Arm um die Schulter und streichelte mir die Wange. Ich trank mein Bier aus. Konnte nicht verhindern, dass mein Körper sich ein wenig steif machte.

»Und selbst?«

»Mir geht's gut.«

»Alleine?«

»Nein.«

»Oh.« Ich musste mir eine drehen. Gelegenheit, den Arm abzuschütteln.

»Hatten wir nicht gesagt, wir würden Freunde bleiben?«

»Hat nicht eine von uns mal gesagt, so eine Liebe könne es nie wieder geben?«

»Sagt sie immer noch. Aber es gibt andere.«

»Wie schön für dich.« Scheiße, Büb, was redest du da? Hörst dich an wie ein schmollender Siebzehnjähriger. Wie wär's mal wieder mit Nachdenken vor dem Losplappern?

»Du benimmst dich wie ein Sechzehnjähriger, Büb.«

»Hab ich mich eben um ein Jahr vertan.«

»Was?«

»Vergiss es.« Sie nahm einen langen Schluck von ihrem Wein. Sah mich an. Verletzt. Ich hoffte, dass sie nicht anfangen würde zu weinen. Ich würde glatt mitflennen.

»Ey, Büb!«, klatschte mir jemand eine Hand ins Kreuz. »Guck, Alder, ich hab's gefunden!«

»Du fehlst mir gerade noch«, sagte ich, als ich mich rumdrehte und Rabotti erkannte. Immer noch die gleiche blaue Mütze, aber anscheinend ein paar andere T-Shirts – das oberste kündigte Balkan-Rock-Axels Jubiläumstour zum Zehnjährigen an. War also schon vier Jahre alt. Aber seine Jacke war noch einiges älter – *Deutsche Reichsbahn* stand auf den Revers. »Axel spielt morgen erst.«

»Ich weiß«, lachte er. »Aber ich dachte, ich guck' mir Köln ein bisschen an. Und trink' vielleicht mal ein paar Kölner Biere mit dir. Zwei Große!«, schrie er zu Sylvia hinüber.

Große Biere – mein Gott. »Is jetzt schlecht, Mann«, sagte ich. »Ich hab hier gerade was zu bereden.«

»Kein Problem, Alder«, winkte er großzügig ab und drückte mir einen der Humpen in die Hand. »Tu einfach so, als würd' ich hier keine Rolle mehr spielen.«

Das fiel mir leicht. Nicht zuletzt, weil Dubravkas schlanke Finger mein Handgelenk umfassten.

»Was du für Leute kennst«, griente sie.

»Man kommt halt rum«, brummte ich und quälte mich mit Nullkommavier ab.

»Du freust dich nicht, mich zu sehen«, sagte sie. »Du kannst dich nicht freuen, dass es mir gut geht. Du bist sauer, weil ...«

»Bin nicht sauer.«

»... weil ich einen anderen Mann habe und glücklich bin. Aber du fehlst mir. Es vergeht kein Tag, keine Stunde, wo ich nicht an dich denken muss, Büb.«

»Da sind wir ja schon zwei.« Wieder mal war ich froh, keine Fabrikzigaretten zu rauchen. Mit Selbstdrehen kann man sich gut beschäftigen. Ablenken, Zeit gewinnen, peinliche Schweigeminuten überbrücken. Kein hektisches Kippen-aus-der-Packung-Klopfen, kein nach vier Sekunden So-da-bin-ich-wieder. Außerdem hat eine Frau beim Filterraucher kaum Gelegenheit und Muße, einem zuzusehen und zu denken, was der Typ da doch für geschickte, schöne Hände hat. Was womöglich mit angenehmsten Erinnerungen verbunden ist – oder mit anregenden Erwartungen – und die Stimmung günstig beeinflussen könnte. Und ein nicht zu unterschätzender Pluspunkt ist natürlich, dass man Selbstgekurbelte nicht am falschen Ende anzünden und die romantischste oder dramatischste Szene in Slapstick verwandeln kann, weil es plötzlich nach verkokeltem Filter stinkt. »Aber nützen tut uns das nichts. Weil du einen anderen ...«

»Ja.«

Vielleicht hat der andere noch schönere Hände. »Bist du glücklich?«

»Ja.«

Und geschicktere. »Aber ich fehle dir?«

»Ja.«

Vielleicht hat er aber auch bloß mehr Geld. Mehr Zeit. Humor. Geist. Phantasie. »Und das macht dich unglücklich.«

»Ja, verdammt.«

Vielleicht ist er aber auch treu wie Gold. »Aber dann stimmt doch irgendwas nicht – dann muss doch eins von beiden gelogen sein ...«

»Ich belüge dich nicht.«

Vielleicht ist er Nichtraucher. »Davon abgesehen, dass wir beide wissen, dass es nicht das erste Mal wäre – vielleicht belügst du ja dich selbst?«

Sie schenkte mir einen Blick, den ich lieber nur geliehen bekommen hätte: Klugscheißer! Seit zwei Jahren getrennt, aber versuchst immer noch, mich dem Bild von mir in deinem Kopf anzupassen. Wenn nötig, mit Hammer und Amboss. Geh weg! Lass mich endlich in Frieden!

»Und selbst wenn – sollte ich mich belügen, dann so geschickt, dass ich mir glaube. Und wenn ich glaube, dass stimmt, was ich glaube, dann ist das für mich eben so. Und wenn es für mich so ist, dann sind die Gefühle, die ich dabei habe, begründet! Und echt!«

Woran man sieht, dass ich nicht mal einen Hauch einer Ahnung habe, was ihre Blicke bedeuten. Wie soll man da miteinander auskommen können?

20. Kapitel

Hatte also wieder mal zu nichts geführt.

»Führt doch nie zu was«, belehrte ich das Glas vor meiner Nase. »Da kannst du dir die Zähne wacklig labern – das ist, wie wenn die grünen Männchen eines Tages den Satelliten aufmachen, der da seit Jahren durchs All eiert, und die Schallplatte mit der Unabhängigkeitserklärung finden. *The pursuit of happiness* ... Pah! Oder – mal angenommen, sie haben überhaupt einen Plattenspieler auf dem Jupiter, mal angenommen, der läuft zufällig auch noch auf Dreiunddreißig – da hocken sie dann auf ihrer Jupiter-Couch vor ein paar futuristischen Lautsprechern und hören Beethovens *Neunte,* Duke Ellingtons *Black And Tan Suite* und *Amazing Grace* – was soll ihnen das über diese lustigen kleinen Erdbewohner sagen? Hä?« Nicht mal mein achtzehntes Bier hatte darauf was Kluges parat. »Vielleicht die Neunzehn«, pöbelte ich Sylvia an. Die zog nur beide Augenbrauen hoch. Auf eine Art, die mich ein wenig kleinmütig auf meinem Hocker zusammensinken ließ.

»Neues Spiel, neues Glück«, sagte sie, als sie mir ein frisches auf den Deckel stellte.

»Hä?«

»Is jetzt dein erstes – alles davor hat Dubravka bezahlt.«

»Na toll. Da lädst du 'ne alte Freundin zu 'nem Rotwein ein – und dann fällt sie dir auch noch in'n Rücken«, beschwerte ich mich.

»Sei nich so'n Holzkopf, Büb«, wies sie mich zurecht. »Zumindest zeigt das, dass sie tatsächlich eine Freundin *ist.* Erstaunlicherweise«, brummelte sie im Weggehen.

»Ah – Weibersolidarität«, schickte ich ihr hinterher.

»Klar!«

Ich hob mein Glas und prostete meinem Spiegelbild zu. *Because the night belongs to love,* heulte Patti Smith schon wieder los. »Ja ja – jetzt fall du mir auch noch in'n Rücken!«, schrie ich zu Emerson rüber und trank in einem Zug das Glas leer. »Weiber!«

»Oba wos wärn wir ohne sie«, schmalzte André Heller mir ins Ohr. Verdutzt drehte ich mich um. Klang wie Heller, war aber blonder. Und sah entschieden besser aus. Viel zu gut, entschied ich. Ein viel zu braun gebranntes Bürschchen in einem viel zu schicken grauen Anzug, den es viel zu lässig trug, die Jacke genauso offen wie das rote Seidenhemd darunter, weniger Haare auf der Brust als Ingrid Steeger, dafür ein Goldkettchen mit drei Kruzifixen um den Hals und umso mehr Haare auf dem Kopf, bernsteinblond und eine mächtige Elvis-Tolle über die Stirn geföhnt. Weiße Cowboystiefel. Rolex. Eine Hand am Sack wie ein Nachwuchs-Papagallo. »Gell, Bubi?« Und natürlich ein teurer Zahnarzt.

Bubi? »Bis du denn?«

»Bin der Toni. Servus.«

»Nich: Küss die Hand?«

Das Lächeln verzog sich schon mal aus der linken Gesichtshälfte in das Grübchen auf der rechten. »Ach ja«, seufzte er, »hab schon von dir g'hört. Sollst a rechter Komiker sein.« Er griff in seine Hosentasche und zog einen Zwanni aus einem Bündel, das mit einer goldenen Klammer in Form eines Adlerflügels zusammengehalten wurde. Mehr Geldscheine in der Tasche als ich Zigarettenpapier. »Machst' mir an Tschäckie«, warf er ihn Richtung Sylvia auf die Theke. Cool. Schien sie auch zu denken, denn sie verdrehte die Augen, kippte ihm aber doch einen Jack Daniel's ein. Er winkte gnädig ab, als sie mit dem Wechselgeld ankam. Nahm ein winziges Schlückchen, mit abgespreiztem kleinen Finger. Drehte sich wieder zu mir rum. Das Grübchen lächelte mich an, während grüne, völlig gefühllose Schlangenaugen Witta beim Arschwackeln zusahen.

»Hab g'hört, du willst was von mir.«

Wüist wos. »Man hört viel.«

Die Schlange reckte den Kopf. »Stimmt's vielleicht net?«

»Keine Ahnung«, zuckte ich die Achseln. »Ich hab keinen Schimmer, wer du bist, und noch weniger, was ich von dir wollen sollte. Ich bin Hetero.« Eine Handvoll kleiner Maurerheinzelmännchen kletterte hurtig mit Eimern voll Spies an seinem glatt rasierten Kinn hoch und verputzte das Grübchen. Witta war mit einem Mal ziemlich uninteressant. Die Schlange ließ ein böses Zischen hören. »Jo«, kam es zwischen seinen zusammengebissenen Zähnen hervor. »Hab einiges von dir gehört. Bubi.«

»Toll«, sagte ich und drehte mich zur Theke. »Hab ich noch ein paar von meinen Autogrammkarten hier rumfliegen, Sylvia?«

Eine braungebrannte, sehnige Hand legte sich auf meinen Oberarm, kurz über dem Ellbogen, und drückte langsam zu. Am kleinen Finger trug er einen goldenen Ring mit einem fetten Adlerkopf, Augen aus leuchtenden Rubinen. Mit meiner freien Hand nahm ich einen Schluck von meinem Bier und betrachtete den Ring. Wenn er weiter so zudrückte, würde ich Mühe haben, meine Zigarette festzuhalten.

»Hübsch«, sagte ich. »Hätte nicht gedacht, dass sie in Österreich schon Kaugummiautomaten haben.« Da war das Grübchen wieder. Klar – ich bin bei Penner's Radio, wir kriegen jedes Publikum.

»A Clown«, lächelte er. »A echter Clown.«

Hatte ich noch eine Zigarette? Ich spürte sie gar nicht mehr.

»Hör zu, Bubi.«

»Büb, Anton.«

»Zuhör'n.«

Na gut. Noch zwei Millimeter, und mir würde nicht nur die Kippe, sondern der ganze Unterarm runterfallen. »Du bringst da was ziemlich durcheinander, Bubi. Mir machen unser G'schäft und du hast vielleicht deins. So sollt's auch blei'm. Und wenn du jemand suchst, der deine Titten-Kati zermanscht hat, dann suchst' schön woanders, gell? Sonst ...«

Ich weiß, ich hätte jetzt lässig die Oberarmmuskeln kurz anspannen, seinen Griff sprengen und ihm eine einschenken sollen. *Titten-Kati!* Aber anscheinend hatte ich gar keine Oberarmmuskeln mehr. Also stellte ich mein Glas ab, griff mir den blöden Adler und drehte ihn ein bisschen rum, damit er mit seinen Rubinaugen sein Herrchen anplinkern konnte. Toni ging leicht in die Knie und entzog mir pikiert sein Händchen. Aber das Grübchen hielt sich. Die Schlange auch. Sie kriegte einen Schluck *Tschäckie.*

»I wüi jetzt hier kan großen Wickel mochan, Burschi, sonst lägst' scho' da«, nickte er Richtung Fußboden. »I sag' dir nur eins: Wennst' ka Ruh' gibst und wir mit dir fertig san, wirst' wünschen, du wärst an der Kathi ihrer Stell', glaub's mir.«

Ich hätte mir gerne eine neue Kippe gedreht. Aber ich kann nicht mit einer Hand drehen. Außerdem war er noch nicht fertig.

»Typen wie dich hab ich mir früher zwischen zwei Semmelhöiftn g'steckt und zum Frühstück 'gessen, verstehst' mi'? Oba da war i noch jung. Und wild.«

Wüid. Ssemmlhöiftn. Was für 'ne Sprache. Und noch jung? Er war höchstens zweiundzwanzig. Wenn's hochkam. »Und nenn' mi net Anton. Nie mehr.«

»Toll, dass wir beide den gleichen Humor haben, Tünnes. Schade, dass neun Zehntel davon bei mir gelandet sind, wa'?« Als er lachte, wie zustimmend, wurde mir klar, was den Mädels in seiner Gesellschaft weiche Knie machte. Sogar meine knickten ein. Aber weniger wegen dieses strahlenden, jungenhaften Lachens, sondern weil er mir ansatzlos einen ziemlich flotten Haken auf die linke Brustwarze pflanzte. Ich kippte von meinem Hocker herunter, knallte mit dem Kreuz gegen die Theke und musste nach Luft schnappen.

Gewaltlosigkeit ist besser als Gewalt – aber Gewalt ist besser als Feigheit, soll Ernesto Cardenal gesagt haben. Hatte mir schon immer eingeleuchtet. Und dem hatten sie dieses Jahr auf der Frankfurter Buchmesse sogar den Friedenspreis des Deutschen Buchhandels verliehen. Außerdem hasse ich Zuhälter, seit der Begegnung mit Mini-Charlie. Also machte ich zwei Finger steif und – flog schon wieder gegen den Tresen. Als ich mich wieder aufrichtete, trat Toni zwei Schritte zurück. In meinem dummen Biertrinkerhirn machte sich Erleichterung breit – zu früh. Aus purem Reflex ließ ich mich in die Knie sacken, und der Tritt, der von der Seite auf mein Kinn zugezischt kam, brachte bloß noch meine Frisur durcheinander. Und schon wieder freute ich mich zu früh – aus der gleichen Drehung heraus wirbelte der schöne Toni um die eigene Achse, und ein Ellbogen wie aus dreihundertjähriger Eiche traf den Oberarm, den ich gerade noch hochgerissen kriegte.

Das tat weh. Ein scheiß-österreichischer Karatekünstler. Aber hatte Twiggy mir nicht seinerzeit auch das eine oder andere zu dem Thema beigebracht? Hatten wir uns nicht voll Vergnügen ein paar dieser chinesischen Karatefilme angesehen, gelegentlich den gleichen zweimal hintereinander, und anschließend im Beethovenpark ein paar der Szenen nachgespielt? Also raffte ich mich auf, täuschte, geduckt auf Toni zu rennend, eine Linke an, tanzte, mich wieder aufrichtend, kurz nach links weg, gegen die eigene Schlagrichtung, und trat ihm mit der rechten Stiefelspitze auf den Solar Plexus.

Aber niemand hatte mir gesagt, dass Bruce Lee nix trinkt.

Ich war entschieden zu langsam. Toni schnappte sich meinen Fuß, riss ihn hoch und gab mir einen Stoß, der mich auf einem Bein lächerlich rückwärts hüpfen ließ, mit den Armen wedelnd wie eine angeschossene Comicfigur. Fehlte nur noch, dass ein Haufen Federn um mich rumschwirrte. Irgendjemand aus dem Kreis um uns herum verhinderte, dass ich auf dem Hintern landete. Nett, dachte ich.

War es aber nicht, denn ich bekam sofort einen Schubs ins Kreuz, dass ich wieder auf Toni zutaumelte. Auf Tonis Knie, genauer gesagt, das mich zwischen den Beinen traf, als hätte ich mich vom Einer auf einen hölzernen Fahrradsattel plumpsen lassen. Ich sah Sternchen, erst ein paar, und als er mir mit der flachen Hand aufs linke Ohr schlug, eine ganze Galaxie davon. Aus meiner Nase lief Blut. Meine Zunge schmeckte nach altem Kleingeld und, merkwürdigerweise, nach Kreide. Ich sah mich vor einer riesigen Schultafel stehen, auf die jemand in Kinderschönschrift hundertmal *Was würde Twiggy jetzt tun?* geschrieben hatte. *Auf jeden Fall nicht aufgeben!* schrie die ganze Klasse hinter mir, sie johlten, pfiffen auf den Fingern und bewarfen mich mit Radiergummis und Bällchen aus klebrigem Butterbrotpapier.

Aufgeben? Der Büb doch nicht!

Ich schlug ein, zwei steife Gerade in die Gegend, irgendwohin, schickte blindlings ein paar wilde Schwinger hinterher. Seine Schläge kamen schließlich auch von überall her, da musste ich ihn doch auch irgendwann mal treffen. Erwin Kuczorra fiel mir ein – »Dat Geheimnis von Schalke in die Fuffziger? – Wir wussten nich, wohin mit den Ball, da ha'm wir den einfach reingewichst ...«

Aber wir waren nicht auf Schalke, ich war nicht Erwin, und es waren nicht meine blinden Amateurschwinger, die ihn mir vom Hals schafften. Nichtsdestotrotz – als ich erstaunt den Kopf aus meiner Deckung reckte, weil es um mich herum so ruhig geworden war, lag Toni vor dem Tresen auf dem Gesicht, einen Arm um die abgetretene schwarze Fußstütze geschlungen, und rührte sich nicht mehr. Konnte sich nicht mehr rühren. Genau wie ich. Hatten wir doch was gemeinsam. Irgendjemand keuchte wie ein Asthmakranker nach einem beinahe tödlichen Anfall, rasselnd und quietschend. Nach einer Weile merkte ich, dass ich das war. Als ich hochguckte, sah ich Bomar behutsam einen Barhocker an die Theke stellen. Also hatte er mir den Stenz vom Hals geschafft.

»Boah«, keuchte ich. Mein Puls sprang hektisch in meiner Kehle herum wie einer dieser chinesischen Knallfrösche. »D-danke.«

»Ach was«, knurrte der Russe, »hatte ich sowieso schon lange mal vor.«

»Keine Minute zu früh, Mann.« Er zuckte mit den Schultern: Warum sollte ich früher kommen als nötig? Mit dem Fuß drehte er Toni auf den Rücken. Der stöhnte, als hätte er einen schlechten Traum. Gönnte ich ihm.

Jemand drückte mir einen Cognac in die Hand. Sylvia.

»Trink den und hau ab«, sagte sie.

Ich schaffte beides.

Draußen auf der Friesenstraße sahen all die Nachtschwärmer aus wie Bruce Lee, zeigten mit Fingern auf mich und lachten sich den Arsch ab.

»Ja, ja«, grinste ich sie an und leckte mir das Blut von den Lippen. »Aber immerhin sind wir jetzt wieder was schlauer, oder?«

Daraufhin kriegten sie sich überhaupt nicht mehr ein.

21. Kapitel

»Büb?«

»Mmh?«

»Was is Liebe?«

Au weia. Und so was schon zum Frühstück.

Anna und ich saßen noch an dem runden Esstisch in Veras Küche. Die Mädels waren einkaufen gegangen. Im Radio klimperte jemand auf einer keltischen Harfe angeblich keltische Musik. Was Liebe ist. Fragt sie *mich*. Schade – der Artikel über die U-Bahn, die jetzt auch auf die andere Rheinseite nach Kalk fuhr, war so interessant gewesen. Der neue Abschnitt verkürzte nach fünf Jahren Bauzeit und hundertsiebzig Millionen Mark Ausgaben die Fahrt von der Innenstadt bis raus zum Königsforst um sagenhafte fünf Minuten. Aber dafür konnten im Katastrophenfall in der Haltestelle an der Post auch zweitausendvierhundert Kölner Schutz suchen. Welche zweivier von den neunzigtausend Kalkern das im Ernstfall sein würden, schien die nicht zu jucken – *Kalk macht ein Riesenfass auf!* jubelte die Überschrift.

Was Liebe is? Da fragst du den richtigen, Kind. Sorgfältig faltete ich den *Stadt-Anzeiger* zusammen. Sehr sorgfältig. Schade, dass nicht schon Samstag war – da wäre der dreimal so dick. Was is Liebe, Doktor Somm... eh ... Klütsch?

»Deine Mutter liebt dich. Ich liebe dich. Und deine Mutter auch. Die liebt auch Tula. Tula liebt deine Mutter. Und dich. Du liebst deine Mutter. Und deinen Hund. Dein Hund ...«

»Ja, jaa. Das weiß ich doch. Aber was ist das – Liebe?«

Au wie, au weia. Zeit für die nächste Kippe. Das Drehen war ein bisschen mühselig – mein Arm war immer noch halb lahm von Tonis Ellbogen. Und meine Nase war leicht geschwollen und ziemlich bunt. Fürsorglich und zuvorkommend gab Anna mir Feuer. Damit ich nur ja nicht abgelenkt würde. Dabei hätte ich mich gerne ablenken lassen – sollten um die Jahreszeit nicht die Müllmänner unterwegs sein, an jeder Tür ein frohes neues Jahr wünschen? Niemand klingelte. Hatten's wohl auch nicht mehr nötig.

»Erinnerst du dich an Tom Sawyer?«

»Klar.«

»Auch an die Höhle, in der Tom und Becky Thatcher sich verlaufen haben? Wie ihre letzte Kerze ausgegangen war und sie dachten, nun müssten sie sterben? War dir ganz schön unheimlich, als wir das gelesen haben.«

»Ja, kla-har.«

Komm zur Sache, Alter. »Jetzt stell dir vor, jeder von uns hat eine solche Höhle, dunkel, bedrohlich, unheimlich ... Jeder von uns, in seinem Kopf, in seinem Herzen, wie du willst. Und wir – jeder von uns flattert darin herum wie eine aufgescheuchte Fledermaus ...« Tiefe Falten entstanden zwischen ihren Augenbrauen.

In unserem Kopf eine Höhle, in der wir selber wieder 'ne Fledermaus sind ...?!

Mit dem Daumen rieb ich die Falten glatt. »Na ja, versuch einfach, es dir so vorzustellen, okay?«

Ein Griff mit zwei Fingern in das Nutella-Glas. An denen nuckelte sie jetzt, damit sie sich noch besser konzentrieren konnte. Nickte ernsthaft.

»Wir haben Angst in der finsteren Höhle, haben Angst, weil irgendwas uns aufgescheucht hat, Angst, weil wir alleine sind ...«

»Was hat uns aufgescheucht?«

»Was weiß ich – der Wind, ein Erdbeben, ein fremdes Tier ...«

»Indianer-Joe.«

»Indianer-Joe, von mir aus. Auf jeden Fall haben wir Angst, so allein in dem Labyrinth. Und weißt du noch, wie Fledermäuse sich im Dunkeln zurechtfinden – obwohl sie doch blind sind?«

»Die piepsen.«

»Richtig, die piepsen. Und stell dir vor, dein Piepsen, wie du da so aufgeregt herumflatterst, findet ein Echo.«

Mehr Nutella.

»Du hast jemanden gefunden – eine andere Fledermaus. Genau so ängstlich wie du. Aber nun seid ihr beide nicht mehr allein. Da seid ihr erleichtert. Braucht beide nicht mehr solche Angst zu haben und hilflos herumzuflattern.«

»Dann sind wir Freunde.«

War ich mit neun auch schon so wach gewesen? Und wenn ja – warum war nichts Ordentliches aus mir geworden? »Zum Beispiel. Oder, noch stärker, ihr seid Liebende. Liebende finden sich gegenseitig, helfen sich gegenseitig, geben einander Sicherheit in einer feindlichen Welt. Und weil sie sich gegenseitig finden, finden sie auch sich selbst, verlieren ihre Angst, werden stärker ...« Schlitternd kam Zorro aus dem Flur in die Küche gepest. Guter Hund. Auch wenn es nur der Geruch meiner Leberwurst war. Zur Belohnung kriegte er ein Stückchen davon ab.

»Die Mama sagt, wir sollen den Hund nicht am Tisch füttern.«

»Da hat die Mama völlig Recht.«

»Aber du fütterst ihn doch gerade!«

»Ich fütter' ihn nicht – ich belohne ihn.«

»Wofür?«

»Dafür, dass er so ein kluger Hund ist. Und gerannt kommt, wenn er merkt, dass sein Frauchen Kopfschmerzen kriegt.«

»Ich hab keine Kopfschmerzen.«

Klar. »Das ist wie mit der Hundepfeife, Anna. Du hörst sie nicht, aber der Zorro mit seinen zehnmal empfindlicheren Hundeohren kann sie hören.«

»Und der merkt auch, wenn ich Kopfschmerzen kriege, wenn ich es noch gar nicht merke?«

»Genau.« Dafür durfte er sich das klebrige süße Zeug von ihren Fingern lecken.

»Zorro! So ein kluger Hund!«, säuselte sie und kraulte seine Ohren.

Puh!

»Büb?«

»Mmh?«

»Warum ist die Welt feindlich?«

... why or where or when or if ...

Eine fahle Morgensonne floss aus der friedlichen Welt da draußen allmählich durch die Ritzen der verschlissenen maisgelben Rollos, langsam, zäh wie verschüttete Vanillesauce, tauchte das Zimmer nach und nach in ein weiches Licht, färbte es zu einem schönen, trauten Bild, wie ein Foto aus Schöner Wohnen. *Die griechisch-blau lackierten Dielen, die sandfarbenen Berberläufer, die beiden Rattan-Sessel, den Tisch mit der Glasplatte, unter der eine dicke Schicht weißer Rheinkiesel lag, die schwere weiße Vase mit den mannshohen Schilfstängeln, die mit vergilbtem Nessel bespannten Wände, das Rattan-Regal, die vielen bunten Buchrücken.*

Ja, ein schönes Zimmer, dachte sie, ein Zimmer, in dem man sich wahrhaftig heimisch fühlen kann. Obwohl sie ihre Lippen nicht bewegte, keinen Laut von sich gab, klang ihre eigene Stimme in ihrem Kopf, als würde sie sich selbst ins Ohr raunen. Könnte. Die Stimme zitterte. Zitterte wie ihr ganzer Brustkorb, als sie tief Luft holte. Autsch! Das Einatmen tat weh. Ein Zimmer, in dem ich mich so lange so heimisch gefühlt habe ...

Aber das Licht erfasste auch die drei Bilder, zwei an die Wand gelehnt, eins vor der leeren Staffelei auf die Seite gekippt. Alle drei einssechzig hoch, neunzig breit, ihre Lieblingsfiguren auf türkisblauem Untergrund – Pflanzen mit menschlichen Gesichtern, Blütenköpfe auf menschlichen Gliedern, ihrer Phantasie entsprungene Mutationen, in zarten Pastellfarben, als seien sie nur Spiegelbilder auf der schimmernden, von einer sanften Brise gekräuselten Oberfläche der Grundierung. Sie hatte sie vorgestern aus dem Atelier herübergeholt, um genau das zu tun: sie einmal im Morgenlicht zu sehen (das Atelierfenster ging nach Nordwesten raus), vielleicht ein paar Tage lang in diesem neuen Licht zu betrachten, bevor sie sich entschließen würde, entweder den Firnis aufzutragen und die Arbeit zu fixieren, oder vielleicht doch noch etwas zu ändern, eine Farbe verstärken, eine andere Farbe wählen, ein paar Linien vertiefen oder abschwächen, einen Schatten hinzufügen oder verschwimmen lassen. Oder ein ganzes Bild mit neuem Türkis zu grundieren und von vorne anzufangen.

Schon gestern Mittag hatte sie jedoch gewusst, es gab nichts mehr zu verändern, nicht für sie; zu verbessern, ja sicher, aber dazu müsste sie selbst besser sein – nein, sie war sehr zufrieden mit den Bildern. Auf dem einen wirkten die Figuren heiter, wie in einem Frühlingstanz verbunden, auf dem zweiten waren die fast gleich geformten Wesen ein Trio, das auf den Betrachter zukam, bedrohlich, eine Auskunft fordernd wie Beamte einer außerirdischen Polizei. Und auf das dritte war sie besonders stolz – stolz gewesen ... Wieder die drei so ähnlichen Figuren, eine Mischung aus Elfe, Mensch und Pflanze; aber hier war die mittlere eindeutig die beherrschende, stolz, fast hochmütig drängte sie sich vor ihre Begleiterinnen, dem Betrachter entgegen, aus dem Bild heraus, auf dem Weg in ein anderes Leben, in eine diesseitige Welt, während die anderen beiden Wesen physisch verblassten, sich scheu zurückzuhalten schienen – sie waren noch nicht so weit, sie mussten noch dort bleiben, wachsen, sich entwickeln, sich beweisen.

Vielleicht entstand dieser Eindruck aber auch nur durch den langen Riss, mitten durch die Leinwand, die Schichten von Blumenerdenstaub darauf, den riesigen, hässlichen Rotweinfleck, die Scherben des Blumentopfs, die verstreut davor auf den Dielen lagen, die traurigen Reste einer Calla, die bereits vertrockneten. Drei Monate hatte sie, parallel zu den beiden *anderen, an diesem Bild gearbeitet. Drei Monate, jeden Tag drei, vier Stunden, nach ihrem zermürbendem Job auf der Dialyse-Station.*

Drei Monate. In einer halben Stunde zu Abfall gemacht, zerstört, vernichtet, aus ihrem Schaffen gerissen wie ... wie ... Aufnahmen aus einem Dokumentarfilm flackerten durch ihren Kopf: Afrika ... die Jäger eines primitiven Stammes hatten eine Löwin erlegt ... im Triumph in ihr Dorf getragen, lachend, stolz singend ... ein Krieger mit einer Kopfbedeckung aus dem gehörnten Schädel einer Antilope hatte ein riesiges Buschmesser in den Körper der Löwin geschlagen ... eine klaffende Wunde, aus der das Blut hervorstürzte, in pumpenden Stößen, das Tier lebte noch ... hatte in den offenen Leib hineingegriffen, in die Bäche von Blut, die andere Jäger mit Kalebassen aufzufangen versuchten, noch ein Hieb mit dem Messer ... und dann riss er den Arm hoch, mit einem archaischen Schrei, ein noch pulsierendes Herz in der Faust ... der ganze Stamm um ihn herum heulte auf ... König Löwenherz ...

»Verzeih mir! Bitte!«

Sie schrak zusammen, kam zurück aus Afrika, kam zu sich. Stöhnte auf – der Kopf in ihrem Schoß hatte sich erhoben, sich noch heftiger an ihren Busen geschmiegt. Ihre Rippen schmerzten. Als sie an sich herabschaute, sah sie, dass ihre linke Brust bereits in verschiedenen Braun-, Gelb- und Violett-Tönen schillerte. Und ihr Kiefer war halb taub. Das verkrustete Blut in ihren Nasenlöchern erschwerte ihr das Atmen. Und ihr Unterleib fühlte sich an, als sei sie unter ein schweres Motorrad geraten.

Klar, es ist schon immer etwas grober zugegangen zwischen uns, dachte sie. Es gab schon oft blaue Flecken. Er mag das. Es macht ihn an. Ja, mich auch. Wie oft hab ich ihn zu mehr angestachelt. An Grenzen gehen. Schreien vor Lust und

Schmerzen. Aber das hier – das ist etwas anderes. Etwas ganz anderes.

Ein Sonnenfinger erreichte das umgestürzte Bild, brachte den Rotweinflecken zum Glänzen. Getrocknetes Blut. Wie das an seinem Unterarm, aus den Schnitten, die er sich beim Einschlagen der Tür zugezogen hatte. Er war nackt, bis auf ein braunfleckiges Unterhemd. Das war einmal weiß gewesen, sie hatte es ihm mit Zwiebelschalen gefärbt. Damals. Lange her. Als die Lust noch eine fröhliche gewesen war. Als sie noch gerne mit ihm geschlafen hatte, freiwillig. Nicht wie letzte Nacht.

Ja, wir haben letzte Nacht tatsächlich noch ... Es schüttelte sie. Autsch.

Auch sein Körper wurde geschüttelt. Er schluchzte; aus Mund, Nase und Tränendrüsen tropfte es auf ihren bloßen, klebrigen Bauch.

»Das hab ich nicht gewollt ... Liebste ... Verzeih mir. Es wird nicht mehr vorkommen, Süße, ich schwör's dir! Nie mehr!« Sein weinerliches Mantra unterstreichend schlug er mit der verletzten Hand mehrmals auf den Boden.

Nein, dachte sie, nein. Das wird wirklich nie meh vorkommen. Es ist vorbei, Süßer.

Es ist vorbei.

Stumm schaute sie zu dem zerstörten Bild hinüber, zog sich zurück in eines der beiden scheuen Wesen, wandte sich ab von den Scherben, der Calla, dem Zimmer, der letzten Nacht, wurde beinahe eins mit dem Türkis – ein Schatten in einer Welt von Schatten. Aber ihre Hand streichelte sein Haar, ohne es zu spüren, ohne es zu wissen. Wie man einen Hund krault, auf dem Beifahrersitz, auf dem Weg zum Tierarzt.

Sie blickte wieder hinab, auf das zwiebelfarbene Unterhemd, die Gänsehaut auf seinem faltigen, nackten Hintern, die rot-

lichen Locken auf der Rückseite seiner Oberschenkel, ihr eigenes rotes Schamhaar. Auf seinen verletzten Arm. Am Ellbogen war von den Schlägen eine Wunde wieder aufgeplatzt. Langsam tropfte Blut auf die blauen Dielen, bildete eine kleine Pfütze, ein Rinnsal verlief sich in eine fast schwarze Dielenritze, wurde von einem Sonnenstrahl erfasst, zum Leuchten gebracht.

Schöne Farben, dachte sie. Kräftige Farben. In meinem neuen Leben werd ich es mit kräftigeren Farben versuchen ...

22. Kapitel

Wieso versuchst du eigentlich dauernd, mir das auszureden, du Blindfisch? Kannst du dir vielleicht nicht vorstellen – aber ich hab das Kathrinchen geliebt! Ich ...«

»Ich versuche dir überhaupt nix aus- oder einzureden, Büb! *Holera jasna!* Oder nein – ich versuche in deinen blöden Schädel reinzukriegen, dass du dich da in was verrennst! Erstens: Kathrinchen ist tot! Nichts macht sie wieder lebendig, auch kein Rachefeldzug! Zweitens: Wer immer daran schuld ist, ist verschwunden! Drittens: Selbst wenn du Charles Bronson oder Mike Hammer wärest, für die du dich anscheinend gleichzeitig hältst – dies ist kein Film! Hier ist nicht Hollywood!«

»Flippert jemand mit?«, fragte der lange Dieter feinfühlig, seine Ouzo-Fahne zwischen uns hin und her schwenkend.

»Nein!!«, fuhren wir ihn zweistimmig an.

»He! Is ja gut!«, zog er sich erschrocken und beschwichtigend zurück. Ich streckte zwei Finger in Zwölfis Richtung. Aber sie schnaubte nur abschätzig und stellte uns die Biere hin, die sie bereits gezapft hatte, aufmerksame Thekenfrau, die sie war.

Aber mir war nicht mal nach einem Lächeln für sie.

Karol krallte sich in meinen Unterarm: »Viertens: Was glaubst du eigentlich, was du da treibst? Was machst du da mit deinem Scheiß-Leben? Du bist kein Krieger, kein Kämpfer, kein Killer! Du bist Musiker, Büb! Du hast ein Talent! Das wollte ich dir eigentlich schon lange mal sagen, du ...«

»Wat kommt denn jetz', Meister, willst du ...«

Aber die Hand krallte sich noch heftiger in meinen Arm. »Lass mich ausreden, Ivanhoe! Ich, ich bin nächsten Sommer fünfzig. Fünfzig! Ich hab's fast hinter mir – meine Bilder taugen nichts, wahrscheinlich rede ich mir seit dreißig Jahren bloß ein, Künstler zu sein, vorgestern hat, wie du weißt, meine Gudrun mich verlassen, endgültig, nach bald zwanzig Jahren ...«

»Quatsch: zwanzig Jahre – davon hat sie dich doch, wenn's hochkommt, zusammengerechnet höchstens drei Jahre gesehen! Die hat doch nie was von dir gehabt! Das kannst du doch keine Beziehung nennen! Du ...«

Ungeduldig riss er meinen Arm hoch und knallte ihn zwei-, dreimal auf die Theke. Sein Gesicht war dunkelrot und seine Locken hüpften wütend über eine blau geäderte Stirn, auf der sich Schweißperlen bildeten.

»Wir reden hier nicht über *meine Beziehung!* Wir reden über *dein Leben!* Über deine Vergeudung deines Lebens! Zwölfi! Mach uns noch zwei Schnäpse!«

Noch ein paar von diesen Gedecken und ich würde langsam den Überblick verlieren. Jetzt schon waren die Geräusche, das Stimmengewirr, die Platten aus der Musikbox zu einem mulmenden Klangbrei geworden, der gleichzeitig weit weg schien und doch mitten in meinem Schädel summte, in träger, windstiller Brandung von innen an meine Augäpfel wogte, wieder zurückschwappte in meine Eingeweide, wo er die Jungs im Bergwerk meiner Leber durcheinanderpurzeln ließ. Eine neue Zigarette anzünden, gegensteuern, die Jungs mit der Arbeit in Lunge und Bronchien ablenken, bis sie das schnallen und ärgerlich nach mehr Stoff schreien, gegen die Leere im Hirn, die das Nikotin verursacht.

An' it's down, down, down – Into a ring of fire, grollte Eric Burdon aus der Box gegen die Knackser in einer Single an, die hier drin schon schätzungsweise elftausendmal gelaufen war, abgespielt von einer Nadel, die elf Millionen mal ihre holprige, anstrengende Runde gedreht hatte und nur noch stotternd, blind tastend die Rillen fand, wie ein Maultier, das scheuklappenbehängt seine Furchen um einen Mühlstein zieht und nicht mal merkt, dass die Mohrrübe vor seinen Nüstern längst vertrocknet ist. Ein Teil meiner in Alkohol schwappenden Vorstellungskraft war an die Nadel gekettet wie eine Galionsfigur, ein Sträfling auf dem Weg zum Kielholen, ich wurde unaufhaltsam vorwärtsgeschoben, durch die schwarzen Wellentäler der Vinylrillen, während die Gischt der Musik mir ins Gesicht klatschte, wieder und wieder; und das Meer vor uns schien unendlich, der Horizont fast unerreichbar, bis auf diesen blau-goldenen Fleck da hinten, die Insel des MGM-Labels, auf der die schwarzen Buchstaben tanzten wie Affenherden oder exotische Vogelschwärme – aber das war noch weit, weit hin, und bis dahin schwappte mir in regelmäßigen Abständen die trübe Brühe entgegen.

An' it burns, burns, burns ... bumms, bumms ...

Bumms, machte mein Schädel, als Karol mich im Nacken packte und unsere Köpfe aneinander stieß.

»Nein, du wirst mir jetzt *nicht* davonsegeln, Büb! Du wirst mir zuhören! Kannst mir nämlich auch nicht weismachen, dass du nach den paar Runden schon einen Abgang machst! Ich bin noch nicht fertig!«

»Aber ich«, brummte ich. »Zwölfi, mach mir 'n Kaffee!« Mit offenem Mund starrte sie mich an.

»Du willst *was?!*«

»Nüchtern werden. Kaffee. Ich werd jetzt verdammt noch mal nich einen Tropfen Alk trinken, bis ich weiß, wer Kathrinchen auf'm Gewissen hat!«

Karol kippte sich sein Bier auf Ex in den Hals, knallte das leere Glas auf den Tresen und ließ sich von seinem Hocker rutschen. »Büb«, flüsterte er, als er schwankend vor mir stand und umständlich versuchte, seine dicke braune Cordjacke zuzuknöpfen. »Du bist ein Arschloch!« Drehte sich um und segelte durch die Tür, wobei er fast den dicken roten Vorhang mitgerissen hätte.

Ich wandte mich wieder Zwölfi zu. »Dabei versucht er mich doch seit Jahren zu überzeugen, dass Kaffee ein geiles Getränk und gut fürs Gehirn sei!«

»Dafür muss man erst mal eins haben«, entgegnete sie trocken und knallte mir eine Tasse auf meinen Deckel, dass die dampfende braune Brühe darin überschwappte.

»Muss ich das auf mich beziehen?«

Sie beugte sich über die Theke und starrte mich wütend an, keine Handbreit von meiner Nase entfernt. »Wie viel Kaffee, glaubst du, wirst du brauchen, bis du schnallst, dass du lange nicht der Einzige bist, der das Kathrinchen geliebt hat, du Ego-Wichser?«

»Ach, das weiß ich d...«, wollte ich beschwichtigen, aber dann sah ich zu meiner Überraschung die Tränen, die ihr in die Augen traten. »Oh«, machte ich nur noch.

»Ja – *oh!*«, schluchzte sie und verschwand in dem Durchbruch zur Küche. Ich blieb sitzen und glotzte stumm in meinen Kaffee. Schon von dem Geruch wurde mir übel. Aber ich hatte gerade ein Gelübde abgelegt.

Das Volk an der Theke, die komplette Kneipe, das ganze Leben um mich herum zog sich murmelnd zurück, ließ mich alleine unter einer dumpfen, dunkelroten, übel riechenden Glocke. Als hätte ich mir eine Perücke aus Schweineinnereien über den Kopf gezogen, unter der ich jetzt ratlos dasaß, ratlos und traurig in meinem Mief, einsamer als Hemingways alter Mann in seinem Boot; und Kathrinchen kam aus einem

Gebüsch am Decksteiner Weiher, sie trug nichts als einen gelben Bikini, so knapp, als hätte sie ihn aus einem Überraschungsei, und ihre rote Lackhandtasche, und als ich ihre großen schwarzen Pupillen sah, wusste ich, dass sie nicht nur pinkeln gewesen war.

Ich versuchte, mir den kalten, harten Klumpen in meinem Magen nicht anmerken zu lassen. Hätte ja auch nichts genützt. Wenn jemand an der Nadel hängt, bist du machtlos. Kathrinchen hatte mal einen Anlauf gemacht, es mir zu erklären.

»All das Glück, die Zufriedenheit, die du nach einem netten Bierabend hast, Büb. Plus das Wohlgefühl, dass du trotzdem weder schwanken musst noch Mühe hast, dich an die vorletzte Runde zu erinnern. Noch musst du dauernd pissen oder schon das Brummen in deinem Schädel verdrängen, das deinen Kater ankündigt. Und dein Schädel ist auch nicht schwer, sondern so leicht, als hättest du gerade einen Frühlingsspaziergang durch die Flora gemacht. Plus das angenehme Gefühl, du hättest gerade einen schönen Orgasmus gehabt. Und du kannst jederzeit noch einen kriegen.«

»Eine Frauendroge also.«

Sie kicherte – wir hatten uns schon des Öfteren darüber amüsiert (na ja, sie vielleicht ein bisschen mehr als ich), dass ich eine ziemliche Weile brauchte, bis ich für den zweiten bereit war.

»Du fühlst dich also rundum wohl, fühlst dich, als seist du mehr als nüchtern – klar im Kopf, klar bei Verstand, körperlich zu allem fähig ... Und bist es auch! Und trotzdem ist deine Seele gepanzert, auf Daunen gebettet – die ganze Welt kann dich mal kreuzweise, und du nimmst es mit allem und jedem auf, als seist du besoffen.«

»Ich frage mich die ganze Zeit, wieso ich das alles nicht mit den Bildern zusammenkriege, die ich in meinem Kopf hab –

Bildern von zahnlosen, ausgemergelten und abgerissenen Gestalten, die mich am Rudolfplatz um Kleingeld anschnorren und sich gegenseitig das letzte Hemd vom Arsch ziehen würden, die sogar auf den Strich gehen, um an den nächsten Schuss zu kommen.«

»Ach, Büb, das hat doch nix mit der Droge selbst zu tun, der reinen Droge wohlgemerkt. Das ist doch das ganze Drumherum, die Kriminalisierung, die Preise, das ganze Elend ... Reines Heroin ist wie ... wie ... Manna! Nektar und Ambrosia! Vergiss es! Reines Heroin ist Gottes eigene Droge.«

»Du würdest nie so werden, was? Wie Witta zum Beispiel.«

»Sollte ich jemals so draufkommen wie die, mein Lieber, sag' ich dir Bescheid. Dann machen wir uns noch einen schönen Abend, und danach schick' ich dich nach Hause und setz' mir den Goldenen Schuss. Basta und tschüss.«

»Darauf möcht' ich nich warten.«

»Dazu wird's nicht kommen.«

»Aber du verdrückst dich jetzt doch öfter für dein berühmtes Viertelstündchen als vor ein paar Jahren noch? Du bist doch süchtig?«

»Ach ja? Deine wievielte Kippe ist das heute?« Was sollte ich dagegen sagen? »Wann warst du das letzte Mal nüchtern?«

»Ich glaub' nicht, dass das dasselbe ist. Kann ich nicht glauben.«

»Dann lass es. Und lass mich, Junge. Ich hab alles im Griff.«

Slim Slow Slider, klagte Van Morrison, *Everytime I see you – I just don't know what to do ...* Geht mir auch so, Mann. Du guckst zu, wie jemand, den du liebst, bis zum Hintern in einem Grab steht und unverdrossen weiterschaufelt. *You know that people die – Before their bodies do,* antwortete uns Tom Rapp.

Aber sie lachte, damals, an diesem schönen, sonnigen Tag am Decksteiner Weiher. Sorglos wie eine Dreizehnjährige in der ersten Woche der Sommerferien.

»Mach nich so'n Gesicht, Büb!«

Ich lag auf dem Bauch auf ihrem riesigen weißen Badetuch mit den tausend roten Stones-Zungen, und sie setzte sich auf meinen Hintern, schmiegte ihren kühlen Busen an meinen heißen Rücken – sie war fast eine halbe Stunde im Schatten der Büsche gewesen – und biss mir in den Nacken.

»I do not want to escape from reality«, sang sie, gurrend, dicht an meinem Ohr, *»I want reality to escape from me.«*

... the answers all belong ...

»Du bist ja wohl nicht mehr ganz dicht«, schnaubte sie und zündete ihre Zigarette an. Und dachte nicht im Geringsten daran, das Laken hochzuziehen. Ihr Körper war übersät mit roten Druckstellen und Striemen, auf ihrer rechten Brust zeichnete sich deutlich der Abdruck eines kräftigen Gebisses ab. »Guck mich nich so an!«, maulte sie aber dann doch. »Ich bin nich alleine hier!« Als sie sein Grinsen sah, wich der Ausdruck von Verachtung für einen Moment aus ihrem Gesicht. Dann griff sie doch nach dem Laken; bemüht lässig bedeckte sie sich damit. Lindgrüner Satin. Weich, seidig glänzend, verführerisch raschelnd.

»Nein«, sagte er, »du bist nicht alleine hier.« Er kicherte. »Ich bin bei dir.« Den Blödmann loszuwerden war einfach gewesen, so einfach.

Sie nahm ein Glas mit einer hellbraunen Flüssigkeit vom Nachttisch und trank.

Scotch, registrierte seine Nase automatisch. Er nickte zu dem zweiten Glas hin. Noch halb voll. Unter dem Satin zuckte ihre Schulter. Er ging hin und nahm es sich. Sie rutschte ein Stückchen zur anderen Bettseite, zog das Laken enger um sich. Da, wo sich die Form ihres Oberschenkels durchdrückte, lang und rund, entstand ein Fleck. Feucht. Er beugte sich zu ihr herunter und strich sanft mit dem Daumen darüber.

Mit einem leisen Keuchen stieß sie Rauch aus. Zog die Beine an. »Was soll das, Alter? Unsere Zeit ist abgelaufen. Hab ich dir schon mehr als einmal gesagt.«

Er schnüffelte an seinem Daumen und lächelte wieder. Dann registrierte er zum ersten Mal, welche Platte im Nebenzimmer lief, und lachte kurz und heiser auf. »Watch out, where the huskies go, and don't you eat that yellow snow«, *sang er den*

Refrain mit. Und steckte sich den Daumen in den Mund. »Dabei schmeckt das gar nicht so schlecht«, grinste er. »Hab ich dir mal erzählt, dass ich der Einzige in meinem Pfadfinder-Fähnlein war, der sich nicht davor geekelt hat?«

»Dz!«, machte sie.

»Ja, ich weiß, meine Liebe, für dich ist das nichts Besonderes. Du hast mit Sicherheit schon mehr davon geschluckt als ich. Obwohl ... Wir waren zwölf. Zwölf Jungs, denen es damals so ziemlich jeden Tag ein Bedürfnis war. Und ich war zwei Jahre lang dabei ...«

»Ich hoffe, sie haben dir da auch noch was anders beigebracht als Wichsen und Blasen.«

»Klar. Seemannsknoten. Feuermachen. Judogriffe. Wanderlieder. Man lernt einiges bei den Pfadfindern.«

»Klar, Alter. Und jeden Tag 'ne gute Tat, wie?«

»Ja. Jeden Tag 'ne gute Tat. Deswegen bin ich hier, meine Liebe. Heute. Obwohl – eine hab ich dir ja schon gegönnt.« Wider Willen fragte ihr Blick nach. »Na, hab dir den dämlichen Stecher vom Hals geschafft.« Langsam schien ihr zu dämmern, dass es ernster war.

»Du hast die verkackte Alarmanlage in Gang ...«

Wieder das heisere Lachen. Er ließ sich auf der Bettkante nieder und nahm sich eine ihrer Zigaretten. »Du bist doch sonst so ein kluges Mädchen? Was lachst du dir denn einen Porsche-Fahrer an? Die lassen für ihre Scheiß-Karre alles stehen und liegen.«

»Was hast – wo ist ...«

Ah, sie wird nervös. Beruhigend legte er ihr eine Hand auf den Oberschenkel, streichelte dessen Innenseite. »Eine Schande«, murmelte er. »So was hier einfach so liegen zu lassen ...«

Sie entzog ihm das Bein und rutschte zum Kopfende hin, setzte sich an der Wand auf. Über ihr hing ein Riesen-Poster – Jimi Hendrix zwischen einem ganzen Rudel nackter Mädels.

»Electric Ladyland«, sagte er. »Weißt du, du hast mich auch schon immer elektrisiert. Immer schon. Und das hat dir auch mal gefallen. Sogar als ich schon lange mit ihr zusammen war, hast du's dir gefallen lassen.«

Sie zuckte zusammen – ihre Zigarette war heruntergebrannt. Mit einem Funkensprühen landete sie auf dem Laken.

Schnell hob er sie auf. »Na na na!«, tadelte er. »Die schöne Bettwäsche!« Sinnend betrachtete er das rauchende Ende. Sein Lächeln wurde noch breiter.

»Mach, dass du rauskommst! Ich lass mir gar nichts mehr gefallen – von dir schon gar nicht!« Ihre Augen straften ihren forschen Ton Lügen.

Ah, sie hat ja wirklich Angst! Und wie...! Hätte gar nicht gedacht, dass sie so schnell aufgibt.

Tat sie auch nicht. Sondern hob ein Knie bis ans Kinn und trat ihn gegen den Hals, dass es ihn vom Bett warf. Hätte ihm ernsthaft wehtun können, wenn sich ihr Fuß nicht halb im Laken verheddert hätte. Lachend drehte er sich auf die Knie und schlug ihr mit der Faust in den Magen, als würde er auf einen Tisch hämmern. Sie hustete, knallte ihm einen Ellbogen gegen die Brust und wälzte sich zur anderen Bettseite. Kam hoch mit einer Whiskyflasche in der Hand. Er sprang auf, packte ihren Fußknöchel und riss sie daran quer über das Bett und in die Höhe. Der Whisky spritzte ihr ins Gesicht, in die Augen. Sie schrie auf und ließ die Flasche fallen. Trat aber noch einmal nach ihm. Wieder, ohne ihn richtig zu treffen. Er ruckte noch einmal an ihr und klemmte ihre beiden Beine zwischen die seinen.

»Scheiß-Typ!«, fauchte sie, dann lag sie still.

»Komm, Schätzchen«, keuchte er, »wehr dich ruhig noch ein bisschen!«

»Du kannst mich mal!«

»Werde ich, du Sau, werde ich ... Alles der Reihe nach ...« Er angelte seine eigene Zigarette vom Teppich und zog ein paar Mal daran. »Komm«, sagte er, »komm, spiel mit – wir werden heut' Nacht noch eine Menge Spaß haben ...«

»Verpiss dich!«, zischte sie und spuckte ihm auf den Mund. Er leckte sich gackernd ihren Speichel ab, ließ sich auf sie fallen, ein Knie auf ihren knackenden Rippen, und drückte ihr die brennende Zigarette in die Achselhöhle.

23. Kapitel

Sie trug ein knappes rotes Kleid, das ihre Magerkeit betonte, und ein fett glänzendes Make-up, das ihre Akne mehr hervorhob als verbarg. Wenn sie lächelte, würde ihr Gesicht wahrscheinlich zerspringen wie eine Eierschale. Falls sie mal lächelte – derzeit hatte sie wenig Grund dazu. Und sie trug genug Parfüm, um einen Rottweiler zu stoppen. Wahrscheinlich kaufte sie das Zeug in Plastikkanistern.

»Es ist doch so: Wenn jeder sich nur um das Glück eines einzigen anderen kümmern würde, wäre die ganze Welt glücklich, oder?«

»Klar, Witta. Aber ich kann dir nicht helfen. Wie soll ich das anstellen?«

Wieder begann sie zu weinen. Das Make-up war so fett, dass ihre Tränen daran abperlten, ohne Spuren zu hinterlassen. Vielleicht sollte ich mein Herz mal damit einschmieren – an mir perlte mal wieder nichts ab. Ich bin auch kein Rottweiler, also legte ich ihr einen Arm um die Schulter und drückte sie ein bisschen. »Du weißt, was angesagt ist, Witta – *du* musst die Kurve kriegen, du allein.«

Unwillig schüttelte sie meinen Arm ab. »Meinst du, das wüsst' ich nich? Aber meinst du, das würde einem leicht gemacht? Ich hab mich doch schon angemeldet! Ich hab einen Platz bei Release! Ich werd den Scheiß-Entzug machen!«

»Na, bestens«, versuchte ich sie aufzubauen.

»Bestens?«, schrie sie mich an und packte mich am Hemd. Die roten Ärmel rutschten hoch und enthüllten blasse, magere Unterarme, so voller blauer, violetter und fast schwarzer Einstichnarben, dass mir übel wurde. Ich wusste, dass ihre Füße nicht viel besser aussahen. Mittlerweile jagte sie sich ihre Dosis in die Leistenbeuge. Oder unter die Zunge. Einmal mehr war ich froh, das Zeug nie angerührt zu haben. Selbst den miesesten Saufkater meines Lebens würde ich lieber noch mal, noch zehnmal ertragen, als so leben zu müssen.

»Bestens?! Weißt du, wann ich den Scheißplatz antreten kann? Im Juni! In einem halben Jahr!«

»Scheiße.«

»Ja, Scheiße! Und bis dahin soll der Lütte im Heim bleiben! Ein halbes Jahr! Und dann die acht, neun Monate, wo ich weg bin! Was soll bloß aus dem armen Wurm werden?«

Ich fragte sie nicht, was aus dem armen Wurm werden sollte, wenn er weiter bei ihr lebte. Ihre Augen, jetzt verweint und rot zwar, glänzten, dass klar war, dass ihr letzter Schuss keine zwei Stunden alt war. Wahrscheinlich hatte sie sich ihn sogar in meinem Treppenhaus gesetzt, bevor sie bei mir geklingelt hatte. Ihr Kopf sank an meine Brust. »Ich weiß nicht, ob ich das schaffe, Büb. Vielleicht sollte ich mir einen Goldenen besorgen ...«

»Und dein Sohn?«

Sie ruckte hoch und knallte mir ihren Hinterkopf ans Kinn, dass ich mir fast auf die Zunge gebissen hätte. »Mein Sohn hat eine Scheiß-Mutter!« Sie steckte sich eine Zigarette an, pfefferte das Feuerzeug auf den Tisch und zerdepperte mir ein Glas. Na ja, ich aß viel Senf, da würde es bald ein neues geben. Trotzdem.

»Lass mir meine Bude heil, Witta, die kann nix dafür.«

»Eine Scheiß-Mutter«, wiederholte sie, als hätte sie mich gar nicht gehört. Zog an ihrer Zigarette, dass die Funken sprühten. »Ich hätt' auf Kathrinchen hören sollen.«

»Was hat die denn damit zu tun?« Sie sah mich an, als käme ich gerade aus einem Busch, mit einem Lendenschurz um die Hüften und einem Blasrohr in der Hand.

»Hast du nix zu trinken im Haus, Büb?«

»Nie.«

»Was?«

»Nie. Getrunken wird in Kneipen. Dazu sind die da.«

Erschüttert starrte sie mich an.

»Sprudel. Caro-Kaffee. Milch. Kräutertee«, zählte ich auf. »Nein – Milch is sauer.«

»Ach du Scheiße.« Sie rückte von mir ab, als sei ich ein Mann in der Unterwäsche der Müllers Aap, nach vierzehn Sparringsrunden.

»Tut mir Leid.«

»So'n Tee«, ließ sie sich herab.

Ich setzte Wasser auf. Und dann erzählte sie mir die Geschichte.

Zu viert hatten sie in einer Wohngemeinschaft im Belgischen Viertel gewohnt. Witta, Kathrinchen, Eva Bauer und Zwölfi. Die war aber nach einem halben Jahr wieder ausgezogen, weil sie es nicht ertragen konnte, dass ihre Geliebte Kathrinchen nicht nur mit Eva ins Bett ging, sondern auch immer wieder Männer anschleppte. Die sie oft genug mit Eva teilte. Oder mit Witta. Genauso wie sie sich den Stoff teilten, der anscheinend immer reichlich vorhanden war, und die Spritzen. Immerhin kochten sie die zwischendurch auch mal aus.

Und dann hatte Eva sich verliebt, in einen der Jungs, die Kathrinchen sich geangelt hatte. Roberto, halb Italiener, halb Autoknacker. Ein Apollo, wie Witta jetzt noch schwärmte. Er hatte sich ein paar Mal quer durch die ganze WG gevögelt und war dann bei Eva hängen geblieben. Und hatte sie geschwängert. Darüber kein bisschen glücklich, hatte er sie erst mordsmäßig verprügelt und zusammengetreten und dann seine Koffer gepackt und war ausgezogen.

»Eine Fixerin«, hatte Kathrinchen gesagt. »Ein Balg von einem Kiffer. Und dann noch ein paar Tritte in den Bauch. Was soll da rauskommen, Eva? Kann doch nur ein Krüppel werden, ein Mongo, ein Sabbermaul!«

Aber Eva wollte das Kind. Wollte eine Entziehungskur machen, ein neues Leben anfangen, für das Kind sorgen. Vielleicht Robert zurückbekommen.

»Ich fütter' den Balg von diesem Arschloch nicht mit durch, das sag' ich dir!« Und so weiter, wochenlang. Bis Eva klein beigegeben hatte. Sie kannten jemanden, der jemanden kannte. Eine mürrische Frau kam zu ihnen, kassierte dreihundert Mark und trieb das Kind ab. Kathrinchen hielt der Beinahe-Mutter dabei das Händchen, bis sie einschlief.

»Mitten in der Nacht wird die Eva wach, vor Schmerzen. Und merkt, dass sie in einer Blutlache liegt. Kriegt Panik, schleppt sich zu Kathrinchen ins Zimmer.«

Ich drehte Witta noch eine. Ihre Packung war schon eine Weile leer. Ich schenkte uns noch eine Tasse aus der zweiten Kanne Tee ein. Draußen fiel Schnee, in dicken Flocken und in Zeitlupe. Richtig gemütlich, hier beim Büb zu Hause.

»Auf Kathrinchens Bett liegt Roberto, splitternackt, und Kathrinchen sitzt auf ihm und vögelt ihn. Und Roberto hat die Nadel noch im Arm. Sein erster Schuss. Das Luder hat ihn angefixt.«

Da kennst du eine Frau sieben Jahre lang, liebst sie sechs Jahre, glaubst sie zu kennen, glaubst, dass ihr fast alles voneinander wisst, wie Liebende eben – und dann musst du feststellen, dass du keinen Schimmer hattest. »Und weiter?«

»Eva ist ausgeflippt. Hast du mal die Narbe gesehen, unter Kathrinchens Schulterblatt?«

Hatte ich. Gesehen. Gestreichelt. Oft genug geküsst. Von ihr nie erfahren, woher die stammte. »'ne alte Geschichte«, hatte sie abgewiegelt. »'ne blöde Geschichte. Willst du gar nicht wissen.« Jetzt wusste ich's.

»Von Eva?«

»Von Eva. Is in die Küche und mit dem Brotmesser auf die beiden los. Hat Roberto zwei Finger abgesäbelt und Kathrinchen in den Rücken gestochen. Hätte sie umgebracht, wenn ...« Sie zögerte, biss sich auf die Lippen und fing wieder an zu weinen.

Ich nahm ihre Hand und hielt sie fest.

»Ich hab ihr 'ne Flasche über den Schädel gezogen.« Sie zitterte am ganzen Leib. Aber irgendwann muss ja alles mal raus. »Hab fast 'ne Stunde gedacht, ich hätt' sie totgeschlagen. Aber sie hatte nur 'ne Gehirnerschütterung. Kathrinchen ist noch in der gleichen Nacht ausgezogen. Roberto ist zur Uni-Klinik.« Sie kicherte, während ihr noch die Tränen über die Wangen liefen. »Mit seinen Fingern in einer Plastiktüte vom Kaufhof. *Italienische Woche* stand drauf, mit der rot-gelb-grünen Flagge.«

Das Leben.

»Sie haben sie ihm tatsächlich wieder angenäht. Dann isser nach Nepal. Wollte nach Nepal – in Afghanistan haben sie ihn beim Klauen erwischt. Un' haben ihm die gleiche Hand abgehackt. Und an der Grenze von Pakistan hat ihn dann ein Zöllner erschossen.«

Ich sag' ja: Das Leben. Denk dir so was aus, und sie halten dich für einen Spinner.

24. Kapitel

Mein Großvater war Russe«, sagte Tula. »Der hatte eine ganze Gehirnhälfte voll mit Bauernsprüchen. So was wie: ›Lauf vor nichts weg. Aber tu auch nichts.‹«

»Ich fürchte, mit Sprüchen komme ich nicht weiter«, sagte ich.

»Auf einmal?«, schnaubte Vera.

Sie war anscheinend heute nicht so gut auf mich zu sprechen. Wie immer, wenn ich Sachen machte, die sie für das Gehabe von dummen Jungs hielt. Macho-Posen. Cowboyspielchen. »Mir scheint, du bist heut' nich so gut auf mich zu sprechen, wie?«

Sie sagte nichts. Ihr Blick sagte alles. Ich wusste es, immerhin kennen wir uns seit dem Beat-Festival im Sälchen vom Rommerskirchener Hof, und das ist schon so lange her, dass ich nicht mal mehr weiß, mit welchen drei Songs wir damals den Ersten Preis gewonnen hatten – einen Abend auf der Kegelbahn. Dass wir da gar nicht drauf durften, weil wir noch keine sechzehn waren, erfuhren wir leider erst, als unsere Fans auf ihren Mopeds schon weg waren. »Na, auf jeden Fall war einer von den Stones dabei«, sagte ich. »Und einer von den Pretty Things wahrscheinlich.«

»Was redet der da?«, erkundigte sich Iris.

Ich erklärte es ihr.

»Gott, bist du sentimental!«, schrie Vera. »Mit zweiunddreißig schon ein sentimentaler alter Sack! Na, kein Wunder – jemand, der schon wehmütige Gefühle kriegt, wenn er den letzten Rest aus der Zahnpastatube quetscht, mit der er die letzten sieben Monate verbracht hat ...«

Ich ließ das mal so stehen, unkommentiert, aber sie konnte sehen, dass ich mit den Zähnen knirschte. Das hast du dann davon – bist gerade fünfzehn, verknallt wie ein Vierzehnjähriger und der unschuldigen, ahnungslosen Überzeugung, dass Liebende keine Geheimnisse voreinander haben sollten, und dass sie sich alles, aber auch alles erzählen müssten, gegenseitig natürlich, das gehört dazu. Und jahrelang bewahrst du ihre Geheimnisse, als seien es deine eigenen, jahrelang fühlst du die deinen bei ihr gut aufgehoben – bis du eines Tages mal ohne dein Kettenhemd dastehst und ihr innerer Hagen hämisch auf die verwundbare Stelle in deinem Rücken zeigt. Und zack! Treffer. Versenkt.

Ich hab dich mal geliebt? He, ich lieb dich immer noch! Und deswegen muss ich dir doch die Wahrheit sagen...!

Und deswegen musst du die verdammte Wahrheit auch vertragen können, auch fünfzehn Jahre später, auch im unpassendsten Moment, auch vor Publikum. *The price of love,* schluchzen die Everly Brothers.

Da brauchst du ein halbes Leben, bis du das Gefühl hast, in neuen Beziehungen eine Balance gefunden zu haben zwischen Vertrauen als Beweis von Vertrautheit und einem Rest von schützender Distanz, einem Sicherheitsstreifen zwischen dem weichen roten Leder des Waffenstillstandsvertrages und den heimtückischen Landminen des Kann-ich-zu-gegebener-Zeit-gegen-dich-verwenden. Und dann gehst du arglos über diese sonnige Wiese, und plötzlich musst du feststellen, dass du dich allenfalls noch für die Paralympics bewerben kannst.

Aber umgekehrt ist's auch ein Dilemma – wenn du zu viel weißt über andere Menschen, haben sie eine Macht über dich; dann gibt es in ihrem Kopf und ihren Gefühlen einen Anspruch auf dich; ob du willst oder nicht, verlangen sie von dir, all die merkwürdigen, undurchsichtigen, egoistischen Gründe für ihr Denken, Fühlen und Tun zu verstehen – und das manövriert dich natürlich in eine schwächere Position. Weswegen denn auch heutzutage »Frauenversteher« als Schimpfwort gilt.

Ich drehte mir noch eine und versuchte zu sehen, wie Tula und Iris reagierten, ohne sie anzugucken, aber meine feinen Antennen für Schwingungen und Stimmungen waren blockiert von dem Gejammer in meinem Schädel.

Sie will mich vor ihren Lieben klein machen, stellt mich als weich und sich als härter dar; *ich* werd hier nicht mehr geliebt! Hast ausgedient, Büb – der Mohr kann gehen!

»Jetzt hast du ihn aber getroffen, Schätzchen«, sagte Tula, und es klang tatsächlich ein wenig vorwurfsvoll.

»Und zwar reichlich unnötig«, fügte Iris zu meiner Überraschung hinzu.

Vera schnaubte. »Getroffen? Seine Betroffenheit ist doch das pure Selbstmitleid!«

Tja – wieder ein Treffer.

»Ich will doch bloß, dass Charles Bronson mal wieder von seinem hohen Ross runterkommt. Er ...«

»Würd'st du auch so denken, wenn es nicht Kathrinchen, sondern Anna erwischt hätte? Oder mich? Oder ...«

»*Ich* hab Kathrinchen auch mal geliebt! Vergessen?!« Rote Flecken der Empörung erschienen auf Veras Hals und Wangen. Zornig goss sie sich ein weiteres Glas Wein ein und verschüttete die Hälfte.

Tula nahm ihr die Flasche aus der Hand, stand auf, holte einen Lappen und wischte den Tisch trocken. »Und bist jetzt so wütend, weil *du* nichts mehr für sie tun kannst, gar nix machen kannst gegen die Arschlöcher, die dafür verantwortlich sind, oder? Aber unser kleiner dicker Ritter hier, der kann.« Küsste mich so liebevoll auf meine höher werdende Stirn, dass ich den Kloß in meinem Hals wachsen spürte.

»Vielleicht. Und ob er dafür in sein Charles-Bronson- oder ein Supermann-Kostüm oder sonstwas klettern muss – mir egal – *ich* werd ihm dabei helfen, so gut ich kann. Und bin eigentlich der Meinung, das sollten wir alle – ob wir Kathrinchen geliebt haben oder ob wir dachten, sie sei eine blöde Zicke und selbst schuld, dass sie von allem immer mehr wollte, als gut für sie war!« Und rauschte hinaus.

Vera nuckelte finster brütend an ihrem Wein und versuchte Iris' besänftigendes Streicheln zu ignorieren. Meinen Blick, der ihr signalisieren sollte, dass ich doch längst wieder runter sei von meinem Ross, sowieso.

»Lass mich mal ziehen«, bat Iris und ging zu einer beidhändigen Schultermassage über. Vera stellte ihr Glas ab und ließ den Kopf hängen, dass ein blonder Vorhang ihr Gesicht und ihre Gefühle verbarg. Ich lehnte mich über den Tisch und wollte Iris meine Kippe zwischen die Lippen stecken. Aber vorher nahm sie meine Hand und küsste kurz und sanft meine Handfläche. Schenkte mir eine Gänsehaut.

Ich werd nie kapieren, wie Frauen ticken ...

»Tula hat Recht«, sagte sie, mehr zu Vera hin als zu mir. »Und sogar ich bin auf seiner Seite. Diesmal.«

Heftig warf Vera den Kopf zurück und wischte sich eine Tränenspur von der Wange. »Bin ich doch auch, ihr Holzköppe! Aber noch was anderes glaube ich: Dass alle in seinem Alter erwachsen sind, während er nur so tut, als ob!«

Das, immerhin, würde ich nur schwer abstreiten können. Schien mir im Gegenteil eine verdammt gute Beurteilung meines Geisteszustandes zu sein.

»Ich will nur ...«

»Auch auf seiner Seite? Das trifft sich doch gut«, trat Tula wieder in die Küche. »Schließlich ist das unser gemeinsames Sparbuch«, warf sie ein blaues Büchlein auf den Tisch. »Ich bin dafür, dass er sich nimmt, was er braucht. Soll er sich eine Knarre besorgen oder ein paar kräftige Helfer, soll er Twiggy aus Irland einfliegen oder sonstwas. Kauf dir ein Ticket, Büb, schnapp dir die Arschlöcher und lass sie bezahlen für was sie getan haben!« Nahm ihr Glas, kippte es in einem Zug hinunter, setzte sich auf ihren Platz und warf mit einer schneidigen Bewegung ihre schwarze Mähne in den kräftigen Nacken.

Ich war platt.

25. Kapitel

Small Faces natürlich«, sagte ich zu meinem Spiegelbild in der Straßenbahn. Die Mutti mit dem Kopftuch mir gegenüber zuckte zusammen und zog die abgewetzte Einkaufstasche auf ihrem Schoß näher an ihren Busen. »Die dritte Nummer kann doch nur eine Faces-Nummer gewesen sein«, versuchte ich sie zu beruhigen. »*Sorry, She's Mine* wahrscheinlich. Oder Yardbirds? *Evil Hearted You?*«

Das schien nicht wirklich das zu sein, was ihr Kopfzerbrechen bereitete. Sie packte ihre Tasche und zog drei Sitze weiter.

Ich beguckte mich wieder im Fenster. Sah doch ganz normal aus. Ihre Landsmänner haben doch auch oft Schnurrbärte und lange Koteletten? Zum Glück musste ich ihr nicht noch mehr Angst einjagen – sie stieg schon am Barbarossaplatz aus, wobei sie sich mehrmals umschaute, ob ich auch ja in der Bahn sitzen blieb. Klar doch, Mutti – ich fahr' doch bis zum Chlodwigplatz. Dort geh' ich nach Hause und ...

... kramte erst mal das alte Fotoalbum raus. Eines von ungefähr fünfundzwanzig – wie Vera schon sagte: Ich bin ein sentimentaler alter Sack, ich kann alles Mögliche nicht wegschmeißen. Da: *1965. Erstes Rommerskirchener Beatfestival. Eintritt Zweimarkfünfzig. Für die Endausscheidung qualifiziert haben sich The Mockingbeats, The Stonehearts, The Beat 64, A Group, Micky And The Monsters* – und wir: natürlich *The Harder Ones.* Und eine Seite weiter unser Programmzettel: *Sorry, She's Mine, The Last Time* und – is nich wahr! *We Gotta Get Out Of This Place* von den Animals. Und drunter stand noch, in Jimmys fetter Schnörkelschrift: *And when we win: Heartful Of*

Soul. Yardbirds also, lag ich doch nicht ganz daneben. Vielleicht sentimental, aber noch nicht senil. Immerhin.

Dann packte ich aus, weswegen ich eigentlich hergekommen war. Und fand in dem Umschlag vom alten Löhr doch tatsächlich dreitausend Mark in nagelneuen Hundertern.

»Wie lange liegt eigentlich mein Deckel schon bei Ferdi?«, fragte ich Sebastian Münster. Er antwortete nicht. Grübelte auf seinem Hunderter vielleicht immer noch an seiner *Cosmographia universalis* herum.

Wenn du von der Kohle auch nur ein einziges Bier bezahlst, lass ich dich vom Blitz erschlagen, sagte Kathrinchen stattdessen. Ich hab jetzt hier so meine Verbindungen...!

Ich packte das Geld wieder ein. Wühlte mich durch all meine Hosen, also durch beide, kratzte mir damit knapp zwanzig Mark zusammen und verließ meine Wohnung wieder.

Our dreams were made of something, but we used it all, sang Kathrinchen im Duett mit Thomas Rapp in meinem Kopf. *We built tomorrow up too high, now we watch it fall. – On luminescent ships – We sailed upon the flood – But I woke up this morning – And my mouth was full of blood ...*

Ich brauchte sieben Bier, bis sie damit aufhörten.

Aber das lag auch daran, dass Zwölfi mir plötzlich etwas zwischen die Finger drückte.

»Hab in dem Betrieb nich eher dran gedacht, Büb. Soll ich dir von Patte geben.«

»Wann war der denn hier?«

»Vorgestern.«

»Und – hat er noch irgendwas dazu gesagt?« Aber da musste sie schon wieder spülen und zapfen. Und ich saß da und guckte mir blöde die ziemlich zerknüllte Packung *Roth-*

Händle in meiner Hand an. *Büb!* stand drauf, mit einem schwarzen Edding geschrieben. Drin waren drei krumpelige Zigaretten. Sonst nichts.

»Ach, ist die leer?«, fragte Hanuta mich. Sie sah nicht gut aus. Ihr letzter Schuss lag offensichtlich schon ein paar Stunden zurück.

»Nein, nicht ganz«, sagte ich. »Warum? Willst du eine?« Genervt schüttelte sie den Kopf.

»Nee – ich brauch' das Silberpapier!«

»Wofür ...« Ach ja. Wenn sie irgendwo ein Klümpchen Opium ergattert, aber keinen Löffel dabei hatte, würde sie sich auf dem Klo ein Pfännchen aus Silberpapier falten und das Zeug mit dem Feuerzeug flüssig kochen, bis sie es sich auf eine Spritze aufziehen konnte. Ich rauche weder schwarzen Tabak, noch brauche ich mir irgendwas zu kochen, um gut drauf zu kommen, also gab ich ihr das Päckchen. Hektisch warf sie die Kippen auf den Boden, zerrte das Silberpapier heraus, ließ die rote Hülle fallen und wandte sich zu den Toiletten.

»Moment noch«, konnte ich sie gerade noch am Kragen packen.

»Mensch, Büb, was is denn?«

»Reg' dich nich auf – kriegst es gleich wieder.« Das Papier war nur auf einer Seite silbern – die andere Seite war stumpf und grau. Und mit dem gleichen Edding hatte jemand *Stavoeren* auf diese Seite gekritzelt, *'t Paradijsje, Bungalow 4 & 5! Pass uff!!! – P.* »Was trinkste, Hanuta?«

»Weißwein«, hechelte sie. »Aber später.« Schnappte mir das Papier aus der Hand und verschwand mit Karacho.

»Ein Bier und ein Weißwein«, wandte ich mich an Zwölfi. »Einen Stift und einen trockenen Deckel.« Sie warf mir einen giftigen Blick zu. Ich fing ihn lässig auf und ließ ihn in den

Aschenbecher fallen. »Spinn nich rum«, sagte ich. »Ich werd doch im Leben nich Hanuta anmachen.« Die Blitze verglühten. Ganz langsam. »Und zwei Kurze«, schob ich hinterher. Kriegte fast so etwas Ähnliches wie ein Lächeln geschenkt. Na ja, ein halbes, eins dieser schiefen, halben Zwölfi-Lächeln. Ich mochte die.

Ich mochte alle heute Abend. Wenn man zwischendurch mal flipperte und strategisch das eine oder andere Getränk spendierte, konnte man damals mit einem Pfündchen ganz schön weit kommen. Und ich hatte schließlich was zu feiern – die Nachricht konnte ja nur bedeuten, dass sich dort die verdammten Österreicher verbuddelt hatten. Warum auch immer. Ich hatte zwar keine Ahnung, was ich mit dieser Information anfangen sollte – aber immerhin hatte ich sie. Und die drei Mille. Was weit mehr war, als ich vor einer Woche noch gehabt hatte.

Ach nein, das Geld hatte ich ja gar nicht mehr. Damit hatte ich Witta zu Löhr geschickt. Damit und mit einem kleinen Briefchen, in dem ich ihn bat, sich Wittas Problem anzuhören und zu tun, was er konnte, um ihr zu helfen, bei all seinen Beziehungen. *Wiedergutmachung* stand nirgendwo, allenfalls zwischen den Zeilen.

Und jetzt?

Auf nach Holland.

Hättst' besser eenen mit, Büb, hörte ich Pattes Beschwörung. Aber wen?

»Hast du 'ne Idee, wo der Pole sich heute rumtreibt?«, fragte ich Zwölfi.

»Ja«, sagte sie. Guckte mir ausdruckslos in die Augen und drehte zwei Schnapsgläser herum.

»Okay«, sagte ich, »mach zwei.« Machte sie. Kippten wir.

»In der Eifel.«

»Hä? Macht der denn ...«

»Muss seine Möbel aus dem Schuppen von Gudruns Eltern abholen.«

»Au weia«, sagte ich.

»Ja«, sagte sie. »Schätze aber, irgendwann heut' Nacht wird er noch auftauchen.«

»Das heißt aber auch, dass er gerade ein Auto hat, wie?«

»Anzunehmen.«

»Dann brauch' ich noch 'nen trockenen Deckel.« Bekam ich. Und schrieb die Adresse in Holland noch einmal auf. Schob ihr den hinüber. »Gibst du ihm das dann?« Sie nickte. Und schenkte uns noch zwei ein. *One for the road* – kann nie schaden.

26. Kapitel

Hinter dem Sandstreifen lag ein breiter, halb zugewehter Steg aus grauen Holzbohlen, der sich vom Dorf bis zur Mole zog. Von diesem gingen weitere schmale Stege zu den bunten Bungalows ab, zu überdachten Veranden mit Skeletten von Hollywoodschaukeln und umgestülpten, angeketteten Korbsesseln. Dahinter schaukelte das Ijsselmeer sich selbst in einen matten Mittagsschlaf. Selbst das vereinzelte Krächzen der Möwen klang müde. Auch sie schienen zu frieren.

Ich konnte nicht ewig hier stehen bleiben und darüber meditieren, ob meine Atemwölkchen sich über dem Meer wieder zu Wasser verwandeln und zum Ansteigen der Meeresspiegel und zum Untergang Hollands beitragen würden. Also löste ich mich aus dem bleichen Schatten des Restaurants und lief geduckt auf den blauen Bungalow zu, neben dem Steg, im Sand, geräuschlos. Fast geräuschlos – mir schien, mein Herzklopfen müsste den ganzen Strand entlang zu hören sein.

Aber niemand kümmerte sich darum. Außer einem Pärchen, das am anderen Ende der Bucht versuchte, einem Bobtail das Apportieren beizubringen, war eh weit und breit niemand zu sehen. Der Wind frischte auf, und ein kalter Nieselregen setzte ein.

An dem blauen Verandageländer lehnte eine große Kinderschaufel mit rotem Blatt. *Take it where you find it,* sang Van the Man. Ich nahm sie und stellte sie aufrecht neben den Türrahmen. Holte noch einmal tief Luft, drückte die Klinke und ging einfach rein.

Der Raum beleidigte alle fünf Sinne auf einmal. Es stank, als hätte ich ein übervolles Plumpsklo betreten. Direkt mir gegenüber hockte unter einem breiten Fenster ein nacktes

Mädchen auf dem Fußboden. Knochendürr lehnte sie schniefend an einer Tapete mit putzigem Segelbootmuster, ihr Gesicht geschwollen und blutverschmiert. Auch an ihrem Unterleib klebte Blut. Exkremente auf ihren Schenkeln und dem räudigen Flokati unter ihr. Sie zitterte am ganzen Leib, nur ihre Hände blieben relativ ruhig; mit denen hielt sie einen großen Löffel über eine Kerze, die auf einer Untertasse neben ihr brannte. Daneben lag eine Einwegspritze. Armbeugen und Fußknöchel des Mädchens waren voller Einstichspuren. Ich hatte einen Geschmack im Mund, als hätte ich mich schon übergeben.

Rechts stand ein riesiger Fernseher mit Videorekorder und zeigte einen Porno. Die Kamera beobachtete durch Gitterstäbe hindurch, wie auf einer erstaunlich großen Gefängnispritsche zwei nackte Muskelmänner mit Motorradstiefeln, Spiegelsonnenbrillen und Polizeikappen einer zierlichen Negerin mit unnatürlich abstehenden prallen Brüsten den Hof machten. Mit Zungen, Fingern, Schwänzen und einem Polizeiknüppel. Leider war die Lautstärke aufgedreht; über einem albernen Soundtrack aus Hammondorgel und Rhythmusmaschine – es klang ein bisschen wie *Puppet On A String* – verdienten sich zwei Sport- oder Jura-Studenten ihr nächstes Semester als Synchronsprecher und markierten den toughen Cop.

»Mach's Maul auf, Bimbo-Fotze, es gibt Zuckerrohr!«

»Ja, gib's ihr, Captain, gib's ihr! He, Baby, beweg deinen Schokoarsch!«

Während die Schwarze in einer Tour stöhnte: »Nein, Officer, ich bin unschuldig! Nein, nicht! Oh ja! Oh ja!«

Cyrano drehte sich angewidert im Grab herum.

Und fürs Auge gab's auch was. Links von mir lag Eule quer auf einem französischen Bett. Er trug ein offenes Hawaiihemd, das mehr Stoff verbraucht hatte als die gelbe Tagesdecke voller roter und brauner Flecken unter ihm. Und weiße Socken mit Löchern über beiden großen Zehen. In der Linken hielt er eine Flasche Chivas, mit der Rechten massierte er verdrießlich seinen dreckverschmierten Födel. Ein Ding so dick wie eine Milchflasche, aber so kurz, dass es kaum zwischen seinen fetten Fingern hervorguckte. Er guckte unwillig zu mir hoch; durch die verschwitzten schwarzen Minipli-Locken versuchte er, seinen verschwommenen Blick auf mich zu fokussieren.

»Dea Rozzn, dea vaschissene«, knurrte er und nahm einen Schluck aus der Pulle.

»Niedlich«, deutete ich auf sein Stummelschwänzchen. »Gibt's die auch in groß?« Drehte mich wieder um und wetzte auf die Veranda. Keine Sekunde zu früh. An dem Türpfosten neben meinem Kopf zerschellte die Flasche und beregnete mich mit Glassplittern und Whisky. Er war tatsächlich schnell. Und wie schnell. Aus den Augenwinkeln sah ich noch, wie er sich, scheinbar mühelos, in einer einzigen Bewegung aufrichtete, auf die Füße kam und hinter mir her stürzte.

»Ha ha!«, schrie er, als er durch die Tür kam. »I reiß dir die Brust auf und scheiß dir aufs Herz!« Einen sehr kurzen Moment lang fuhr mir durch den Kopf: Nur ein bisschen windiger, die Schaufel umgefallen – und für den Rest deines Lebens wärst du Büb Stroganoff, Junge. Für einen sehr kurzen Rest wahrscheinlich. Aber sie stand da, neben der Tür, und ich hatte sie fest in beiden Händen, als die Tennissocken dröhnend um die Ecke stürmten. In die Scherben hinein, was mir einen weiteren Sekundenbruchteil gab, um auszuholen und Eule mit aller Kraft den flachen Rücken der Schaufel auf das vorgereckte Kinn zu schlagen. Das Geräusch war ekelhaft. Der Anblick auch. Sein Kiefer hing plötzlich schief unter seiner breiten Nase, und ein Schwall Blut stürzte aus seinem weit offenen Mund.

»Chivas mit'm Strohhalm – was sollen denn die Mädels von dir denken, Schweinchen Dick?«

Mit einem urzeitlichen Brüllen schnappte er sich ein rundes Beistelltischchen, schwang es mit einer Hand hoch, Marmorplatte und schmiedeeiserne Beine, als sei es eine Plastiktüte voll Daunen, und hätte mir den Schädel eingeschlagen, wenn ich nicht schon das Ende der Veranda erreicht hätte und nach hinten in den Sand geplumpst wäre. Das Tischchen donnerte in einen der Stützbalken. Eine Hälfte der Marmorplatte flog krachend auf den Steg. Der Balken hatte plötzlich einen Knick. Ein alter Comicstrip fiel mir ein, in dem Kater Karlo auf die Art gewütet hatte, dass ihm am Ende ein ganzes Dach über dem Kopf zusammengebrochen war. Aber dies war kein Comic, und Eule dachte nicht daran, sich selbst zu erledigen. Sondern stürmte weiter, das Tischchen mit beiden Händen hoch über dem Kopf. Ich rollte mich durch den Sand, kam hoch und knallte ihm die scharfe Seite der Schaufel auf die Kniescheibe. Klang auch nicht besser.

»Und dann noch im Sitzen beichten«, tadelte ich. Wie früher, auf dem Schulhof, der kleine Büb – halb blind vor Wut und die Hosen dreiviertel voll, aber immer eine große Schnauze.

Und immer noch ein Schisser, dachte ich, als Eule das Bein wegknickte wie einer Marionette, der ein Faden gerissen war, er gegen die Bungalowwand fiel und das Tischchen auf das Geländer krachte. Denn in meinem Kopf schrie wieder eine ganze Schulklasse: Los – Tu's! Tu's jetzt! Jetzt musst du ihn fertigmachen, Büb! Jetzt oder nie!

Aber der liebe Büb stand da, nach Luft ringend, keuchend, mit zitternden Knien, und seine größte Sorge war, seinen Schließmuskel unter Kontrolle zu halten und nicht zu dem ganzen Gestank beizutragen. Nach allem, was geschehen war, immer noch nicht fähig, einem Mann den Rest zu geben, der schon am Boden war.

»Und? Hast du jetzt genug?«, röchelte ich. Er doch nicht. Als baumelte ihm nicht der linke Unterschenkel unnütz herum wie ein leeres Handtäschchen, stemmte er sich an der Wand hoch, den Rest des Tischchens in der Faust, und rückte mir weiter auf die Pelle. Er wollte es nicht anders. Ich biss die Zähne zusammen und schlug ihm die Schaufel auf die andere Kniescheibe. Aber ich hatte nicht mehr genug Kraft – ich hätte genauso gut versuchen können, das Saturn-Hochhaus umzuhauen. Ich tat ihm anscheinend nicht mal weh damit – er nahm mir einfach die Schaufel weg, schnappte sie mir aus der Hand, wobei er mich halb herumriss, und stieß mir den Stiel in die Nieren. Diesmal landete ich mit dem Gesicht im Sand. Hörte hinter mir sein triumphierendes, wütendes Brüllen und spürte, wie der Sand unter mir sich in Eiswürfel verwandelte.

In das Gebrüll hinter mir mischte sich ein merkwürdiges hohes Kreischen. Was macht denn Yoko hier?, fragte ich mich, und da ich noch lebte und meine Neugier scheinbar immer noch größer war als meine Verzweiflung, wälzte ich mich noch einmal herum und kam auf die Knie.

Gerade noch rechtzeitig, um der Schaufel zu entgehen, die neben mir einen tiefen Schlitz in den Strand haute, und das Mädel zu sehen, das Eule plötzlich im Nacken hing. Mit einer Hand krallte sie sich in seinen Locken fest, ihre Spinnenbeinchen um seine Hüften geschlungen, die Fersen in seine Leisten hämmernd, mit der anderen Hand schaffte sie es, ihm ihre Spritze in den Hals zu hämmern, direkt neben seinen Adamsapfel, ohne die Nadel abzubrechen. Blitzschnell drückte ihr Daumen ihm ihre ganze Tagesration in die Kehle.

Ein wohlmeinender Onkel hatte mich mal als Jungen – wohl um mir zu helfen, ein ganzer Kerl zu werden – mit in den

Schlachthof genommen, morgens um sechs, wenn die frische Ladung Schweine ankommt. Die Viecher auf dem Lkw kriegen mit, wenn vorne die ersten ihrer Artgenossen den Bolzen in die Stirn kriegen. Sie riechen das Blut, spüren die Angst, hören die Todesschreie. Und dann fangen sie selbst an zu schreien, ein durchdringendes, schrilles Grunzen, ein Quietschen wie vierhundert Stück Kreide auf Schiefertafeln, Eisenfeilen auf Metallplatten, Flexen an Stahlträgern. Und trotzdem klang es auch menschlich, wie Kinder, die hungerten, in zu heißen Badewannen saßen, aus furchtbaren Träumen aufwachten. Ein Sound, den man so schnell nicht vergisst.

Das hier klang ähnlich. Das Mädel hörte nicht auf zu kreischen, und aus Eules Mund kam, zwischen blutigen Schaumbläschen, ein Heulen, das gut auf den Schlachthof gepasst hätte. Ich hielt mir die Ohren zu, stand nur da und wartete, dass er endlich umkippte.

Aber er war zwanzig Jahre seines Lebens ein Schläger gewesen. Hatte als »der Dicke« schon im Kindergarten lernen müssen, sich zu wehren, immer wieder aufzustehen, hatte wahrscheinlich mit elf das erste Mal zurückgeschlagen, als sein Alter mit dem Freitagabend-Gürtel kam, hatte sich in Heimen und Knästen behaupten müssen, war immer stärker geworden, hatte sich immer stärker gemacht, hatte immer mehr Spaß am Wehtun gefunden, am Schmerzzufügen – er würde sterben als einer, der weh tut.

Mit einem letzten heiseren Aufschrei warf er sich nach hinten gegen die Wand, zerquetschte das Mädel in seinem Rücken wie eine Puppe aus Glas, schlug blindlings mit dem Hinterkopf nach ihr, trieb ihr das Nasenbein ins Gehirn, während ihr Schädel an der Fassade zerbrach; rammte noch ein paar Mal seinen mächtigen Ellbogen nach hinten, den wild gewordenen Kolben einer Maschine, die zum Zerstören gebaut war.

Aber das merkte sie wohl schon nicht mehr. Aus ihren Ohren spritzte das Blut, ihre Haare waren eine einzige vermatschte Masse, und unter ihren höchstens achtzehnjährigen kleinen Brüstchen stachen die zersplitterten Enden zweier gebrochener Rippen durch ihre bleiche Haut wie die *banderillas* aus dem Genick eines Stiers.

Better to burn than to fade away?, fragte ich Neil Young.

Keine Antwort aus Buffalo.

Eule schüttelte sie ab wie einen lästigen Schal und griff nach der Spritze, die noch immer in seinem Hals steckte. Sein Gesicht, eben noch rot vor Wut und Anstrengung, wurde violett, dann bleich, dann grünlich gelb wie ein lange nicht gereinigtes Aquarium. Er riss sich die Spritze heraus und hob sie dicht vor seine Augen, um sie überhaupt noch erkennen zu können.

»Drecksvotzn, verdammte«, grollte er. Dann fiel er mit dem Gesicht auf das Geländer, brach sich auch noch das Genick, wie um zu beweisen, dass es mehr als eine Kinderschaufel und eine beschissene Kanüle brauchte, um einen wie ihn umzubringen, und krachte dann tot auf die Veranda, dass die ganze Hütte zitterte.

't Paradijsje ...

Für zwei Augenblicke sah ich den nächsten Sommer vor mir, einen dicken Mann mit Halbglatze und weißen Socken in braunen Sandalen, der es sich in dem Korbsessel da mit einer Flasche Heineken gemütlich macht, sah zwei kleine blondgelockte Kinder, bunte Schwimmreifen mit lustigen Drachenköpfen um den Bauch, ihre Rücken glänzend von einer dicken Schicht Nivea, hörte von drinnen Muttis Topfgeklapper und ABBA aus dem Radio, und der Duft von Kochfisch und Rosenkohl stieg mir in die Nase.

Mit Beinen aus Knetgummi stützte ich mich am Geländer ab und kotzte in den Sand. Ich hasse Rosenkohl.

27. Kapitel

Was für eine Sauerei«, sagte jemand.

Jemand mit einem charmanten Wiener Akzent.

Tja, solltest du wissen, Büb – Schluss ist, wenn der Regisseur »Cut!« ruft.

Ich richtete mich auf, mühsam, als hätte ich zwei Zentner Briketts im Kreuz, und drehte mich zu der Stimme um.

Filmreif und äußerst photogen stand Hockey auf dem sandigen Steg. Schicker rotbrauner Ledermantel über einem feinen fliederfarbenen Anzug, eine Hand in der Manteltasche, in der anderen etwas, von dem sie in Jerry-Cotton-Filmen sagen, es sei eine Luger. Von mir aus hätte es auch eine Beretta sein können, eine Taschenlampe, eine Bockwurst mit Senf – mir alles wurscht. Ich war fertig. Alle. Öm, wie der Kölner sagt. Die stinkenden Gallefäden, die an meiner Unterlippe baumelten, zogen mich unwiderstehlich hinab, auf den Sand, in den Sand hinein, unter den Strand – vielleicht hatte ich ja Glück, und die Spontis hatten sich geirrt.

»Unterm Strand liegt das Pflaster«, kicherte ich.

Fand er nicht komisch.

»Na, ka Pflaster. Du Oarschloch.«

Da stand ich nun, der *rotmoff* im Urlaubsparadies, durchnässt von Regen, Chivas, Schweiß und Blut, nichts mehr im Magen, nichts mehr in der Hand, nichts mehr in den Knochen, und guckte in eine schwarze Pistolenmündung, so groß wie ein U-Bahn-Schacht und so lang wie die Linie Neun. Es musste die Neun sein, denn mit der war ich immer zum Königsforst gefahren, nach der Schule, um in Margrets Nähe zu sein. Einfach nur in ihrer Nähe, ohne dass sie davon wusste. Zuzusehen, wie sie mit ihrer Clique an dem Kiosk an der

Endstation herumhing, herumalberte, an einem Capri-Eis leckte, dass es mir wie Stromschläge in das kleine Säckchen mit den ersten paar Härchen fuhr. Nein, näher ran wollte ich gar nicht. Konnte ich gar nicht – nie im Leben hätte ich es gewagt, zu tun, wonach all meine dreizehnjährigen Fasern lechzten: sie zu küssen, ihre kalten Capri-Eis-Lippen zu berühren, ihre süße, kühle Zungenspitze an meiner flattern zu spüren, ihre sechzehntausend Sommersprossen direkt vor meinen Augen zu haben, sie gründlich noch mal nachzuzählen, eine zarte, kühle Hand in meinem glühenden Nacken ...

»Der Mensch lernt, sein Leben lang«, sing-sangte jemand hinter dem U-Bahn-Tunnel.

Ja, klar, Arschgesicht, klar hab ich irgendwann das Küssen gelernt. Aber *mein* Leben lang werd ich traurig sein, dass es nie Margret war, meine verdammte erste Liebe. Und wohl nie mehr sein wird.

»Sollte er jedenfalls. Find' i«, fuhr er fort. Genüsslich, gemütlich. Er hatte alle Zeit der Welt. Ich blickte den Strand entlang. Kein Hirtenhund mehr. Kein Pärchen, das sich vielleicht als holländische Geheimpolizei entpuppen könnte, mit Tränengas und Maschinenpistolen und Handschellen. Nur Sand und leere Ferienhäuschen und Wellen und Regen. Ein schöner Tag zum Sterben.

»Und i find', auch du sollst net blöd sterm.«

Welch ein Trost.

»Also, net ganz so blöd.«

»Wie wer?«

»Dz, dz, dz«, machte er und schüttelte den Kopf. Obwohl er schon genauso lange im Regen stand wie ich, sah seine Frisur aus, als käme er gerade aus einem begehbaren Kleiderschrank. »Weißt', Oarschloch«, grinste er unbeeindruckt und zog eine Zigarettenschachtel aus der Manteltasche. Schlenkerte sie kurz und angelte mit schmalen Lippen eine Filterlose heraus. »Dieser ganze Schlamassel«, die Packung machte einen vagen Bogen über den Strand, Holland, die A 4, die Kölner Innenstadt, den Decksteiner Weiher, »der ganze Scheißdreck war völlig überflüssig. Unnötig, verstehst'?« Ein goldenes Feuerzeug, ein Schnippen aus dem Handgelenk. Ganz lässig. Ganz Herr der Lage. Sogar die Knarre baumelte mittlerweile träge an seiner Seite, wie eine Hundeleine, die man gerade nicht mehr braucht, weil Waldi schnüffelnd seine Runde dreht.

»Nö«, beantwortete ich gehorsam die Frage. Langsam wurde ich wieder wütend. Weil er so verdammt überheblich war. Weil wir hier in dem Scheißregen herumstanden. Weil's so kalt war, denn das, was man von der Sonne ahnen konnte, schien irgendwo müde ins Meer zu sickern. Weil er was zu rauchen hatte und ich nicht. Und weil ich nichts tun konnte, gar nichts. Ich war so hinüber, ich hätte ihm nicht mal einen Tischtennisball in die Fresse kicken können, wenn mir jemand einen vor den Fuß gerollt hätte.

»Nö«, wiederholte er, wieder kopfschüttelnd, als habe er keine andere Antwort erwartet. »Weil nämlich ich ...« die Pistole kam wieder hoch, und er zeigte mit dem Lauf auf sich selbst. Und weit und breit keine Wespe, die ihn in die Hand stechen und den Finger hätte krumm machen können, »... ich und meine Kollegen einen Scheißdreck mit deiner Wuchtschnitzln, deiner Kathrin da zu tun haben, verstehst'?«

Mir wurde schwindlig. Was sollte das denn jetzt?

»Na ja, mit der Pritschn schon«, konnte er sich natürlich nicht verkneifen, »aber mit ihrem Tod? Nix, Junge, goar nix, *niente, nada, nassing*. Verstehst'?«

Meine Beine machten endgültig nicht mehr mit. Am Geländer entlang ließ ich mich auf die Veranda plumpsen.

Nein!, wollte ich schreien, nein! Ich versteh' gar nix mehr! Aber auch meine Stimmbänder hatten sich ausgeklinkt. Ich konnte nur noch dasitzen und dämlich den Kopf hin und her wiegen wie Tante Martha nach ihrem zweiten Schlaganfall.

»Du warst auf dem falschen Trip, Oarschloch – mir woan's net.« Fast, als würde er das bedauern. Als sei er tatsächlich menschlicher Regungen fähig.

War er.

»Da«, schnippte er mir seine halb gerauchte Kippe vor die Füße.« Kannst noch mal zieh'n.« Die Pistole zeigte wieder auf mich. Es gab gar keinen Waldi.

Na ja, ich bin Kettenraucher, seit unser dämlicher Klassenlehrer mir das Rauchen verboten hat – warum sollte ich nicht mit einer Lunge voll Qualm über'n Jordan gehen? Ich hob die Kippe auf und tat einen tiefen Zug. »Hast wohl keine blonde, wie?«

Als würde ihm meine blöde Klappe imponieren, lachte er und schüttelte wieder mal den Kopf. Machte seiner Frisur immer noch nichts.

»Servus, Eiaschedl«, sagte er und richtete den Lauf genau auf meine Stirn.

Eierschädel? Meinte der mich?

»*Nie! Cieszyles sie za wciesnie, mordo pierdolna!* Nein! Zu früh gefreut, Fickfresse!«, schrie links von mir jemand.

Ich denk, wir sind in Holland?, fuhr es mir durch mein krankes Hirn. Ich schnallte überhaupt nichts mehr.

Da war Hockey schneller. Herumwirbeln, in die Knie gehen und den neuen Gegner anvisieren war eins. Neben dem Nachbarhäuschen stand Karol, in der Hand eine verchromte Knarre so groß wie ein Dampfbügeleisen.

»Nicht der Büb«, sagte er. »Der nicht auch noch.«

Sie schossen beide gleichzeitig. Und beide trafen. Hockeys schicke Frisur war plötzlich weg, und von seiner Stirn war auch nicht mehr viel übrig. Er flog platt auf den Rücken, als hätte ihn ein Lasso vom Pferd geholt.

»*Co za nedzne swinstwo*«, jammerte Karol. »Was für eine elende Sauerei.«

Ich sprang auf, stand aber dann fassungslos da wie der letzte Dorftrottel und stierte blöde zwischen den beiden hin und her.

Ich lebe noch! Ich kann wieder meinen eigenen Tabak rauchen! Karol ist hier! Hat's auf die letzte Minute geschafft. Ach was – Sekunde!

Er musste von den Dünen aus beobachtet haben, was hier abging, musste sich hinter den Bungalows angeschlichen haben, durch das Hinterfenster in den blauen geklettert sein und dort Eules Kanone gefunden haben. So ein verchromtes Angebermodell passte absolut zu dem...

He, Büb – Karol ist hier! Verdammt!

Ich rannte zu ihm hin, meine Beine funktionierten wieder, und kniete neben ihm nieder. Auch er lag auf dem Rücken, die Silberbüchse neben ihm, und hielt sich mit beiden Händen den Bauch. Zwischen seinen Fingern sickerte Blut hervor. Viel Blut.

»Karol«, sagte ich, nein, schluchzte ich. »Wie kannst du ...«

Nein, sagte sein Kopfschütteln. »Schnaps«, keuchte er.

Eine Scheiß-Bestellung in dieser Situation – aber was konnte ich schon tun? Ich flitzte in den Bungalow, fand einen Kühlschrank, fand eine weitere Flasche Chivas. Setzte ihm die an die Lippen. Mit jedem Schluck, den er machte, kam noch mehr Blut durch seine Finger.

»Tasche«, flüsterte er, seine Augen zeigten auf seine rechte Hosentasche. Ich leerte sie. Ungefähr zweihundert Gulden. Deutsches Klimpergeld.

»Was willst du jetzt mit der Scheiß-Kohle?«, schrie ich ihn an. »Du bist am Abkratzen!«

Müde machte der Kopf noch mal: nein, nein. Die Augen deuteten nachdrücklicher auf die Tasche.

Ach ja, er trug eine Jeans. Das kleine Täschchen unter der Gürtelschlaufe, wo man einen Autoschlüssel hat oder einen Parkgroschen, ein Klümpchen Shit oder einen Chip für einen Einkaufswagen.

Oder einen Ring.

Ich musste mich wieder hinsetzen. Es war nicht irgendein Ring. Es war der verdammte Indianerring. Angeblich aus Büffelhorn, weiß, mit einer kleinen, eingelegten Schlange aus Opal, angeblich von einem Medizinmann mit einem schützenden Zauber versehen. Gekauft an irgendeinem Hippie-Stand auf irgendeinem Festival auf irgendeiner Schlammwiese. Gekauft für Kathrinchen, Jahre her. Nicht mal zwanzig Mark hatte der gekostet, damals aber immerhin mein Anteil an der Tagesgage. Trotzdem hatte sie sich gefreut wie ein Kommunionskind. Hatte ihn gleich angezogen, über ihren linken kleinen Finger, hatte einen viel wertvolleren Silberring dafür achtlos in eine Schatulle geworfen.

Karol hustete. Sein Bauch schmatzte.

»Scheiße«, jammerte ich. »Was kann ich tun? Verdammt, was kann ich tun?«

»Schnaps«, sagte er. Ich gab ihm noch einen Schluck.

»Weißt du was, Büb?«, hatte Kathrinchen gesagt. »Den werd ich erst wieder ausziehen, wenn ich clean bin. Denn dann werden wir wissen, dass der Zauber gewirkt hat.«

»Schade«, hatte ich geantwortet. »Ich hatte gehofft, du würdest ihn für länger tragen. Hast du nicht letztens gesagt, im Sommer würdest du Entzug machen?«

Sie hatte gelächelt und eine Hand unter mein Hemd geschoben. »Da war ich besoffen. Und hatte mir gerade ein schönes Schüsschen gesetzt.«

Irgendwo unterwegs musste der Zauber verloren gegangen sein.

Eine glitschige rote Hand krallte sich in meinen Arm. Karol hustete wieder. Durch das Loch in seinem Hemd, in seiner Bauchdecke konnte ich das Loch in seinem Magen sehen, das Pulsieren seines Blutes. Wieso hatte er den Ring?

»*Ciociu Mio!*«, schrie er plötzlich, halb aufgerichtet, die Augen weit aufgerissen, sein Blick irgendwo hinter mir, hinter den Dünen, hinter allem, was ich kannte. »Tante Mia! Es tut mir Leid! *Ciociu Mio! Jest mi przykro!*« Sein Kopf fiel zurück in den Sand. Hilflos sah ich zu, wie sein Zwerchfell immer langsamer pulsierte, ein-, zweimal aussetzte, wieder Blut ausspuckte, weiterpochte, langsamer, langsamer. »Büb ... sie war nicht ... sie hat noch gelebt ...! Glaub mir! Ich hab sie nur ... Aber ich hab sie nicht ...«

»Ja, wer dann?«

»Die Tür ...« Ich musste mich über ihn beugen, ein Ohr nahe an seinen Mund halten, um sein tonloses Röcheln zu verstehen. »Gegenüber ... offen ... Alle Türen ...« Er hustete, sprühte mir die ganze Wange voll Blut, sein Kopf fiel zur Seite.

Als sei er auf einen im Sand vergrabenen Schalter gefallen, hörte der Regen abrupt auf, ein Windstoß riss die Wolkendecke auf, und ein paar glühend rote letzte Sonnenstrahlen ließen die Szenerie, den ganzen Strand in Flammen aufgehen. Als hätte King Vidor Regie geführt. Nur Dimitri Tiomkin war noch nicht fertig mit seinem Job – keine Geigen.

Dann schlug Karol die Augen noch einmal auf, sah mich an, als sei er wieder hellwach, als habe er nur ein kleines

Nickerchen gehalten nach all der Anstrengung. Sein Mund verzog sich zu einem traurigen Grinsen.

»Büb«, flüsterte er.

»Ja«, flüsterte ich.

»... nicht alles, was der Fall ist. Längst nicht alles ...«

Seine Hand rutschte von meinem Arm ab, seine Augen bekamen einen stumpfen Schleier. Dann war es still.

»Was für eine Sauerei«, sagte schon wieder jemand. »Was für eine elende Sauerei.«

Diesmal war ich das.

28. Kapitel

Ein Tag wie ein Aufnehmer – der gebrauchte von gestern, kalt, noch feucht und muffig, und selbst der Himmel sah aus wie nachlässig ausgewrungen und schlampig über den Rand des großen grauen, verbeulten Zinkputzeimers geworfen.

Aber ich konnte einfach nicht mehr liegen bleiben, die Decke über den Kopf ziehen, *Veedon Fleece* so oft hören, dass die Nadel schon fast in die Gummiunterlage unter der Platte kratzte; so oft, dass ich mich schon in meinem unruhigen Schlaf zwischen den hohen Gräsern Irlands wälzte, zwischen wogenden Feldern aus Wiesenblumen und Gitarrenakkorden, über denen die *tin whistles* in der flirrenden Sommerluft herumflatterten wie ein Schwarm Schwalben; durch die ein dumpf warmer, nach Salz schmeckender Wind aus Bass und Schlagzeug fegte und das Krächzen der Möwen und das Knötern, Heulen und Grollen Van Morrisons vor sich her trieb.

You can't push the river, but you don't pull no punches, you can't push the river ...

... Du kannst die Schläge nicht auspendeln. Nicht alle. Nicht immer.

Also riss ich mich zusammen, und nach drei Tagen in meiner Höhle raffte ich mich auf und legte mich erst mal gut zwei Stunden in die Badewanne. Hörte dabei zur Abwechslung nicht diese Musik, die einem die Rosen unter die Nase hält, während die Dornen einem ins Herz schneiden, sondern eine, die um dich herumsteht und mit Lederhandschuhen aneinander klatscht, während du auf der Stelle tänzelst und ungeduldig darauf wartest, dass die verdammte Nationalhymne zu Ende ist, damit du dich endlich unter dem Seil durch bücken und in den Ring steigen kannst. Und Miles Davis dirigierte seine Band durch *What I Say,* mit dem kleinen Finger, einem Augenbrauenzucken, einem lockend gekrümmten Zeigefinger, einem Stirnrunzeln; Jack DeJohnette in Hochform prügelte Michael Henderson ein paar Jahre über dessen zartes Alter hinaus, und McLaughlin war in der Form seines Lebens; bevor Sri Chinmoy ihm das Hirn vernebelte, seine Saiten mit Schmalz einschmierte und mit seinen Räucherstäbchen den Schweißgeruch aus dem Studio trieb.

Drei Tage und Nächte, in denen ich mich vor mir selbst geekelt hatte. Die Strizzis waren mir egal, aber ich hatte auch Karol dort am Strand von Stavoeren einfach liegen lassen, mit dem Loch in seinem Bauch, aus dem sein Blut in den Sand sickerte. Natürlich hatte es mich schockiert, zu erfahren, dass er es war, der Kathrinchen so zugerichtet hatte. Natürlich hatte mich darüber der heilige Zorn gepackt. Aber natürlich war er auch jahrelang ein Freund gewesen, mein Saufkumpan und Lehrmeister. Und natürlich hatte selbst jemand, der das verbrochen hatte, nicht ein solches Ende verdient. Er musste krank gewesen sein – die Geschichten, die er mir in einem schwachen Moment mal erzählt hatte, im Morgengrauen am Rheinufer, nach einer besonders heftigen Sauftour, die Geschichten von seinem Stiefvater, seiner Mutter, seinem Kanarienvogel, seiner Tante Mia, sie mussten ihm einen viel, viel heftigeren Knacks verpasst haben, als ich dachte, womöglich heftiger, als er selbst dachte – und nun hatte ich ihn da liegen gelassen, wo er wahrscheinlich genauso zum Futter von Möwen, Krabben und streunenden Hunden geworden war wie die Arschgeigen, für die ich kein Mitgefühl aufzubringen vermochte.

Aber was hätte ich den holländischen Bullen erzählen sollen? Wie viele Wochen hätten die mich festgehalten, zwischen Gangstern und Junkies, Haschischschmugglern und Kraakern, vier Leichen an meinen Hacken?

Ich hatte mir in meiner Panik und Not einfach eins der Bötchen geschnappt, die zu den Bungalows gehörten, und war im Schutz der einbrechenden Dunkelheit am Strand entlang auf die andere Seite der Bucht gerudert, hatte mir unterwegs in dem eiskalten Wasser das Blut von Gesicht und Händen und meine Klamotten gewaschen und war dann, nicht zuletzt, um nicht völlig zu erfrieren, in einem Vier-Kilometer-Dauerlauf nach Groendal gerannt, wo es einen Hippie-Schuppen gab, der bis morgens um sechs geöffnet hatte. In dem hatten wir mit Penner's Radio vor ein paar Jahren mal gespielt, vor dreißig ungeduldigen Zahlenden, bevor von wer-weiß-woher weitere dreihundert aus ihren Löchern gekrochen kamen, um ihre Lokalhelden Q65 zu hören.

Drinnen war es, wie erwartet, brütend heiß, meine Sachen trockneten schnell, und nach ein paar vorsichtigen Bieren und Genevern und einem Teller Kroketten war ich dann um sechs noch mal zwei Kilometer zu einer Bushaltestelle getrabt, zu einem Bus, der mich zu einem Zug gebracht hatte, der mich zu einem Zug gebracht hatte, der mich zu einem Zug gebracht hatte ... Und nach fast vierzig Stunden kreuz und quer durch Holland und das Ruhrgebiet hatte ich das Gefühl, meine Spuren verwischt zu haben, und war völlig groggy zu Hause angekommen, unter dem Arm vier Wienerwald-Hähnchen – ausgerechnet – und drei Flaschen Rotwein, und hatte mich hier verbuddelt, damit und mit dem guten alten Van The Man. Und auch in der dritten Nacht noch schreckte ich hoch, weil in meinen Träumen Eule auf mich zugestürmt kam, in jeder Hand das Skelett einer Fixerin,

Karols klaffende Wunde im Bauch, und mit den Knochen auf mich einprügelte, mit einem Geschrei, das ich erst beim Aufwachen als mein eigenes erkannte.

Schluss damit.

Karol hatte Kathrinchen nicht umgebracht – das konnte ich einem so elendig Sterbenden wohl abnehmen. Und Türen waren offen gewesen.

Tür ... gegenüber ... alle Türen ...

Ich wusste, was zu tun war. Hatte es im Grunde die ganze Reise über gewusst. Aber vorher hätte ich ums Verrecken nicht fertig gebracht, wozu ich mich jetzt aufmachte, nachdem ich mir bei Vasilios mit Calamares und Bauernsalat eine gesunde Grundlage verschafft hatte.

Na gut – und zwei, drei Ouzo – der Mensch lebt nicht vom Brot allein.

29. Kapitel

Sie war sogar daheim. Als hätte sie Besuch erwartet. Als sie mir die Tür öffnete, stutzte sie, wurde erst rot, dann blass. Ich konnte sehen, dass sie überlegte, ob sie mir schnell noch die Tür vor der Nase zuhauen sollte; sie konnte sehen, dass die Tür mich nicht aufhalten würde. Einen Augenblick dachte ich, sie würde in den Knien einknicken, als sie mit einem tiefen Seufzer auf den Stiefel blickte, den ich vorsorglich zwischen Tür und Rahmen geschoben hatte.

»Hallo, Eva.«

»Büb.«

Kummer hing an ihr wie ein teures altes Parfüm. Im Hintergrund der Wohnung lief King Crimson – *Cadence And Cascade*. Ausgerechnet. Als hätte sie mich erwartet. Einer der Songs, die ich heute noch nicht hören kann, ohne dass mir übel wird – weil ich sofort den Geruch von Opium in der Nase habe, über einer Kerzenflamme in einem Esslöffel gekocht, das fröhlich-bunte Halstuch vor mir sehe, das um einen Oberarm geknotet ist, damit die Venen besser hervortreten, das Blut, das einen weißen Unterarm hinabrinnt, die Kanüle, die in der Armbeuge steckt, leer, während Kathrinchen sich zurücklehnt, ein leises Lächeln um die Lippen, um sich von dem Lied für ein paar Minuten in eine andere, mir verschlossene Welt begleiten zu lassen.

Manchmal hob sie den Tonarm noch einmal auf Anfang, ließ die Wellen der Dröhnung in ihrem Blut, in ihrem Hirn ausklingen, bevor sie auf die Erde zurückkam, guter Dinge, Lust auf Leben, auf Kino, Essen, einen Kabänesabend, auf Sex. Vor allem erst mal auf Sex.

Eva Breuer schien zu spüren, was in mir vorging. Natürlich – sie kannte die Szene, mindestens so gut wie ich. Sie streckte einen Arm aus und hob eine Hand an meinen Hals, ließ sie zwei lange Sekunden dort liegen, als wolle sie meinen Puls fühlen, als wolle sie sehen, ob ich noch lebte.

»Hi, Büb. Lange nicht gesehen.«

»Ja. Ich würd' gern reinkommen.«

Langsam zog sie die Hand zurück, zog mit einer verschämten Geste das verwaschene Jeanshemd über ihren Brüsten zusammen und gab mir die Grüne Witwe. Durch den Griff oben klaffte das Hemd plötzlich unten auseinander und enthüllte einen winzigen weißen Seidenslip. Mit Schleifchen. Mit der anderen Hand fuhr sie sich über die Stirn, fasste die dunkelbraunen Haare, die von einem geraden Mittelscheitel in Wellen bis zu ihren Ellbogen fielen, und warf sie in den Nacken. »Jetzt?«, fragte sie und knipste mir ein Lächeln an, das den Pförtner vom Gesundheitsamt erweicht hätte.

Ich tauge nicht zum Pförtner, vom Gesundheitsamt schon gar nicht. »Am liebsten jetzt.«

Ein weiterer Seufzer. Die Falten um ihren Mund waren sehr viel schärfer, als ich sie in Erinnerung hatte, die Wangen unter den hohen Wangenknochen sehr viel hohler. Sie hätte gut Geronimos Squaw spielen können, erschöpft am Ende einer langen Flucht durch ganz Arizona und halb Texas. Unterwegs war es ihnen so dreckig gegangen, dass sie ihre Fingernägel fast völlig aufgegessen hatten. »Oh.«

»Ich glaube, du weißt, warum ich hier bin«, sagte ich.

Ihr Blick huschte zu der Wohnungstür auf der anderen Seite des Treppenabsatzes. Das Hemd fiel zurück an seinen Platz. Sie öffnete die Tür ein Stück weiter und trat zur Seite. »Ich – nein, woher? Aber komm rein.«

Ich blieb ein wenig beklommen in dem engen Flur stehen und wartete, dass sie die Tür schloss und vorausging. Aber die Grüne Witwe hatte sich verzogen. »Hier vorne links«, deutete sie auf eine offene Tür und ließ mich vorgehen.

Einen Moment lang hielt ich den Atem an – das Zimmer war fast ein Spiegelbild von Kathrinchens ehemaligem gleich gegenüber. Eine große Ledercouch beherrschte den Raum, hier allerdings nicht weiß, sondern senffarben, hier wie dort davor ein kleiner runder Glastisch auf einem langflorigen roten Teppich, und wo drüben ein Regal voller Schallplatten stand, gab es hier eins voller Bücher – Herrmann Hesse komplett, Esoterik, ein Meter Frauenbewegungsliteratur, jede Menge Fotobände von fernen Landschaften und Kulturen, ein paar Krimis, Patricia Highsmith vor allem. Auf der Fensterbank ein Sammelsurium von Kakteen, am Fenster das gleiche indische Tuch wie bei Kathrinchen, nur in Indigoblau statt in Korallenrot.

Die Couch war auch hier die einzige Sitzgelegenheit. Ich setzte mich dicht an die äußere Lehne, Eva zögerte einen Moment und ließ sich dann im Lotossitz auf dem Teppich nieder, das Tischchen zwischen uns. Langsam nestelte sie eine Schachtel aus der Brusttasche des Jeanshemds, steckte sich eine Zigarette zwischen die Lippen, ließ die Schachtel neben sich auf den Boden fallen, zog ein Feuerzeug aus der anderen Tasche und schnippte ihre Kippe an. Dabei starrte sie mir unverwandt in die Augen, ohne zu zwinkern. Das Hemd stand weit offen, halb nackt saß sie da vor mir, bis sie mit einem kurzen Ruck ihren Kopf vorbeugte und ihre Haare mehr verdeckten als das Hemd. Etwas mehr – ich konnte nicht verhindern, dass mein Blick durch die Glasplatte hindurch zu dem Schleifchen herabglitt. Und zu der Stelle darunter, wo sie sich offensichtlich sorgfältig rasiert hatte. Über das Schleifchen wölbten sich zwei schmale Bauchfalten, zwischen denen die blau-rote Tätowierung eines Skorpions hervorblitzte.

Die nahm meine Phantasie wieder an die Kandare – Kathrinchen hatte die gleiche gehabt, genau dort. Eva hatte allerdings keine Lucky-Luke-Tätowierung auf dem Busen.

»Wir waren wie Schwestern«, sagte Eva leise, als könnte sie tatsächlich Gedanken lesen. »Wie Zwillinge.«

Ich holte tief Luft und kramte meinen Tabak aus der Jacke. Zog in dem warmen Zimmer die Jacke aus und legte sie neben mich auf die Couch. Drehte mir eine und versuchte zu ignorieren, dass eine Hälfte ihres Haarvorhangs wieder hinter ihrer Schulter verschwunden war.

Als fiele es ihr jetzt selbst erst auf, sah Eva Breuer an sich herab. »Moment mal eben, Büb.« Stand auf und verließ das Zimmer. Konnte sich aber nicht verkneifen, schon unterwegs das Hemd von den Schultern gleiten zu lassen, so dass ich einen langen weißen Rücken mit ausgeprägten Wirbeln und einen appetitlichen runden Po den Flur entlangschaukeln sah. Der Slip war wirklich sehr klein. Ihre Beine sehr schlank. Ihre Haare sehr lang.

»E Kamellsche« nennt man so was in Köln.

Ein alter Schulhof-Kehrreim ging mir durch den Kopf, in dem aus *Die Feuersbrunst rast durch den Wald* aus irgendeiner der Balladen, mit denen wir im Deutschunterricht gepiesackt wurden, *Die Breuers Funz rast durch den Wald* geworden war.

Das Zimmer war sehr still. *Cadence* war irgendwo raufgeklettert, außer Sicht, und *Cascade* irgendwo runtergefallen. Oder umgekehrt. Wen juckte das?

Ich stand auf und wühlte einen Stapel Kassetten durch. Entschied mich für Nina Simone. Drückte auf Start. Hörte *I put a spell on you* und holte das Band wieder raus. Das fehlte noch.

Als Eva zurückkam, brummelte John Lee Hooker vor sich hin. *Trouble Blues.* Unverfänglicher. Obwohl – *Every night I dreamed of you ...*

»Was trinken, Büb?«

Klar. Und ob.

»Ich hab«, holte sie mit einer weiten Armbewegung aus, als wolle sie eine komplette Getränkekarte herunterbeten, »Wodka. Und Lemon.«

Na ja. Besser als nix.

Während sie mit den Utensilien herumfuhrwerkte, hatte ich reichlich Muße, sie zu beobachten. Wunderte mich, dass mir nie so recht aufgefallen war, was für eine Schönheit da all die Jahre meine Stadt geschmückt hatte und mir aus irgendeinem Grund entgangen war. Konnte nicht umhin, mir sie und Kathrinchen in einem Bett vorzustellen. Schöner Film.

»Auf die Liebe«, sagte sie und stellte ein Glas vor mich hin.

Langsam wurde sie mir unheimlich. Unwillkürlich suchte ich das Esoterikfach nach einem Buch über Telepathie ab. Aber warum nicht? »Warum nicht?«, sagte ich laut, tippte ihr Glas an und nahm einen ordentlichen Schluck. Mein lieber Mann – mindestens halb und halb!

Sie kam um den Tisch herum und setzte sich an das andere Ende der Couch. Unter dem Jeanshemd trug sie jetzt ein weißes T-Shirt, und ihre langen Beine steckten in einer gehäkelten weißen Wollstrumpfhose. Die Farbe der Unschuld. »Liebe«, seufzte sie. »Etwas, das so schwer zu finden ist, sollte nicht so leicht zu verlieren sein. Find'st du nich auch?«

Doch, fand ich auch. Ich fand auch, dass Weiß ihr gut stand. Ich fand sogar Wodka-Lemon plötzlich gar nicht so schlecht. Sie schenkte mir noch einen ein.

Als sie sich wieder hinsetzte, zog sie ein Bein unter ihren süßen Hintern und streckte das andere lang auf der Couch aus. Ein umhäkelter schlanker Fuß lag keine Handbreit neben meinem Oberschenkel, durch die weißen Maschen schimmerten dunkelrot lackierte Fußnägel.

»Nicht die Liebe ist es, die das Leben durcheinander bringt, sondern die Ungewissheit, ob man liebt«, zitierte ich irgendjemanden.

Eva lachte ein heiseres kleines Lachen. Ein bitteres Lachen. »Ein Schlagzeuger als Philosoph?«

Ich zuckte bescheiden mit einer Schulter. »Ich hab mal geliebt. Mit großer Gewissheit.«

»Roberto.« Mit großen Augen starrte sie mich an. Doch keine Telepathin. Sie zog den schönen Fuß wieder an sich, trank ihr Glas in einem Zug aus, stellte es auf dem Tisch ab, zog beide Knie an die Brust und schlang die Arme darum, als sei ihr plötzlich kalt. Ihr Kinn lag auf ihren Knien und sie blickte mich von unten an, unter einer perfekt geschwungenen Augenbraue hervor, mit einem großen, braunen Auge, das andere war von Haaren verdeckt.

I'm so worried, baby, schnarrte Hooker.

Nicht nur du, John.

»Ach – Witta«, beendete Eva Breuer ihr Nachdenken.

Ich drehte mir noch eine.

»Sechs Jahre«, sagte sie. »Sechs verdammt lange Jahre. Das erste hab ich gebraucht, um von der Scheiß-Nadel runterzukommen. Das zweite, um ...« Sie schüttelte den Kopf und holte tief Luft, als habe sie ein paar Minuten unter Wasser verbracht. »Sechs Jahre hat eine Hälfte von mir bloß eins gedacht: Ich bring' sie um! Ich bring' sie um!« Sie hielt mir ihr leeres Glas hin. Solidarisch machte ich meins auch leer und beide wieder voll.

»Und die andere Hälfte?«

»Die andere Hälfte wusste natürlich, was es bedeutet, ein Fixer zu sein. Junkies sind Junkies, die sind nicht immer sie selbst. Meistens nicht. Und natürlich heilt die Zeit wirklich so manche Wunde. Ich bin ja sogar hier eingezogen, als sie mir vor drei Jahren den Tipp gab. Hier, gleich vor ihrer Tür. Wo der alte Film immer wieder aufgewärmt, die alten Wunden immer wieder aufgerissen wurden – die Männer, die Geräusche, das Geschrei und Gestöhne.«

Pearls Before Swine.

»Perlen vor die Schweine.«

»Ja, wahrhaftig. Und trotzdem ... Wir waren sogar wieder so weit, dass wir uns gegenseitig Kaffee ausgeliehen haben, Tampons, Pariser, Zigaretten. Haben manchmal zusammen gegessen. Sogar einmal ... Ach was.«

Das ging mich anscheinend nichts an. Schade.

»Sie hat mir viel von dir erzählt, Büb, du glaubst gar nicht, wie gut ich dich kenne.«

»Na, immerhin hast du mich reingelassen.«

»Das hättest du schon viel früher haben können«, flüsterte sie.

Ich hielt mich an meinem Wodka fest. Auch das Eis da drin wurde dünner.

»Aber die ganze Zeit gab es immer noch die eine Hälfte«, lenkte ich aufs eigentliche Thema zurück. Sie zündete sich eine weitere Zigarette an. Ihre Hände zitterten ein wenig. »Ich hatte mal einen Hund«, holte sie aus. »'ne Art Schäferhund. Sein Lieblingsfressen war Pansen. Aber so gerne er auch die ganze Portion auf einmal runtergeschlungen hätte, gierig, wie so'n Hund nun mal ist – er hat sich immer mit der Hälfte begnügt und den Rest in den Garten geschleppt und verbuddelt. Weißt du, wie Pansen riecht, Büb?«

Wusste ich. »Ich hatte auch mal 'nen Hund.«

»Und weißt du, wie der stinkt, wenn er nach sechs Wochen wieder ausgebuddelt wird?« Wusste ich auch. Ich nickte.

Rauchte. Trank. Dachte an Annas Zorro. Wollte hier weg. Wollte die zitternde Hand nehmen und festhalten. Wollte nicht weiter zuhören. Wollte die ganze Geschichte wissen. Musste die ganze Geschichte wissen.

»So war das mit meinem Hass, Büb. Egal, wie tief du ihn vergräbst, egal, wie lange du ihn da liegen lässt, ihn ignorierst, manchmal sogar vergisst – er wird ausgegraben und stinkt, heftiger denn je. Ein Gestank, dem du nicht mehr entkommen kannst – du riechst nichts anderes mehr. Gar nichts.«

»Und Karol hat dir den Spaten in die Hand gedrückt.«

»Ja. An dem Abend hat es mich getroffen wie ein Keulenschlag – da ist mir klar geworden, dass ich die ganze Zeit nur auf eine solche Gelegenheit gewartet habe. Dass ich wohl nur deswegen das Angebot angenommen habe, hier einzuziehen, mich wieder mit ihr abzugeben. Anzufreunden sogar. Mich fast wieder in sie zu verlieben.« Diesmal stand sie wieder auf, um unsere Gläser neu zu füllen. »Nich mehr viel Lemon da«, lächelte sie bedauernd.

»Scheiß drauf«, knurrte ich.

Boogie, Chillun, knurrte Hooker und knallte seinen Absatz auf den Beat.

Sie kam zurück zur Couch, gab mir meinen Drink und setzte sich auf den Teppich – mit dem Rücken zu mir zwischen meine Beine.

Was ich dir jetzt erzähle, kann ich dir nicht erzählen, während ich dich ansehe.

Sah aus dem Fenster und erzählte. Ich konnte nicht anders – ich legte eine Hand auf ihre Schulter und streichelte mit dem Daumen den Flaum in ihrem Nacken. Einen kurzen Moment legte sie ihre Wange an meine Hand, als sei sie dankbar für diese Geste. Mein Zwerchfell bebte. Ich fragte mich, warum ich nicht einfach aufstand und ging. Ich wusste doch, was abgelaufen war – warum sollte ich mir das alles noch anhören, mich von Einzelheiten quälen lassen?

Nix da, sagte Kathrinchen, das bringst du jetzt zu Ende. Jetzt hörst du dir den Rest auch noch an.

Warum? Fragte ich sie.

Schon ihretwegen, war die Antwort. Sie kann diese Last nicht den Rest ihres Lebens mit sich alleine herumtragen. Da geht die doch kaputt dran!

Ja, wahrscheinlich.

Also hörte ich zu.

30. Kapitel

W*ords that were not said – Songs that were not sung – Tears that were not shed – Deeds that were not done*, schallte es von gegenüber durch das Treppenhaus. Durch zwei geschlossene Türen, drei sogar, als Eva Breuer die Tür ihres Zimmers zuknallte. Immer die verdammten Pearls, immer wieder die gleiche verdammte Platte. Kathrinchen hatte Besuch. Kathrinchen hatte Sex. Kathrinchen hatte ein lustiges Leben. Hatte sie auch mal gehabt. Aber seit sechs Jahren war es nie wieder so lustig gewesen wie vorher. Ein-, zweimal vielleicht, für Augenblicke, oberflächliche Augenblicke.

Außer letzten Sonntag vielleicht, oder?

Ja, außer letzten Sonntag. Sie hatten zusammen gefrühstückt. Getratscht, gekichert. Wie in alten Zeiten. Kathrinchen hatte eine Flasche Sekt rübergeholt. Eine Magnum. Die trotzdem schnell alle gewesen war.

»Na und«, hatte sie gesagt, »ich hab 'ne ganze Kiste von dem Zeug drüben – wir könnten baden in dem Stöffchen.« Und das hatten sie dann auch getan. Sich kichernd gegenseitig die Haare gewaschen, den Rücken eingeseift. Den Rest. Sich geküsst. Leidenschaftlich. Ein schöner Tag. Endlich mal wieder ein schöner Tag.

Bis Kathrinchen ihre Handtasche von dem Hocker neben der Wanne genommen hatte, einen Löffel ausgepackt, ein Plastiktütchen, eine Spritze.

»Nein«, hatte Eva gesagt. »Das ist nicht dein Ernst!«

»Ach, komm, Liebste, wo wir gerade so gut in Stimmung sind. Du weißt doch, wo uns *das* jetzt noch hin katapultiert ...«

Aber Eva war standhaft geblieben, hatte nur zugesehen, wie Kathrinchen sich einen Schuss gesetzt hatte, mit trockenem Hals und Krämpfen im Bauch. Und auch, als Kathrinchen danach so richtig in Stimmung kam, war sie lange standhaft geblieben, aber die hatte nicht locker gelassen, alle Register gezogen, all die kleinen alten Tricks ausgepackt – mein Gott, wie gut sie sich kannten! – und am Abend hatte Eva den ersten Orgasmus seit sechs Jahren erlebt, eine ganze, wundervolle Reihe von Orgasmen, bis sie erschöpft und weinend in Kathrinchens Armen eingeschlafen war.

Am nächsten Tag hatte sie sich stundenlang übergeben.

Und beschlossen, sich schleunigst eine neue Wohnung zu suchen. Vielleicht sogar die Stadt wechseln. Telefonistinnen wurden überall gebraucht. Hamburg hatte ihr mal ganz gut gefallen. Oder Berlin.

Ihr Wille war stark, das wusste sie, aber auch wieder nicht so stark, das hatte sie gestern Abend einsehen müssen. Und so, wie Kathrinchen es gestern geschafft hatte, sie zu Sex zu verführen, würde sie es über kurz oder lang schaffen, sie zu einem Schuss zu verleiten. Zu einem ersten, kleinen, freundschaftlichen. Irgendwann zu einem zweiten.

Den dritten würde sie sich dann schon selbst besorgen. Und ein zweites Mal in ihrem Leben einen langsamen Selbstmord begehen. Da wäre es schon cleverer, sich gleich eine Überdosis zu verabreichen.

Aber nein – sie wollte leben. Auch das hatte sie ja gestern gesehen, dass das Leben ihr noch etwas zu bieten hatte, dass noch Leben in ihr war, Liebe, Leidenschaft – die war ja nur verschüttet gewesen all die Jahre. Auch das hatte sie Kathrinchen zu verdanken, das musste sie zugeben.

Die ganze Woche jedoch hielt ihr Job sie in Atem – eine Kollegin war krank, und sie musste ein paar Doppelschichten einlegen – und sie hatte keine Gelegenheit gehabt, sich um einen Umzug zu kümmern. Und die ganze Woche hatte sie die Szene in der Badewanne vor Augen, den Geruch von Opium in der Nase, konnte förmlich spüren, wie die Nadel in ihre längst verheilte Vene glitt, wie das Dope in ihren Kreislauf schoss, der alte Schalter in ihrem Gehirn umgelegt wurde ...

Und jetzt das – eine Party da drüben, eine heftige Party. So hatte Kathrinchen lange nicht mehr geschrien – dieser Stecher schien ja echt was drauf zu haben. Eva zog sich die Kopfhörer über. Aber egal, welche Musik sie auflegte und nach wenigen Takten wieder abbrach, das war es nicht. Sie trank zwei kräftige Wodka-Lemon. Schlich sich in den Flur, stand da, mit weichen Knien, ein Ohr an die Tür gepresst, hörte das Schreien und Stöhnen durch die Musik von – zur Abwechslung diesmal – Frank Zappa und Jimi Hendrix, dachte an den Sonntagabend, an ihre Leidenschaft, dachte an andere Nächte, weit zurück, die sie in wilder Lust zu dritt verbracht hatten, wollte nicht mehr alleine sein, wollte mehr davon, mehr. Ich bin erst dreißig, dachte sie, natürlich will ich mehr. Sie mixte sich noch einen Drink, stieg kurz unter die Dusche, und als sie ihre Wohnungstür öffnete, um sich zu der Party zu gesellen, trug sie ein paar Tropfen Obsession, einen Wodka-Lemon und ein rotes Herrenhemd aus Satin.

Sie wollte gerade ihre Tür hinter sich zuziehen, als Kathrinchens Tür aufging. Die Musik knallte in den Hausflur wie ein von der Kette gelassenes Untier – *Voodoo Chile – Slight Return*. Erschrocken zog Eva sich wieder hinter ihre Türe zurück. Durch den offenen Spalt sah sie Karol aus Kathrinchens Wohnung kommen, die Haare wirr und verschwitzt, das Hemd offen aus der Hose flatternd, eine Jacke über den Arm gelegt, das Gesicht leichenblass. Ohne die Tür hinter sich zu schließen, rannte er die Treppe hinunter, auf Polnisch vor sich hin brabbelnd. Dann war der Song zu Ende, und Eva konnte das Klacken der Haustür hören.

Und das Stöhnen.

Das kam aus Kathrinchens Flur. Und hörte sich gar nicht mehr nach Lust und Leidenschaft an. Als sie die Wohnung betrat, hätte sie Kathrinchen fast auf die Finger getreten. Sie kroch durch den Flur, wollte zur Tür, wollte raus. Vielleicht zu mir, dachte Eva. Ihre einzige Freundin in solch einem Moment.

Du bist nicht ihre Freundin!, zischte eine böse Stimme in ihrem Kopf. Schon vergessen?

Der Anblick war ein Schock. Kathrinchens Gesicht, ihr ganzer, nackter Körper war blutverschmiert. Als Eva sich bückte und ihr unter die Arme griff, um sie hochzuheben, schrie sie auf.

»Rippen gebrochen«, keuchte sie. Sie roch nach Urin und verbrannten Haaren.

»Hast du's endlich geschafft?«, fragte Eva, nachdem sie sie notdürftig gesäubert und auf ihr Bett gelegt hatte. »Hast du endlich einen so weit gebracht, dass ihm die Sicherung durchgeknallt ist?«

Warum keife ich so? Warum ist so viel Ekel, so viel Hass in meiner Stimme – jemand hat sie halb totgeschlagen!

Ja, leider, flüsterte die böse Stimme. Nur halb tot.

»Ich sterbe«, stöhnte Kathrinchen. »Eva! Lass mich nich sterben!«

Die doch nicht!, schrillte die böse Stimme.

»Natürlich stirbst du«, sagte Eva.

Kathrinchen entfuhr ein Entsetzensschrei, der ihr durch Mark und Bein ging. »Irgendwann. Aber doch nicht heute.«

Und wieso nicht? Das ist doch die Gelegenheit!, säuselte die böse Stimme. Die Gelegenheit, auf die du seit sechs Jahren wartest!

»Was ist passiert?«, fragte Kathrinchen verwirrt. »Wer war das?«

»Später«, beschwichtigte Eva. »Jetzt ruh dich erst mal aus. Versuch zu schlafen.«

»Kann nich schlafen. Tut so weh.« Sie griff sich zwischen die Beine, zuckte heftig zusammen. Als sie die Hand vor ihre Augen hob, tropfte Blut von ihren Fingern. »Wieso...?« Dann erbrach sie sich über das Kopfkissen voller Blutflecken. Eva warf es in die Badewanne und wischte ihr das Gesicht ab.

»Ein Schüsschen«, flüsterte Kathrinchen. »Ich brauch' unbedingt ein Schüsschen.«

»Ja«, flüsterte auch Eva. »Wo ist deine Tasche?«

31. Kapitel

Ich war es und ich war es nicht, Büb«, sagte Eva in das mittlerweile fast dunkle Zimmer hinein. Wobei sie zusah, wie draußen der Wind die Kastanie schwanken ließ. Dahinter ging ein fahler Mond auf.

Ich starrte auf ihren Hinterkopf, auf ihre feingliedrige Hand, die geistesabwesend ein paar Wollflusen von ihrem Knie zupfte. Und verbrannte mir die Finger, weil ich die Zigarette in meiner Hand vergessen hatte.

»Ihre Handtasche lag in der Küche, darin ihr ganzes Fixerbesteck. Und offenbar war sie gerade einkaufen gewesen – da war ein Beutel mit mindestens zehn Gramm frischem, reinem Heroin. Ich hab überhaupt nicht nachgedacht – konnte gar nicht denken ... In meinem Kopf war nur diese böse Stimme, dieser Teufel ... Sie hat dein Kind auf dem Gewissen! Sie hat Roberto auf dem Gewissen! Sie hat dir immer alles weggenommen! Sie würde dich kalt lächelnd wieder an die Nadel bringen! Sie würde zusehen, ohne das geringste Gefühl, wie du stirbst!« Sie richtete sich auf, drehte sich herum und kniete zwischen meinen Beinen, stützte die Ellbogen auf meine Knie und nahm meine Hand zwischen ihre Hände. Sah mir in die Augen und biss sich auf die Oberlippe. Ihre Nasenflügel bebten.

»Ich hab eine vierfache Dosis aufgezogen. Bin wie eine Marionette zu ihr, hab ihr den Arm abgebunden und ihr die ganze Ladung in die Vene gehauen. Hab mich neben sie gelegt und sie bis zum Schluss im Arm gehalten. Sie hat mich noch angelächelt, bevor sie die Augen verdrehte.« Tränen traten ihr in die Augen.

Wir weinten beide. Meine Tränen liefen an ihren Unterarmen hinab. *Sugar mama, sugar mama,* wehklagte Hooker.

»Ich weiß nicht, wie lange wir so dagelegen haben. Ich habe schon gedacht, sie sei tot, da hat sie noch mal gezuckt; hat die Augen aufgeschlagen und gelächelt wie ein kleines Mädchen. ›Eva‹, hat sie gesagt, ›verzeih mir. Ich liebe dich ...‹ Dann ging ein Ruck durch ihren ganzen Körper, und ihr Herz hat aufgehört zu schlagen.«

Ich packte ihre Oberarme und zog sie an mich. Bestimmt eine Viertelstunde saßen wir da, hielten uns fest umschlungen wie zwei Ertrinkende und heulten uns die Seele aus dem Leib. Der Kassettenrekorder klackte und begann automatisch, die zweite Seite abzuspielen – *Ride Till I Die ...*

Aber irgendwann hatten wir keine Tränen mehr. Wischten uns die Gesichter ab, zündeten uns neue Zigaretten an, verteilten den Rest des Wodkas auf unsere Gläser, kippten ihn pur hinunter. Mussten uns beide schütteln. Hätten fast darüber gelacht. Fast. Wäre ein ziemlich hysterisches Gelächter geworden.

»Ich geh' dann mal«, sagte ich in die betretene Pause hinein. Sie drehte sich von mir weg, ging zum Fenster und begann, ein paar welke Blätter von einer Fetten Henne zu pflücken. Ich drückte die halb gerauchte Kippe aus und zog meine Jacke an. Ging zur Tür, mit langsamen, schweren Schritten, als trüge ich Arbeitsstiefel mit ein paar Kilo Moorschlamm daran.

»Büb?«

Ich drehte mich noch mal um. »Ja?«

Sie schob eine Hand unter das T-Shirt und legte sie auf ihren Bauch, als wollte sie dem Skorpion Augen und Ohren zuhalten.

»Kannst du ... willst du nicht ... hierbleiben?«

Boom, boom, boom, boom, bellte Hooker. Bo-boom, bo-boom, schlug mein Herz. Boom, boom, boom, machte der Wodka in meinem Schädel.

Ich ging die drei, vier Schritte zu ihr zurück und legte ihr zart eine Hand auf die Hüfte. Die Hüfte kam mir entgegen wie das elektrisch aufgeladene Fell einer Katze. Sie legte mir beide Hände auf die Schultern.

»Eines Tages werd ich auf einer Bank im Blücherpark sitzen. Oder in einem Rollstuhl, eine dicke Decke über den Resten meiner Raucherbeine. Ich werd den Enten ein paar Stückchen von meinem Brot hinwerfen und ein paar jauchzenden jungen Mädchen in einem Kahn zusehen. Und an die Mädchen in meinem Leben denken. Ich hoffe wenigstens, dass ich mich dann noch an sie erinnern kann. An die vielen wunderbaren Stunden, die ich mit ihnen hatte, an die vielen, Gott sei dank vielen, wunderbaren ersten Male, an einige der herrlichsten Momente meines Lebens.«

Ihre Hände wanderten in meinen Nacken, wo sich ihre Finger ineinander verschränkten. Ihre Augen waren sehr nahe vor mir, groß und dunkel und Meilen tiefer als der Kahnweiher im Blücherpark. *Boom, boom...*

»Und vielleicht werd ich an ein paar verpasste Gelegenheiten denken. Ihnen nachtrauern. Vielleicht werd ich mich an diesen Nachmittag erinnern, diesen schönen und furchtbaren und furchtbar traurigen und furchtbar schönen Nachmittag. Und an dich, Eva. Und vielleicht werd ich mit den Fäusten auf meine Beinstummel schlagen und fluchen und den Enten erzählen, was für ein Trottel ich war, damals, und wie sehr ich es bereue, diese Gelegenheit nicht wahrgenommen, all den herrlichen Momenten diesen nicht hinzugefügt zu haben.«

Ein Schleier legte sich über die Augen. Dann schloss sie sie. Ich konnte hören, was sie dachte – Sie war ein Junkie! Sie war doch sowieso dabei, sich umzubringen, wenn auch auf die langsame Art, über ein paar Jahre verteilt – Langsam lösten sich ihre Finger voneinander, glitten ihre Arme an mir herab. Ihre Hüfte wurde steif. Die Gelegenheit ging vorüber. Verpasst. Das tat weh.

»Vielleicht eine Schande, dass wir uns nicht früher kennen gelernt haben. Aber ich kann nicht, Eva. Das bring' ich nicht fertig. Nicht mal ich.« Bo-Boom.

Sie verzog ihren Mund zu einem schiefen, traurigen kleinen Lächeln. Legte mir noch einmal die Arme um den Nacken und küsste mich sanft auf den Mund. Irgendein Teufel in mir erwiderte den Kuss. In jedem von uns steckt ein Teufel. Mindestens. So wie ich die Welt sah, gab es mehr Teufel als Menschen. Und es war nicht nur der Wodka, der in meinem Blut herumtobte wie ein losgelassener Luftballon.

»Bin gleich wieder da«, flüsterte sie.

Als Nächstes hörte ich, wie der Schlüssel der Badezimmertür herumgedreht wurde. Von innen.

Das Nächste, was Eva hörte, war, wie ihre Wohnungstür behutsam ins Schloss gezogen wurde. Von außen.

Boom.

32. Kapitel

Zu Hause schlich ich die knarrenden Treppen hoch, durch die Luke auf das teergedeckte Flachdach und sah mir eine Stunde die *4711* aus Neon an, die mir vom Messeturm auf der anderen Rheinseite her zuzwinkerte – *4 ... 7 ... 1 ... 1 ... 47 ... 11 ... 4711* – als wäre es ein ganz normaler Abend, und vielleicht wäre es schon Sommer und morgen würden die Gatter vom Tanzbrunnen aufgehen und jemand würde »One, two, three, four« rufen und ein Schlagzeug würde scheppern und Ärsche treten und ein Bass die Gegend unter der Magengrube massieren und eine Gitarre durch die Stirn sägen und jemand würde so was Weltbewegendes singen wie *Sha La La La Lee*. Oder so.

Die Welt war wieder einigermaßen im Lot. Nein, nicht diese Welt – das kann sie gar nicht sein, wenn du einen Menschen verlierst, den du geliebt, einen, den du gemocht hast – aber ich hatte das Gefühl, sie wenigstens ein Millimeterchen wieder zurechtgerückt zu haben.

Ich zitterte am ganzen Leib. Auch weil es ganz schön kalt war hier oben. Also schmiss ich meine Kippe zu den anderen acht in die Dachrinne, kletterte runter in meine Bude, schnappte mir die Gitarre, einen Stift und einen Block, machte eine Flasche Kabänes auf und schrieb meinen ersten eigenen Song.

Danksagung

Mein Dank trifft diesmal:
Frau Heidenreich und Herrn Schroeder – Ihr wisst, wofür;
mal wieder Herrn Hundt fürs Um-die-Ecke-Denken und Aufbauen;
Herrn Gropper fürs Buddeln in einem von hundertsechzig Leben;
Herrn »Plot Point« Cremer, Frau Graeff, Herrn Lüniger, Herrn Becker,
Herrn »Da muss i im Milieu frong« Plass;
Frau Platte für erneutes Finger-auf-wunde-Punkte-Legen.
Schwager Boztepe, Herrn Herten, Herrn Kirchen.
Herrn Rapp.
Eva, wo immer du jetzt sein magst.
Frau und Fräulein Schwab sowieso.
Und dich natürlich.

KBV-KRIMI

Jürgen Raap

Ein Koffer aus Bern

KBV-Krimi Nr. 107
Taschenbuch, 283 Seiten
ISBN 3-937001-02-6

Was befindet sich in dem Koffer, den der verkrachte Kölner Detektiv, Karl-Josef Bär aus der Schweiz abholen soll? Sein Auftraggeber, der Geheimdienstler Schröder, behauptet, es sei Geld - viel Geld. Möglicherweise sind es aber auch irgendwelche brisanten Papiere. Wie immer wird Detektiv Bär nicht schlau aus dem Mann vom MAD. Als er den Koffer bei einem gewissen Dr. Kaspereit in Köln abliefern will, stößt er dort auf dessen Leiche. Von nun an wird die Luft für Bär ziemlich dünn, denn nicht nur die Witwe des Toten, sondern auch sein Bruder beginnen, nach dem ominösen Geldkoffer zu suchen. Und schließlich heften sich auch zwei Männer des russischen Militärgeheimdienstes an seine Fersen.

"Witzig, kritisch, ironisch. Raap nimmt alle Krimi-Klischees aufs Korn." *(Bild)*

Carola Clasen

Das Fenster Zum Zoo

KBV-Krimi Nr. 96
Taschenbuch, 204 Seiten
ISBN 3-934638-83-x

Als der Kölner Zoo am Morgen seine Pforten öffnet, hat die vergangene Nacht grausige Spuren hinterlassen: Im Käfig des Grizzlys liegt die zerfetzte Leiche eines jungen Mannes. Der verstümmelte Körper gehört Ben Krämer, einem Fotografen, der im Zoo auf Motivsuche war.

Ist er aus Unachtsamkeit in die Fänge des Bären geraten, oder steckt mehr dahinter?

Die Tierpflegerin Nelly Luxem scheint etwas zu verbergen zu haben, und der frisch pensionierte Kommissar und Zooliebhaber Lorenz Muschalik versucht ganz behutsam hinter ihr dunkles Geheimnis zu dringen.

»Die Handschrift macht Appetit auf mehr.« (Das Magazin)

Ralf Kramp

Tief unterm Laub

KBV-Krimi Nr. 11
Taschenbuch
256 Seiten

Ein alter Mann wird in Köln überfahren. Nur ein Unfall? Einige Zeit später kommt sein ehemaliger Zivi beim Sturz aus dem Fenster seiner Dachwohnung ums Leben. Selbstmord? Laurentius Bock, Besitzer eines kleinen Copy-Shops, wird unfreiwillig in den rätselhaften Fall hineingezogen. Zusammen mit Lindy, der Freundin des jungen Mannes, versucht er, die Hintergründe der seltsamen Geschehnisse aufzudecken. Die Spur führt in die Eifel, doch auch hier ist die Welt nicht mehr in Ordnung, und das schon seit vielen, vielen Jahren.

"... Wirklich gelungen... Brillant... Sehr gut!"
Jacques Berndorf

"Kramps brillanter Krimi fesselt bis zur letzten Seite."
Das neue Buch/Buchprofile